KB020634

까만 밤에 그는 더욱 빛나고

말씀이 있는 톨스토이 소설

청동거울 이야기 ④

까만 밤에 그는 더욱 빛나고
— 말씀이 있는 톨스토이 소설

인쇄일/2000년 7월 10일 1판 1쇄 인쇄
발행일/2000년 7월 15일 1판 1쇄 발행

원작/톨스토이
편저자/최문자
펴낸이/임은주
펴낸곳/도서출판 청동거울
출판등록/1998년 5월 14일 제13-532호
주소/(135-080)서울 강남구 역삼동 832-52 상봉빌딩 301호
전화/564-1091~2 팩스/569-9889
하이텔 I.D. 청동 전자우편/cheong21@freechal.com

편집장/조태림 편집/문해경 디자인•일러스트/김회숙 영업관리/정덕호

값 7,000원

청동거울 이야기④

까만 밤에 그는 더욱 빛나고

말씀이 있는 톨스토이 소설

톨스토이 원작 | 최문자 편저

청동거울

문학과 기독교, 두 정신의 결합을 배우며

　문학과 기독교는 내 삶을 형성하는 두 개의 축이다. 그런 이유 때문에, 문학의 높이로 치면 인류의 높이만큼 되고, 그 속에 담긴 기독교 정신으로도 심오한 경지에 이르러 있는 톨스토이 문학은 늘 내 관심의 대상이 되어 왔다. 인간적 소망을 비유와 상징으로 잡아당기며 높은 문학적 성취를 이루면서도 언제나 그 저변에서 기독교 정신을 폭넓게 품을 수 있는 그런 문학이라면, 나 같은 문학인이며 기독교인 사람은 누구나 꿈꾸고 부러워할 일일 것이다.

　나는 세계적인 명성을 얻고 있는 작품들 외에 톨스토이로서는 비교적 가볍고 쉽고 구체적이고 일반인에게 친근하게 느껴지는 단편소설들을 다시 읽으며 그 내용과 관련된 성경 구절들을 생각해 보곤 했다. 그랬더니, 의외로 소설 읽는 재미가 만만치 않았다. 나는 그런 재미를 나 같은 기독교인들에게 전하고 싶었다. 특히 자라나는 청소년들이 톨스토이의 소설을 읽으며 성경 구절을 떠올리고 문학과 신앙에 대해 함께 생각할 수 있다면 좋겠다고 생각했다.

　나의 이런 생각이 '말씀이 있는 톨스토이 소설' 제1권 『해가 지기 전에 네 마음을 열어라』(청동거울, 1999)로 이어졌다. 교육 목적, 그중에서도 기독교 교육 목적으로 쓰인 톨스토이의 단편들을 오늘날 청소년들이 읽을 수 있게 새로 고치고 다듬고, 거기에 각각의 소설에 맞는 기독교적인 예화를 재구성하여 하나씩 얹고, 또 관련 성구(聖

句)를 보태 한 권의 책으로 엮은 것이다. 그 책을 읽은 독자들, 특히 자녀를 둔 기독교인들이나, 그 청소년들의 반응이 만만치 않아 나로서는 색다른 기쁨을 맛볼 수 있었다.

그 연장선에서 톨스토이의 다른 단편들을 또 읽게 되었고, 역시 그 내용과 관련되는 많은 기독교의 예화며 성구가 떠올라 여러 가지 형태로 메모도 하고 자료 수집도 해서 두 번째의 책을 내게 되었다. 아무쪼록, 이 책을 통해서 일반인이나 기독교인들 모두가 신앙에 대한 선입견을 넘어서 톨스토이가 전하는 따스한 인간의 이야기를 중심에 두고 자연스럽게 문학의 향기를 느끼면서 삶과 신앙의 바른 길에 대해 생각할 기회를 가질 수 있기를 기대한다. 또, 어두운 현실 속에서 어려움을 겪는 청소년들이 혹 있다면 까만 밤 속에서 더욱 빛나는 그(그리스도)를 이 한 권의 책을 통하여 만나볼 수 있기를 기대해 본다.

이 책의 출간을 위해 거듭 애써 주신 〈청동거울〉의 식구들, 그리고 성경 찾기를 도와준 신학대학원 이현정 양의 노고에 대해 고마움의 뜻을 전한다.

2000년 7월
편저자 최문자

차례

까만 밤에 그는 더욱 빛나고
말씀이 있는 톨스토이 소설

일리아스의 행복

감사하며 사는 삶의 참된 행복

일리아스의 행복

바슈키르 (바슈키르 공화국. 유럽 러시아 동북 우랄·볼가 지방의 자치 공화국. 수도는 우파. 1919년에 공화국이 되었다)의 수도 우파에 일리아스라는 사람이 살고 있었다.

일리아스는 1년 전에, 그가 결혼을 하고 얼마 지나지 않았을 때 갑자기 세상을 떠난 아버지로부터 얼마 안 되는 재산을 물려받았다. 재산이라고 해봐야 암말 일곱 마리와 암소 두 마리, 그리고 스무 마리의 양이 전부였다.

그 재산을 가지고 일리아스는 열심히 일을 했다. 이른 새벽부터 밤 늦게까지 들에 나가 전보다 몇 배 더 열심히 일을 했다. 아내도 남편에게 질세라 부지런히 일했다. 그 덕분에 일리아스의 재산은 해마다 점점 늘어갔다.

그렇게 부지런히 일만 하면서 35년이란 세월이 훌쩍 지나가 버렸다. 어느새 일리아스의 머리도 희끗희끗해지기 시작했지만, 대신에 일리아스는 나라 안에서 누구나 알아줄 정도로 소문난 큰 부자가 되어 있었다.

말이 2백 마리, 소가 50마리, 그리고 양의 숫자는 무려 1천2백 마리나 되었으며, 수많은 하인들이 말떼를 지키고, 많은 여자 일꾼들이 말젖을 짜서 쿠미스(몽골이나 동부 러시아에서 만드는 술. 주로 말의 젖을 원료로 한다)를 만들고 또 버터와 치즈를 만들었다.

"일리아스는 정말 엄청난 부자가 되었어. 집에는 무엇이든 없는 것이 없을 거야. 그쯤 되면 아마 죽고 싶지도 않겠지."

이웃 사람들은 하나같이 일리아스를 부러워했다.

이런 소문이 차츰 퍼져서 나중에는 권세가 높은 사람들까지도 일리아스를 알게 되었다. 그들은 어떻게 하면 일리아스와 가까이 지낼 수 있을까 하고 궁리를 할 정도였다. 먼 곳에서 일리아스를 찾아오는 사람도 많았다. 일리아스는 그들을 유쾌하게 맞이하고 맛있는 음식을 차려서 손님을 대접했다. 어떤 사람이 찾아오든 자기를 찾아온 사람의 신분을 가리지 않고 쿠미스 술과 차를 대접하고, 싱싱한 생선과 양고기 등을 아낌없이 대접했다. 언제든지 손님이 찾아오는 날에는 반드시 한 마리 내지 두 마리의 양이 없어졌다. 부득이한 경우, 양고기를 대접하지 못할 경우엔 소를 잡아 대접하기도 했다.

그런데 일리아스에게는 두 아들과 딸 하나가 있었다. 아버지가 가난했을 때는 함께 열심히 일을 해서 아버지를 돕던 두 아들은 아버지가 부자가 되자 차츰 난폭해지고 방탕해져 갔다. 큰아들은 술을 퍼마시고 행패를 부리다가 결국은 마을 사람에게 맞아 죽었다. 아주 콧대가 세고 건방진 여자와 결혼을 하게 된 둘째아들은 아내의 말만 듣고 아버지의 말은 모두 거역해서, 일리아스는 하는 수 없이 재산을 떼어 주고 따로 살게 하였다.

아들에게 집과 가축을 많이 떼어 주고 딸을 시집 보내고 나자, 일리아스의 재산은 눈에 띄게 확 줄어들었다. 그런 데다 별안간 양들이 병들어 죽고 거기다가 가뭄이 겹쳐 겨울도 되기 전에 가축에게 먹일

풀이 떨어져 많은 소와 말이 굶어 죽어 버렸다. 더군다나 엎친 데 덮친 격으로 키르기스(중앙 아시아의 서남부에 있는 러시아의 자치 공화국)인 마적단에게 제일 좋은 말들을 모두 빼앗겨 버렸다.

일리아스의 재산은 이제 얼마 남지 않았다. 그리고 몸도 다 늙어 쇠약할 대로 쇠약해져서 일마저도 못 하게 되었다.

어느덧 나이 70세가 되었다. 이제 그에게 남은 것이라고는 아무것도 없었다. 포장을 씌운 마차도, 말안장도, 깔고 앉았던 비단 방석자리도 모두 팔아 버리고, 끝내는 아무것도 없는 빈털터리가 된 것이다. 언제 그렇게 되었는지도 모르게 정말 순식간에 가난뱅이가 되고 말았다.

일리아스에게 남아 있는 것이라고는 입고 있는 모피 외투 한 장과 양가죽 반 장, 장화 한 켤레, 그리고 같이 늙어 온 아내 셰마기가 전부였다. 그나마 하나 남아 있던 아들은 이미 어딘지 먼 곳으로 떠나 버렸고, 시집 갔던 딸도 시집 간 지 얼마 안 되어 죽고 말았다. 그래서 늙고 가난해진 일리아스 부부에게는 의지할 사람마저 아무도 없게 되었다.

결국, 일리아스는 늙은 아내와 함께 남의 집에 종살이를 가기로 했다. 말년에 가련하게 된 일리아스를 동정하던 사람이 생각다 못해 그렇게 하도록 도와준 것이다. 그는 바로 이웃에 살고 있는 무하멧트샤프라는 사람이었다. 형편이 그렇게 넉넉한 편은 아니었으나 어진 마음씨를 가지고 있었던 그는 이 가련하게 된 이웃집 노인들을 그냥 보아 넘길 수가 없었던 것이다. 게다가 일리아스가 부자로 잘 살 때, 이웃들을 돕고 가난한 사람들을 차별하지 않고 정성껏 대접했기 때문에 이웃들도 이 노부부를 흔쾌히 돕고자 했던 것이다.

무하멧트샤프는 일리아스에게 이렇게 말했다.

"일리아스, 부인과 함께 우리 집에 와서 살도록 하십시오. 우리 밭에서 일리아스가 힘 자라는 만큼만 일하고 겨울에는 가축들도 좀 돌봐 주세요. 그리고 셰마기 아주머니는 말젖을 좀 짜주시고요. 가끔 버터도 만들어 주십시오. 두 분이 입을 것과 먹을 것은 걱정 없이 해 드리겠습니다. 우리가 힘 자라는 데까지는 도와드리겠어요."

그날부터 일리아스는 조금씩 일을 거들어 주면서 아내와 함께 무하멧트샤프의 집에서 살게 되었다. 오랫동안 일을 하지 않았기 때문에 처음에는 좀 힘이 들었으나, 차츰 일이 손에 익자 그런대로 견딜 만해졌다. 부부는 정성을 다하여 몸을 아끼지 않고 무하멧트샤프를 도왔다.

무하멧트샤프는 이들 부부가 열심히 일하는 것을 볼 때마다 가슴이 아팠다. 옛날에 그처럼 떵떵거리며 살던 이들이 남의 집에서 열심히 일하는 모습이 가엾게만 여겨졌던 것이다.

어느 날이었다. 먼 곳에 살고 있는 무하멧트샤프의 친척들이 놀러 왔다. 이들 중에는 회교를 전도하는 물라도 끼어 있었기 때문에 무하멧트샤프는 숫양을 잡아서 대접하기로 했다.

일리아스는 숫양 한 마리를 재빨리 잡아 요리를 만들어 손님들 앞에 내놓았다. 손님들은 요리 솜씨를 칭찬하며 잘 요리된 숫양 고기를 맛있게 먹고, 또 차와 쿠미스 술을 마시며 즐거운 이야기 꽃을 피웠다. 그들은 모두 비단 보료 위에 앉아 새털로 만든 폭신한 쿠션에 기대어 이야기하고 있었다.

그때, 일을 끝마친 일리아스가 그들이 앉아 있는 창 앞을 지나가게 되었다. 무하멧트샤프는 창 밖으로 일리아스를 내다보며 손님들에게 말했다.

"지금 저 창 밖으로 지나간 노인을 보았소?"

손님 중에 한 사람이 대답했다.

"네, 잠깐 힐끗 보았습니다마는. 왜, 그 노인에 대해서 무슨 이야깃

거리라도 있습니까?"

그 손님은 의아한 듯이 주인을 쳐다보며 되물었다.

"물론 있지요. 저 사람은 이 근처에서 제일 큰 부자였답니다. 일리아스라고 하는데, 그 이름을 들어 본 일이 없소?"

그 말을 들은 손님은 눈이 동그래지며 말했다.

"아, 들은 적이 있지요. 굉장한 부자라고 하던데. 나는 만나 본 적은 없었지만 그 사람 소문이 전국 어디에나 퍼져 있던데요."

"그랬을 겁니다. 하지만 그렇게 잘 살던 일리아스가 지금은 알거지가 되어 우리 집에 와서 일을 해주고 있답니다. 나이 많은 아내도 함께 와 있지요."

사람들은 모두 깜짝 놀라는 기색이었다.

"인생이란 마치 수레바퀴처럼 돌고 돈다고 하더니, 어떤 사람은 위로 올라가고 또 어떤 사람은 아래로 내려가고, 그랬다가 다시 위로 올라갔던 사람이 아래로, 아래로 내려갔던 사람이 위로, 아마도 그렇게 바뀌는 모양입니다. 저렇게 나이가 많은 노인이 일을 해야 하다니, 지금 저 사람의 마음속은 얼마나 쓸쓸하고 외로울까요?"

"그렇겠죠. 하지만 저들 부부는 아주 열심히 일을 하며 살고 있어요."

손님은 계속 말했다.

"우리 저 노인하고 잠시 이야기해도 괜찮을까요? 지금까지 살아온 이야기도 한번 들어보고 또 여러 가지 좀 물어 보고 싶은 것도 있는데……."

"물론 그런 이야기야 할 수 있겠죠."

그렇게 말한 주인은 밖을 향해서 큰 소리로 말했다.

"할아버지! 여기 와서 쿠미스 술 한 잔 드시지 않겠소? 할머니도 오시도록 해요."

잠시 후, 늙은 아내와 함께 일리아스는 손님들이 있는 방으로 들어와 인사를 하고 하나님께 기도를 드린 다음, 문지방 옆에 자리를 잡고 앉았다. 일리아스 부인은 부인들이 앉는 자리로 가기 위해 휘장 뒤로 들어갔다.

일리아스에게도 쿠미스 술잔이 돌아갔다. 일리아스는 공손히 술잔을 받아 주인과 손님에게 하나님의 감사 기도를 드린 후, 고개를 숙여 술을 조금 마시고 잔을 내려놓았다.

그때, 손님 가운데 한 사람이 말했다.

"어떻습니까, 할아버지? 저희들을 보고 옛날에 잘 살던 때가 생각나서 괴롭지 않습니까? 옛날에는 그토록 행복하게 사시더니, 너무 비참하게 되셨군요. 참 안됐습니다."

그러자 일리아스는 조용히 웃으며 대답했다.

"이제 와서 내가 옛날에 행복했었느니, 행복하지 않았었느니 하는 말을 해서 무엇하겠습니까. 손님들은 아마 내가 이런 말을 하면 믿어 주시지 않을 것입니다. 그러니 우리 아내에게 물어 봐 주십시오. 저 사람은 솔직한 여자니까 자기가 생각하고 있는 그대로를 여러분에게 다 이야기해 줄 겁니다. 정말 속에 있는 말을 그대로 다 할 거예요."

손님은 휘장 뒤쪽으로 말을 걸었다.

"할머니, 할머니는 옛날에 잘 살았을 때의 행복과 지금 당하고 계신 불행을 어떻게 생각하고 계십니까?"

셰마기 할머니가 휘장 뒤에서 대답했다.

"글쎄요, 우리 주인 일리아스와 나는 50년 동안 살아오면서 줄곧 행복을 찾기를 원했습니다. 하지만 지금껏 행복을 찾은 적은 한 번도 없었지요. 우리들은 이제 아무것도 없는 가난뱅이가 되어 남의 집에서 하인 노릇을 하고 있습니다. 이 생활도 벌써 2년이나 되었죠. 그러나 우리들은 이제서야 겨우 행복이 무엇인가를 알 것 같습니다. 지금 이 생활로 만족합니다. 우리에겐 아무것도 더 이상 바랄 것이 없어요."

이 말에 손님들도 놀라고 주인은 더욱 놀랐다. 자리에서 벌떡 일어나 그런 말을 한 할머니의 얼굴을 보려고 휘장을 걷었다. 휘장 안에서 세마기 할머니는 평화로운 얼굴로 손을 모으고 자기 남편을 그윽한 눈길로 바라보고 있었다. 할아버지도 빙긋이 웃으면서 할머니를 마주 바라보았다. 할머니는 다시 말을 잇기를,

"나는 지금 농담을 하고 있는 것이 아닙니다. 나는 사실을 말씀드리고 있는 거예요. 50년 동안 행복을 찾아왔지만, 무엇 하나 자유로운 것이 없는 동안에는 그것을 발견할 수 없었지요. 이제 빈털터리가되어 남의 집 종살이를 하면서야 겨우, 세상에 무엇과도 비교할 수없는 참된 행복을 발견한 것입니다."

"그럼, 두 분께서 지금 행복하다고 하시는 것은 도대체 무얼 두고하시는 말씀입니까?"

"그것을 설명해 드리자면 이렇지요. 우리들이 부자로 살고 있을 때는 이이나 나나 하루도 마음 편할 날이 없었습니다. 우리들끼리 서로이야기도 하고, 영혼에 대해서 생각하기도 하며 하나님께 기도도 드리는 그런 시간이라곤 전혀 없었지요. 그래서 언제나 신경이 곤두서고 걱정이 많았던 거예요. 손님이 찾아오면 무엇을 대접하고 또 무엇을 선물로 보낼까, 어떻게 해야 실례가 되지 않을까, 늘 그런 걱정을해야 했지요. 손님이 돌아가면 이번에는 수많은 종들을 감독해야 합니다. 종들은 틈만 있으면 주인의 눈을 속이고 물건을 훔쳐내며, 또광 속에 저장해 둔 맛있는 것들을 다 훔쳐먹기가 예사니까요. 그렇게그들을 감독하고 살피다 보면 때로는 엉뚱한 죄를 지을 때도 있습니다. 게다가 망아지나 송아지가 늑대에게 잡혀가지나 않을까 해서 망을 보느라 밤잠도 제대로 못 자는 일 또한 다반사지요. 그뿐인가요.

혹시 어미 양이 갓난 새끼 양을 눌러 죽이지나 않을까 하고 한밤중에 뛰어나가 살펴봐야 하기도 했지요. 이런 일들은 모두 행복한 일은 결코 아니지요. 낮에는 낮대로 바빠야 하고, 밤에는 또 그런 일들로 마음을 써야 하니 얼마나 정신적인 여유가 없었겠어요. 한 가지를 해결하고 나면 다시 새로운 걱정거리가 생기고, 그래서 한시도 마음 편할 날이 없었던 거지요. 여름이 되면 무슨 농사를 지을까, 밭에는 무슨 씨앗을 뿌릴까, 겨울이 되면 어떻게 또 이 한 겨울을 보낼 것인가, 이런 걱정이 떠날 틈이 없었지요. 그뿐 아니었습니다. 어떤 문제에 대해서 남편과 의견이 맞지 않는 경우도 많았습니다. 이러니저러니 서로 자기 의견을 내세우다 보면 어느 사이엔가 말다툼이 되고, 그 다툼이 남 보기에 언짢을 정도까지 되는 수가 많지요. 그래서 우리들은 늘 걱정과 근심 속에서 살았고 여러 가지 죄를 많이 짓게 되었습니다. 그러니까 남들이 부자라고 부러워하고 있을 때 정작 우리 부부에게는 정말 행복하고는 인연이 없는 생활을 해왔던 거지요."

"그러면 지금은 어떤가요?"

손님 중에 한 사람이 물었다.

"지금은 편히 잘 수도 있고, 남편과 함께 자리에 앉아 자유롭게 무슨 일이든 할 수도 있어요. 평화스럽게 이야기를 주고받을 수도 있고, 또 말다툼할 일도 전혀 없어요. 걱정거리가 한 가지 있다면, 주인을 어떻게 도와드릴까 하는 것이랍니다. 그래서 주인에게 손해를 끼쳐서는 안 되겠다는 생각으로 우리 부부는 힘 자라는 대로 열심히 일을 하고 있지요. 우리는 일터에서 돌아오면 점심을 먹을 수 있고, 또 저녁이 되면 저녁을 먹을 수 있고, 추우면 불을 때서 따뜻하게 살 수 있습니다. 주인께서는 우리들에게 털외투까지 주셔서 우리는 퍽 따뜻하게 입고 있어요. 그리고 밤이 되면 우리는 늘 한가하지요. 그래서 우리는 옛날 이야기도 하고, 영혼에 대해서도 이야기를 나누고, 하나님께 기도를 드릴 수 있는 시간도 넉넉하지요. 그러니까 지나간 50년 동안 우리가 찾고 있던 행복이 바로 지금 눈앞에 와 있는 것이랍니다."

이 말을 다 듣자, 손님들은 알 수 없다는 듯이 웃었다.

가난한 지금에 와서 행복을 찾았다는 것은 정말 믿기 어려운 이야기가 아닐 수 없었다. 어떻게 해서 부자였을 때, 남들이 그처럼 부러워하던 그때 행복을 느낄 수 없었을까? 그래서 손님들은 웃었던 것이다.

그러자 일리아스가 흰 수염을 쓰다듬으면서 말했다.

"손님 여러분! 그렇게 웃으실 일이 아닙니다. 이 이야기는 사람의 행복이란 무엇인가? 하는 것을 알려주는 이야기입니다. 나는 전에 바보였었고 또 우리 집사람도 바보였기 때문에, 재산을 다 잃었을 때는 눈물을 흘리며 슬퍼했습니다. 그러나 지금 와서 가만히 생각해 보면, 하나님은 그때에 우리들에게 진실을 주셨던 것입니다. 농담이나 장난을 이야기해 드린 것이 아닙니다. 이 이야기가 혹시 여러분의 영혼에 도움이 될까 해서 진실을 그대로 말씀드린 거지요."

그 말이 끝나자, 지금까지 심각한 표정으로 듣고만 있던 물라가 말했다.

"참 훌륭하신 말씀입니다. 일리아스 노인의 이야기는 하나에서 열까지 모두 참된 말씀입니다. 바로 그런 말씀이 우리 경전에도 적혀 있습니다."

물라의 말을 듣자, 손님들은 지금까지 일리아스를 비웃던 웃음을 그치고 각자 깊은 생각에 잠겼다. 모두들 일리아스가 했던 말을 곰곰이 되씹어 보게 되었다.

● 톨스토이와 함께하는 성경 이야기

마지막 한마디

독일의 외과병원에서 있었던 일이다. 수술실에서 수술 준비가 다 끝나고 이제 환자를 마취해야 할 순간이 되었다.

의사가 환자에게 물었다.

"마지막으로 할 말이 있습니까?"

이 환자는 혀에 종양이 생겨서 수술해야 하는 딱한 처지였다. 이제 수술을 하고 나면 자신의 입으로는 말을 할 수 없게 된다. 그래서 의사가 환자에게 자신의 입으로 말할 수 있는 마지막 기회를 준 것이다.

수술실의 모든 사람들은 순간 긴장했다.

'이 환자가 과연 어떤 말을 마지막으로 남길 것인가?'

● 다시 읽는 하나님 말씀

육신의 생각은 사망이요, 영의 생각은 생명과 평안이니라

(로마서 8장 6절)

하나님의 나라는 먹는 것과 마시는 것이 아니요, 오직 성령 안에서 의와 평강과 희락이라 (로마서 14장 17절)

너희가 어찌하여 양식 아닌 것을 달아주며 배부르게 못할 것을 위하여 수고하느냐 나를 청종하라. 그리하면 너희가 좋은 것을 먹을 것이며 나의 마음이 기름진 것으로 즐거움을 얻으리라…… 너희는 기쁨으로 나아가며 평안히 인도함을 받을 것이요, 산들과 작은 산들이 너희 앞에서 노래를 발하고 들의 모든 나무가 손바닥을 칠 것이며 (이사야 55장 2절, 12절)

하늘에서는 주 외에 누가 내게 있으리오, 땅에서는 주밖에 나의 사모할 자 없나이다. 내 육체와 마음은 쇠잔하나 하나님은 내 마음의 반석이시요, 영원할 분깃이시라 (로마서 14장 17절)

옷자락 스치는 소리 하나 없이 수술실은 고요했다. 한참 동안 긴장감이 감돌았다.

환자는 마침내 눈물을 글썽이며, 드디어 입을 열었다.

"하나님, 감사합니다!"

혀를 수술해야 하는 이 불행한 처지가 어찌 감사한 일이겠는가? 그러나 그 환자는 자기의 입으로 할 수 있는 마지막 말 한마디를 하나님에게 바친 것이다.

진실을 알고 있어도

하나님은 금방 말씀하시지 않는다

진실을 알고 있어도

우라디밀 시내에 가게를 둘이나 내고, 또 큰 집도 한 채 갖고 있는 아크샤노프라는 젊은 상인이 살고 있었다. 그는 머리털이 곱슬곱슬하고 얼굴도 잘생겼으며, 아주 명랑하고 쾌활한 데다가 노래도 잘 불렀다. 아주 젊었을 때는 술도 잘 마시고 취하면 마구 떠들어대는 망나니짓도 했지만, 결혼을 하고 나서부터는 술을 마시는 일이 거의 없을 정도였다. 아크샤노프는 그 동안 부지런히 일을 해서 돈을 번 것이다.

그러던 어느 여름, 무척 더운 날이었다. 아크샤노프는 이웃 도시에서 열리는 큰 장을 보러 가게 되었다. 그 도시의 장은 '정기 시장'이라고 해서 일정한 기간을 정해 놓고 며칠간 계속 열리는 시장이다. 아크샤노프는 그때가 되면 빠지지 않고 장을 보러 가곤 했다.

드디어 출발할 시간이 되자 아크샤노프는 집안 식구들과 작별 인사를 나누었다. 그런데 부인이 자못 걱정스런 얼굴로 말하길,

"여보, 아무래도 오늘 떠나지 않았으면 좋겠어요. 지난밤에 이상한 꿈을 꾸었거든요."

아크샤노프는 아무렇지도 않다는 듯 빙그레 웃으며 아내를 달래주었다.

"공연한 걱정하지 말아요. 내가 시장에 가서 술이나 퍼 먹고 놀 줄 아시오? 그런 실없는 소리 말고 집안이나 잘 보살피고 있어요."

아내는 여전히 걱정스런 얼굴로 말했다.

"그런 걱정이라면 하지도 않을 거예요. 다만 지난밤 꿈이 마음에 걸릴 뿐이에요. 불길한 꿈임에는 틀림없어요. 아무래도 이상해요."

"허허 참, 도대체 무슨 꿈을 꾸었는데 그러오?"

아크샤노프도 이상한 생각이 들어 아내에게 물었다.

"한번 들어 보세요. 당신이 시장으로 떠났는데, 가서 여러 가지 재미있는 장사를 많이 했어요. 그러다가 당신이 집에 돌아와서 모자를 벗는데 글쎄, 당신 머리가 모두 희어져 있지 않겠어요. 얼마나 놀랐는지……"

아크샤노프는 또 허허 하고 사람 좋은 웃음을 흘렸다.

"아, 그건 아주 재수가 좋은 꿈이오. 내가 굉장한 선물을 가지고 올 테니 걱정 말고 기다려요."

아크샤노프는 아내가 말리는데도 불구하고 그냥 길을 떠났다. 가는 도중에 낯익은 장사치를 만나 같은 여관에 들게 되었다.

두 사람은 함께 차를 마신 다음, 각기 자기 방으로 돌아가 잠자리에 들었다.

다음날, 날씨가 더워지기 전에 길을 갈 생각으로, 아직 동도 트지 않은 새벽에 일어난 아크샤노프는 마부를 두들겨 깨워 말을 매라고 했다. 그는 얼른 여관비를 치르고 남들보다 먼저 이른 새벽길을 떠났다.

한 40킬로미터쯤 걸어갔을까, 말에게 먹이를 주려고 마차를 멈추었다.

마침 그 근처에는 주막집이 하나 있었다. 아크샤노프는 말에게 먹이를 주고 자기도 그곳에서 잠시 숨을 돌렸다. 조금 있으니까 점심때가 다 되었다. 그는 주막집 주인에게 차를 준비해 달라고 시킨 다음, 그 동안 기타를 꺼내 이것저것 아는 노래를 치고 있었다.

바로 그때, 길 저쪽에서 소란스러운 마차 소리가 들려 왔다. 세 마리의 말이 끄는, 관리들이 타는 마차가 무서운 속도로 주막집 뜰 안으로 달려 들어왔다. 그러더니 마차 안에서 군인 두 사람을 데리고 관리 한 사람이 뛰어내렸다.

관리는 마차에서 내리자마자 사방을 두리번거리더니 아크샤노프에게 대뜸 건방진 태도로 물었다.

"당신은 누구요?"

"네, 저는 이웃 읍에 사는 장사꾼입니다."

아무 영문도 모르는 아크샤노프는 관리에게 날씨도 더운데 차라도 한잔 마시라고 권했다. 그러나 관리는 계속 무뚝뚝한 태도로 질문만을 해댔다.

"어제는 어디서 잤나? 혼자 잤나, 아니면 다른 장사꾼과 함께 잤나? 오늘 아침 그 장사꾼을 보았나? 무슨 까닭으로 그렇게 새벽 일찍 여관을 떠난 거지?"

어째서 이런 말을 묻는지 아크샤노프는 점점 이상한 생각이 들기 시작했다. 그러나 아무것도 감출 일이 없어서 정직하게 다 말해 주고, 이번에는 아크샤노프가 물었다.

"어째서 그렇게 여러 가지를 묻습니까? 나는 도둑놈도 아니고 날치기도 아닙니다. 장사하러 다니는 나를 붙들고 그렇게까지 물어볼 필요는 없을 것 같은데요."

그러자 관리는 심각한 표정을 지으며 아크샤노프에게 말했다.

"나는 이곳의 경찰서장이다. 어제 너와 함께 잠을 잔 장사꾼이 죽었다. 누군가가 살인을 했단 말이다. 그래서 지금 범인을 찾고 있는 중이야. 네가 가지고 있는 짐도 모두 조사해 보아야겠다. 이보게들! 자네들은 빨리 짐을 조사해 보도록 하지!"

관리가 군인들을 부르더니 지시를 내렸다. 군인들은 즉시 아크샤노프의 가방이며 짐보따리를 풀어 샅샅이 조사해 보았다. 그런데 뜻밖에도 짐 속에서 칼 한 자루가 나왔다. 그것도 서장이 직접 꺼낸 것이다.

서장은 그것 보라는 듯 그 칼을 높이 쳐들며 소리쳤다.

"오호, 바로 이거야. 이 칼은 누구의 것인가?"

아크샤노프는 소스라치게 놀랐다. 정말 자기로서는 전혀 모르는 일이었기 때문이었다.

"그런데 어째서 이 칼에 피가 묻어 있지요?"

아크샤노프는 오히려 서장을 보고 반문했다.

"뭐라고? 네가 그것을 모른다니, 오히려 내가 너에게 묻고 싶은 말이야. 자, 어서 바른 대로 말해라!"

서장은 눈을 부라리며 아크샤노프를 무섭게 노려보았다.

"저, 저는…… 전혀 알지 못하는 일입니다. 저, 저…… 칼은 내 것이 아닙니다."

아크샤노프의 말은 어느새 떨려 나왔고, 얼굴은 새파랗게 질려 있었다. 분명히 칼은 아크샤노프의 짐 속에서 나왔고, 칼에는 피가 묻어 있으니 한치도 변명할 여지가 없는 일이었다.

아크샤노프는 자기도 모르게 벌벌 떨고 있었다. 그 모양을 본 서장은,

"네가 묵었던 여관집 주인이 새벽에 깨어 보니, 바로 네가 자던 방의 옆 방 상인이 죽어 있었단 말이야. 여러 가지 사실로 미루어 보아 그 상인을 죽일 사람은 너밖에 없어. 그 여관집 문은 잠겨 있었기 때

문에 아무도 침입할 수가 없었거든. 그 집에 묵은 사람도 너밖에 없고 말야. 게다가 이걸 봐라! 네 짐 속에서 이렇게 피 묻은 칼이 나왔는데도 변명을 하겠느냐? 자아, 어서 바른 대로 말해 봐. 그 상인은 왜 죽였지? 그리고 그 상인에게서 돈은 얼마나 훔쳤지?"

아크샤노프는 어이가 없었다. 아무리 생각해 봐도 자기는 그 상인과 차를 마신 후 서로 다른 방으로 가서 잠을 잤으며, 짐 보따리 속에 있는 돈 8천 루블은 집에서 나올 때 가지고 왔다는 사실밖에 없었다. 아크샤노프는 끝까지 자기의 결백을 주장했지만, 원체 당황하여 목소리가 떨리는 데다 얼굴까지 뻣뻣하게 굳어 있었기 때문에 아무도 그의 말을 믿으려 하지 않았다.

서장은 군인들에게 아크샤노프를 밧줄로 꽁꽁 묶어서 마차에 태우라고 명령했다. 그러자 군인들이 달려들어 아크샤노프의 다리까지 꽁꽁 묶어 마차 안으로 내던졌다. 마치 짐승 다루듯 아크샤노프를 내몰았다. 아크샤노프는 이때부터 그 무서운 살인범 취급을 받게 된 것이었다.

마차 한구석에 팽개쳐진 아크샤노프는 가슴에 십자를 그리면서 복받쳐 오르는 서러운 눈물을 주르르 흘렸다.

마침내 아크샤노프는 모든 소지품을 다 빼앗긴 채 가까운 읍내 유치장에 갇히게 되었다. 그리고 군인들은 아크샤노프의 집을 조사하기 위해 우라디밀로 곧장 달려갔다. 우라디밀 상인과 주민들은 이 사실을 듣고 모두 놀랄 수밖에 없었다. 한결같이 그럴 리가 없다고 모두 고개를 저었다. 모두들 입을 모아 아크샤노프를 변명해 주었다.

젊었을 때는 젊은 호기로 술도 마시고 난동도 좀 부렸지만, 결혼한 뒤로는 절대로 술도 마시지 않고 착실하게 살았으며, 가정에도 충실하고 또 장사도 잘하여 남부럽지 않은 생활을 하고 있다고 말해 주었다. 그러나 그 증언도 아무 소용없이, 아크샤노프는 상인을 죽이고 2만 루블을 훔친 중죄인의 누명을 써야만 했다.

아크샤노프의 부인은 눈앞이 캄캄했다. 도대체 이 일을 어떻게 해야 좋을지 통 갈피를 잡을 수가 없었다. 겨우 남편의 건강만을 걱정할 뿐, 무슨 뾰족한 도리가 없었다. 아이들은 너무 어려 둘째놈은 이제 겨우 젖먹이고, 자신의 힘으로는 남편을 위해 할 수 있는 일이 아무것도 없다는 생각이 들자 그저 막막할 뿐이었다.

부인은 생각다 못해 아이들을 모두 데리고 남편이 갇혀 있는 읍내 유치장을 찾아갔다. 그러나 유치장 간수는 면회도 시켜 주지 않으려 했다. 부인은 울면서 눈물로 사정했다. 한 번만 남편을 만날 수 있게 해달라고 간수의 다리를 붙잡고 매달려 애걸복걸했다. 면회마저도 그렇게 간신히 할 수밖에 없었다.

남편은 남루한 죄수복을 입고 다른 죄수들과 함께 쇠사슬에 묶인 채 터벅터벅 힘없는 발걸음으로 걸어 나왔다. 그런 남편의 모습을 본 부인은 그만 그 자리에 쓰러져 기절을 하고 말았다.

얼마나 시간이 흘렀을까. 겨우 정신을 차린 부인은 남편 아크샤노프 앞에 앉아 그 동안 집에서 있었던 이야기를 들려주며 이것저것 사건에 관한 것을 묻기 시작했다.

"어떻게 해서 이렇게 됐나요?"

아크샤노프는 그 동안 겪은 사건을 빠짐없이 들려주었다. 이야기를 다 듣고 난 아내가 다시 물었다.

"그러면 지금부터 어떻게 하면 좋죠?"

"황제께 진정을 해주오. 죄가 없는 사람이 죽어서야 되겠소? 나는 절대로 그 사람을 죽인 일이 없소. 그날 난 그 사람에게 차를 대접했고, 기분 좋게 대화를 나누었단 말이오."

아내는 이미 황제에게 진정서를 냈는데도 아직껏 소식이 없다는 이야기를 했다. 그 말을 듣자, 아크샤노프는 힘없이 고개를 푹 떨구었다. 아내는 그런 남편을 애처롭게 바라보았다. 한참 만에야 무거운 입을 열 수 있었다.

"여보, 당신 기억하고 계세요? 그날 아침 당신이 떠나려고 할 때 내가 한 말을…… 그날 내 꿈에 당신이 흰머리로 돌아왔다는 얘기 말이에요. 아마 그 말이 맞았던 모양이에요. 보세요, 벌써 당신의 머리가 희끗희끗해지지 않았어요? 사람이 놀라거나 어려운 일을 당하면 이렇게 된단 말이에요. 그날 떠나지만 않았더라면 이런 일은 없었을 텐데……."

아내는 남편의 머리를 어루만지며 이렇게 말했다. 그리고 얼마 후,

"여보! 당신의 아내인 나한테만은 바른말을 해주세요. 제발 부탁

이에요. 그 상인은 당신이 죽였죠?"

그러자 아크샤노프는,

"여보, 당신까지 나를 의심한단 말이오?"

하고 버럭 소리를 지르면서 두 손으로 얼굴을 가리고 울기 시작했다.

남편의 울음소리에 무슨 일인가 싶어 간수들이 후다닥 달려왔다. 그리고는 더 이상 면회할 수 없으니 가족들은 그만 돌아가라고 내몰았다. 부인은 하는 수 없이 마지막 작별 인사를 하고 돌아올 수밖에 없었다.

아내를 돌려보내고, 다시 감방으로 돌아온 아크샤노프는 아내와 주고받은 말을 생각해 보았다. 아내까지도 자기를 의심해, '당신이 그 상인을 죽였지?' 라고 한 말을 생각하니 온몸이 부르르 떨리기까지 했다.

'참된 진실은 하나님만이 아는 모양이구나. 이제 나로서는 하나님 앞에 엎드려 기도를 드리고 그 은혜를 받는 수밖에 없다. 진실을 알아주는 사람은 자식도, 아내도, 그 어느 누구도 아니야.'

이때부터 아크샤노프는 황제에게 청원서나 진정서를 내는 일들은 모두 그만두었다. 아무도 의지하지 않고 오직 감방 구석에 쭈그리고 앉아 하나님께 매일 기도를 드렸다.

며칠 후 열린 재판에서 아크샤노프에게 중형의 벌이 내려졌다. 그는 무거운 짐을 져야 했고 힘든 일을 해내야 했으며, 또 모진 매도 감내해야만 했다. 일이 끝나면 또 매를 맞고, 매가 끝나면 또 일을 하고. 정말 죽기보다 괴로운 나날이 계속되었다.

그러던 어느 날, 여러 죄수들과 함께 멀리 시베리아땅으로 유배를 가게 되었다. 그 생활 역시 노동과 매의 연속이었다. 아니, 오히려 그보다 더 끔찍한 고통의 날들이었다.

감옥 생활도 어느덧 26년째 접어들었다. 끔찍하고 소름끼치는 고통과 눈물 속의 26년이었다. 머리털은 눈처럼 하얗게 세었으며, 밝고 명랑했던 성격은 사라진 지 이미 오래였다. 세월은 허리까지 구부러져 걸음마저도 제대로 못 걷는 아크샤노프로 만들어 버렸다. 그는 좀처럼 말도 하지 않고, 더구나 웃는 일은 전혀 없었다. 다만 하는 일이라곤 혼자서 기도를 드리는 일뿐이었다. 기도 드리는 소리도 너무 기운이 없어 남에게는 전혀 들리지 않을 정도였다.

감옥 생활을 하는 동안 아크샤노프는 다행스럽게도 구두 만드는 일을 배워 돈을 조금 벌 수가 있었다. 그 돈으로 아크샤노프는 『성인전』을 한 권 구했다. 그래서 옥에 햇빛이 들어올 때면 그것을 꺼내 읽기도 했다. 또 축제일에는 감옥에 있는 교회에 나가서 「사도 행전」을 듣고 성가대석에 나가 찬송가도 불렀다. 그의 목소리는 여전히 곱고 훌륭했다.

죄수들 가운데서 그가 제일 얌전하고 착실하다 하여 간수들은 그를 동정하였고, 어느 때부터인가 그에게만은 그렇게 심한 일은 시키지 않게 되었다. 그에겐 언제부턴가 '할아버지'나 '착한이'라는 별명이 붙어 다니게 되었다. 감옥 안에서 무슨 문제가 생기면 아크샤노프에게 부탁해서 간수들에게 이야기를 해달라고 하거나 저희들끼리 싸움이 일어나면 그에게 시비를 가려 달라고도 했다. 아크샤노프는 언제나 바른말을 하고 또 좋은 말을 했으며, 누구에게나 공평하게 판단을 해주기 때문이었다.

아크샤노프가 오랜 기간 감옥에 갇혀 있는 동안 이상하게도 그의 집에서는 아무런 소식이 없었다. 아내는 잘 있는지, 그리고 아이들은 잘 자라는지 아크샤노프는 무척 궁금했다.

그러던 어느 날, 무겁고 힘든 노동의 벌을 받은 죄수 세 사람이 새로 이곳에 들어오게 되었다. 여러 죄수들은 그들을 둘러싸고 모여 앉아 그들의 내력을 묻기 시작했다. 어디서 왔으며, 무슨 죄를 지었고,

또 어떤 형을 받게 되었는가를 차례차례 물었다. 도저히 바깥소식을 모르는 이곳 사람들이기에, 새로 들어오는 죄수를 통해 이렇게 물어 조금씩 궁금증을 풀곤 했다.

아크샤노프는 판자로 만든 침대에 비스듬히 누워 그들의 이야기를 듣고 있었다.

그런데 새로 온 죄수들 가운데, 머리가 희끗희끗 세고, 턱수염이 짧은 예순 살 정도 되어 보이는 노인 죄수가 한 사람 있었다. 노인은 자기가 잡혀 온 까닭을 이렇게 이야기해 주었다.

"나는 정말 억울하게 이곳에 왔단 말이야. 썰매에 매여 있는 말을 내가 슬쩍 풀어 주었다고 사람들이 나를 도둑놈으로 몰아 버린 거야. 사실은 슬쩍 그런 일을 해서 팔아 먹긴 했지만 증거가 있나? 증거가 있었으면 벌써 여기에 왔어도 몇 번은 왔지. 하지만 꼬리가 잡히지 않았지. 이번엔 할 수 없이 여기에 잡혀 왔지만 말이야. 참, 전에 이 시베리아에도 한 번 온 적이 있었군."

증거가 없으면 잡히지도 않고 떳떳하다는 노인의 말을 듣고, 감옥 생활을 줄곧 해온 죄수 하나가 물었다.

"그럼 도대체 당신은 어디서 사는 사람이오?"

뻔뻔스런 노인 죄수는 이렇게 대답했다.

"나는 우라디밀 사람인데…… 그 읍내에 살고 있지. 내 이름은 마카아르이고, 성은 세묘노비치라고 하지."

그때, 힘없이 누워 있던 아크샤노프가 깜짝 놀라며 벌떡 일어나 물었다.

"아니, 세묘노비치! 당신, 우라디밀에 있었을 때, 장사하던 아크샤노프 집 이야기를 듣지 않았소? 그들이 잘 있는지 모르겠구료."

"음, 그 집 소식이야 잘 알지. 장사를 해서 돈을 번 부잣집 아닌가? 헌데 그 집주인이 시베리아로 끌려갔지. 우리처럼 죄인이란 말일세.

34

그런데 영감, 영감은 무슨 사건으로 왔소?"

아크샤노프는 생각하기도 끔찍한 지난 일을 말하고 싶지 않아 깊은 한숨을 내쉬면서 이렇게 대답했다.

"내 잘못으로 지금 26년 동안 여기에서 중노동을 하고 있다오."

그러자 세묘노비치가 다시 물었다.

"말해 보구료. 무슨 죄를 지었단 말이오?"

"까닭이 있었지."

아크샤노프는 혼자말처럼 이렇게 중얼거릴 뿐 더 이상 아무 말도 하지 않았다. 그러나 그의 사정을 알고 있는 다른 사람들이 그 까닭을 이야기해 주었다.

아크샤노프가 여행 도중 살인자의 누명을 썼다는 것, 즉 누군가가 상인을 죽이고 돈을 훔쳐낸 후, 아크샤노프의 자루 속에 칼을 넣어 죄도 없이 잡혀 오게 되었다는 사실을 낱낱이 말해 주었다.

마카아르 세묘노비치는 그 말을 듣고는, 아크샤노프를 가만히 보고 있더니 한참 후에 자기 무릎을 탁 치며,

"그것 참 이상한 일이구나. 정말 이상한 일이야. 영감, 참 당신 나이가 많이 들었구료."

사람들은 그가 왜 그런 말을 하는지 몰라 어리둥절했다. 그에게 어떻게 아크샤노프를 아느냐고 물었다. 그러나 그는 그 말에는 대답도 않고,

"야, 정말 이런 데서 만나다니, 미처 생각지 못했어."

라는 알 수 없는 말만 내뱉었다.

이 말을 듣고 아크샤노프는 문득, 이 사나이가 혹시 그때 상인을 죽인 범인을 알고 있을지도 모른다는 생각이 들었다.

"세묘노비치, 당신이 그 사건에 대해서 알고 있소? 그리고 혹시 나를 본 적이라도 있소?"

"물론 그 사건에 대해서 잘 알고 있죠. 그 사건은 아주 멀리까지 소문이 퍼져 버렸으니까. 하지만 너무나 오래 된 사건인걸. 나도 이야기는 들었지만, 이제는 잊어먹어 버렸어."

하고 세묘노비치는 슬그머니 말을 얼버무려 버렸다.

"상인을 죽인 범인에 대해서 들은 적은 없소?"

아크샤노프는 다급하게 재차 물었다. 그러자 세묘노비치는 능글맞게 웃으면서 이렇게 대답했다.

"만약 범인이 나타났다면 짐 속에서 칼이 나온 당신은 죄를 면할수는 있었을 거요. 만일 말이오, 누군가가 칼을 당신의 짐 속에 넣었다고 해도 잡히지만 않았다면, 당신은 죄인이 아니지. 우선 어떻게해서 당신 짐 속에 칼을 넣을 수 있었겠나 생각해 보시오. 짐을 당신머리맡에 두지 않았었소? 그렇다면 당신은 그 소리를 들었을 것 아니오?"

그 말을 듣는 순간, 아크샤노프는 이 사나이가 바로 상인을 죽인범인이로구나 하는 생각이 퍼뜩 들었다. 아크샤노프는 조용히 일어나서 그 자리를 떠났다.

그날 밤, 아크샤노프는 한잠도 자지 못했다. 갖가지 지나간 일들이뇌리 속에서 되살아나 아크샤노프의 가슴을 답답하게 짓눌러 왔기때문이었다. 26년 전 그날 자기가 장에 갈 때 전송해 주던 아내의 모습이 눈앞에 생생히 살아났다. 그리고 귀여운 아이들의 모습이 떠올랐다. 하나는 외투를 입고 있었고, 또 한 놈은 엄마의 품에 안겨 있었다. 모두가 명랑하고 쾌활한 모습들이었다.

그날 주막집 마당에서 기타를 치던 자신의 모습, 그리고 거리낌없었던 자신감, 또 끌려와 매를 맞던 일, 그러한 자신을 구경하며 욕하던 사람들, 간수들, 쇠사슬, 그리고 26년 동안 겪어야 했던 온갖 일들이 생생히 눈앞에 되살아나 마치 어제 일처럼 그려지고 있었다.

아크샤노프는 너무나 괴로워서 견딜 수가 없었다. 스스로 목숨을 끊어 버릴까 하는 생각도 들었다.

'모든 것이 다 저 악당 탓이다.'

아크샤노프는 새삼스럽게도 세묘노비치가 미워지기 시작했다. 순간, 아크샤노프는 세묘노비치에 대한 원한이 사무쳐, 죽는 한이 있더라도 복수를 해야겠다는 모진 마음이 일어났다. 한편으로는 그럴 수 없다는 생각도 들었다. 그렇게 서로 상반된 생각이 시계추처럼 왔다 갔다 하면서 아크샤노프를 괴롭혔다. 그는 마음의 갈등을 좀처럼 가라앉히질 못하고 있었다. 밤새 하나님께 기도를 드렸지만 마음은 전혀 편안해지지 않았다.

날이 밝고 점심때가 되어도 아크샤노프는 괴로움에 몸부림쳤다. 세묘노비치 앞에서 고개조차 들지 않을 뿐더러 가까이 가지도 않았다.

한 주일이 고통스럽게 지나갔다. 밤마다 아크샤노프는 잠도 못 잘 만큼 마음의 갈등으로 몸을 부르르 떨어야 했다.

어느 날 밤, 다른 날 밤과 마찬가지로 잠이 오지 않아 감방 안을 서성거리다가, 문득 나무로 만든 침대 밑에서 흙가루가 흐르고 있는 것을 발견하게 되었다. 아크샤노프는 발걸음을 멈추고 사방을 두리번거리며 주위를 살폈다. 그때 갑자기 판자 침대 틈에서 누군가가 불쑥 나타나는 거였다. 그는 놀란 얼굴로 아크샤노프를 쳐다보았다. 바로 세묘노비치였다.

갑자기 나타난 그를 알아본 아크샤노프는 깜짝 놀란 기분보다도 언짢은 생각이 앞서 아무 말 없이 그를 외면해 버렸다. 그러자 세묘노비치는 팔을 내밀어 아크샤노프를 붙잡았다.

"왜 그러시오?"

하고 아크샤노프는 조용히 물었다. 세묘노비치는 무서운 얼굴로 그를 노려보더니 나지막한 소리로 말했다.

"지금 벽에 구멍을 뚫는 중이오."

두말 할 것 없이 세묘노비치는 도망을 치려 하고 있는 것이었다. 그러나 아크샤노프는 태연하게 대답했다.

"그래 뭘 하고 있는 거요?"

"뻔하지 않소. 흙을 조금씩 파서 구멍을 뚫는 거요. 도망을 치려는 거지. 이렇게 파낸 흙은 밖에 일하러 나갈 때 몰래 감추어서 내다 버리고 있소."

아크샤노프는 아무 말도 하지 않고 고개만 끄덕였다. 그러자 세묘노비치는 눈을 부라리며 다시 말했다.

"영감, 이 일을 절대 입 밖에 내면 안 되오. 내가 만일 구멍을 뚫는 일에 성공하기만 하면 당신도 도망시켜 주겠소. 만일 간수에게 이르기만 하면 당신은 그 즉시 죽은 목숨이야."

그 순간, 아크샤노프는 온몸의 피가 한꺼번에 끓어오르는 것 같은 분노를 느꼈다. 화가 머리끝까지 치밀어 올랐지만 꾹 참았다. 몸이 부들부들 떨려 견딜 수가 없었는데도 이를 악물고 참았다. 그 대신 아크샤노프는 잡힌 팔을 냉정히 뿌리치면서 말했다.

"난 도망칠 생각은 없어. 죽는 것도 무섭지 않아. 너는 이미 옛날에 나를 죽여 버렸어. 내가 너를 고해 바치든, 가만히 있든, 그건 나하고 아무 관계가 없는 일이야."

세묘노비치는 어깨를 움찔하면서 입을 다물어 버리고 말았다.

그로부터 다시 며칠이 지났다. 그날도 죄수들은 일을 하기 위해 일터로 나갔다. 그런데 이날, 세묘노비치는 드디어 간수에게 들키고 말았다. 그날도 벽에서 긁어낸 흙을 몰래 가지고 나와 버리려다가 그만 발각이 된 것이다.

"아니, 이놈! 그게 뭐냐?"

"아, 아닙니다."

"이놈, 꼼짝 마라!"

세묘노비치가 들고 있던 흙 주머니에서 흙이 주르르 쏟아져 나왔다. 간수들은 세묘노비치를 감방 안으로 끌고 와서 뚫고 있는 구멍을 찾아냈다. 그리고 그 방에 있는 죄수들도 하나하나 불러내 조사를 시작했다.

아무도 사실대로 입을 떼지 못했다. 누구 하나 마카아르 세묘노비치의 이름을 대지 않았다. 왜냐하면 바른 대로 말할 경우, 세묘노비치가 얼마나 많은 매를 맞을 것인가를 잘 알 뿐더러 사나운 세묘노비치의 위협에 겁을 먹었기 때문이었다. 마카아르가 반죽음이 된다는 것과 그후의 복수를 생각하니 도저히 바른말을 할 수가 없었던 것이었다.

이윽고 간수장은 아크샤노프에게로 가까이 다가와 물었다.

"영감님, 당신은 아주 정직한 사람이오. 그러니 누가 이런 짓을 했는지 숨기지 않고 말해 주겠지요?"

"……."

마카아르 세묘노비치는 태연한 얼굴로 아크샤노프를 쳐다보지도 않은 채 간수장 앞에 버티고 서 있었다. 아크샤노프의 손과 발이 와들와들 떨리기 시작했다. 그는 한참 동안 아무 말도 못하고 그대로 서 있기만 할 뿐이었다.

아크샤노프는 혼자 많은 생각에 잠겨 있었다.

'저놈은 내 인생을 망쳐 놓았어. 그런데도 나는 저놈을 용서하고 편들어 주어야 하는가? 저놈은 나를 괴롭힌 만큼 벌을 받아야 해. 내가 만일 고해 바치기만 하면 저놈은 틀림없이 무서운 매를 맞을 테지. 하지만 만약 저놈에게 아무 죄가 없다면 어쩌지? 저놈이 내게 죄를 씌웠다는 건 어쩌면 내 추측뿐일지도 몰라. 그럼 내가 저놈을 미

위하는 것도 우습지. 확실한 증거가 없으니. 더구나 내가 이런 식으로 저놈을 괴롭힌다고 해서 내 기분이 상쾌해지고 좋아질까?'

간수장이 다시 한 번 물었다.

"어떻소? 영감님, 사실을 말해 주겠소? 도대체 누가 저런 짓을 했단 말이오? 누가 밤마다 구멍을 팠소?"

아크샤노프는 세묘노비치를 힐끔 바라보고 나서 대답했다.

"나는 아무것도 보지 못해서 모릅니다."

결국 누가 구멍을 팠는지 알 수 없게 되었다. 세묘노비치는 벽에서 흙이 떨어져 내려 자기가 치웠을 뿐이라고 끝까지 우겨 무사히 넘어갈 수 있었다.

하루가 지나갔다. 아크샤노프는 잠자리에 드러누워 잠을 자려 하고 있었다. 바로 그때, 누군가가 발치에 온 것 같은 인기척이 났다. 아크샤노프는 어둠 속에서 누가 왔나 하고 살펴보았다. 분명 마카아르 세묘노비치였다. 아크샤노프는 불쾌한 생각이 들어 한마디 툭 쏘아부치듯 말했다.

"또 내게 할 말이 있소? 거기서 뭘 하고 있는 거요?"

세묘노비치는 말이 없었다. 아크샤노프는 일어나서 또 말했다.

"무슨 볼일이야? 저리 가요. 만일 그냥 서 있으면 간수를 부르겠소."

그러자 세묘노비치는 아크샤노프에게 가까이 다가와서 조그만 목소리로 말했다.

"영감, 미안하오. 나를 용서해 주시오."

아크샤노프는 별안간 변한 세묘노비치의 태도에 놀라 의아한 표정으로 물었다.

"무엇을 용서하란 말이오?"

"바로 내가 그 장사꾼을 죽였던 거요. 그리고는 칼을 당신 짐 속에 넣었었소. 처음엔 당신을 죽일 셈이었지. 당신은 장사를 해서 제법 돈을 많이 벌었다고 소문이 파다하게 났었거든. 난 당신의 돈이 탐이 났던 거야. 그런데 그만 방을 잘못 찾아 그 상인이 당신인 줄 알고. 뒤늦게서야 자고 있는 당신을 찾아냈지. 그때 막 당신을 해치려고 하는데 마침 밖에서 무슨 소리가 나는 거야. 그 바람에 덜컥 겁이 나서 나는 황급히 칼을 당신 짐 속에 밀어넣고 그대로 창문 밖으로 도망쳐 버린 것이었소.”

아크샤노프는 말없이 가만히 듣고만 있었다. 도대체 무슨 말을 해야 좋을지 알 수가 없었다.

세묘노비치는 일단 말을 꺼내자, 자기 말에 스스로 감동된 듯 서럽게 울며 그 자리에 꿇어앉아 이마가 땅에 닿도록 고개를 숙이고 빌었다.

“제발 부탁이오. 용서해 주시오. 나는 이제 모든 사실을 밝히고 자수할 작정이오. 내가 상인을 죽였다는 사실을 모든 사람에게 알리겠소. 그러면 당신은 이제라도 무사히 집으로 돌아갈 수 있을 거요.”

아크샤노프는 그의 말을 어떻게 받아들여야 할지 몰라 한동안 멍청하게 서 있기만 했다. 그리고 한참만에 떨리는 목소리로 이렇게 말했다.

“당신은 쉽게 그런 말을 하지만, 내 마음은 정말 괴롭고 혼란스럽기가 이루 말할 수가 없소. 나는 얼마나 오랫동안 이런 괴로움을 견디어 왔는지 모르오. 그런데 이제 와서 나를 자유스럽게 놓아 주겠단 말이오? 내가 지금 나간다면 난 이제 어디로 가겠소? 마누라는 이미 죽었을 게고, 또 자식들은 나를 잊은 지 오래일 것이오. 나는 이제 돌아갈래야 갈 곳이 없소.”

그의 말에 세묘노비치는 더욱더 죄스러운 듯 꿇어앉은 채 머리를 조아리며 흑흑 흐느껴 울었다.

"정말 미안하오. 내 죄를 용서해 주시오. 매를 맞는 것보다 이렇게 당신을 쳐다보고 있는 것이 더 괴롭소. 그런데도 당신은 이런 나를 불쌍하게 생각하고 입을 다물어 나를 도와주었소. 제발 나의 죄를 용서해 주시오. 처음 얼마 동안은 안 그런 척 지낼 수 있었지만, 이젠 아니오. 아크샤노프, 날, 날 제발 용서해 주시오. 난 죽어서도 용서받지 못할 악당이오."

그는 견딜 수 없는 죄책감에 몸부림치며 울었다. 그 울음소리는 정말 너무도 처량했다. 아크샤노프는 가만히 그의 우는 모습을 바라보고 있다가 그만 자기도 함께 울어 버렸다.

"하나님께서 용서해 주시겠지. 어쩌면 내가 당신보다 더 나쁜 인간인지도 모르오."

아크샤노프는 이렇게 말하는 순간, 온몸이 일시에 가벼워지는 것 같았다. 그것은 마치 세상에 나와 진 무거운 멍에를 일시에 벗어 버리는 것 같은 홀가분함이었다. 그후부터는 집 생각도, 감옥에서 나가고 싶은 생각도 하지 않았다. 앞으로 얼마 남지 않은 인생만을 생각하게 되었다. 또한 세묘노비치에게도 이렇게 말하는 것이었다.

"세묘노비치! 당신 자수할 생각은 마시오. 이미 일은 다 끝난 거요. 나도 이제는 마음이 아주 편안하다오."

그러나 세묘노비치는 말을 듣지 않았다. 자기가 범인인 것을 밝히고 자수를 한 것이다.

얼마 후, 아크샤노프에겐 석방 명령이 내려졌다. 하지만 그때 아크샤노프는 이미 자유의 몸이었다. 이 세상에 살아 있지 않은, 벌써 저승 사람이 되었으니까.

손양원 목사 이야기

장로교의 손양원 목사는 여순 반란사건(1948년) 때 사랑하는 두 아들을 잃고 말았다. 같은 학교 학생인 공산당원에게 끌려가서 학살을 당한 것이다.

두 아들의 시체를 찾다가 장례식을 치르기 전에 손 목사는 철야 기도를 했다. 장례식을 시작할 때 모든 교인과 많은 이웃들이 분노와 슬픔을 이기지 못해 흐느끼기 시작했다. 하지만 손 목사는 눈물을 보이지 않았다. 오히려 여덟 가지 이유로 하나님께 감사해 했다.

"한 집안에서 순교자 한 사람이 나기도 어려운데 둘이나 나왔으니 얼마나 감사한가. 아브라함은 이삭 하나를 제물로 드렸는데 나는 두 아들 모두 하나님께 드렸으니 얼마나 감사한가. 그리고 순교자의 피는 '교회의 씨앗'이라고 했는데 나의 두 아들의 피가 장차 한국교회의 씨앗이 되어 풍성한 열매를 맺게 될 것이니 얼마나 감사한 일인가."

뿐만 아니라 손 목사는 두 아들을 끌어내어 죽인 그 학생이 국군에 잡혀 재판을 받고 사형선고를 받아 죽게 되었을 때에도 며칠 동안 계속 철야하며 기도하였다. 그리고 사령관을 찾아가 간청하여 구해냈다. 손 목사는 그를 집으로 데려와서는 아들로 삼고 새로운 아들을 주신 것을 기뻐하며 하나님께 감사하였다.

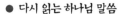
● 다시 읽는 하나님 말씀

저가 임하시되 땅을 판단하려 임하실 것임이라. 저가 의로
세계를 판단하시며 그의 진실하심으로 백성을 판단하시리로다
(시편 96편 13절)

그런즉 거짓을 버리고 각각 그 이웃으로 더불어 참된 것을 말하라.
이는 우리가 서로 지체가 됨이니라 (에베소서 4장 25절)

주의 약속은 어떤 이의 더디다고 생각하는 것 같이 더딘 것이 아니라
오직 너희를 대하여 오래 참으사 아무도 멸망치 않고 다 회개하기에
이르기를 원하시느니라 (베드로후서 3장 9절)

나는 너희에게 이르노니 너희 원수를 사랑하며 너희를 핍박하는 자
를 위하여 기도하라……. 너희가 너희를 사랑하는 자를 사랑하면
무슨 상이 있으리요. 세리도 이같이 아니하느냐. 또 너희가 너희 형
제에게만 문안하면 남보다 더 하는 것이 무엇이냐. 이방인들도 이같
이 아니하느냐. 그러므로 하늘에 계신 너희 아버지의 온전하심과 같
이 너희도 온전하라 (마태복음 5장 44절, 46절~48절)

악을 악으로, 욕을 욕으로 갚지 말고 도리어 복을 빌라. 이를 위하여
너희가 부르심을 입었으니 이는 복을 유업으로 받게 하심이라
(베드로전서 3장 9절)

세 농사꾼

자유를 찾은 정직한 하르코프

세 농사꾼

어느 마을에 세 소작인이 있었다. 그들은 다같이 한 지주의 땅을 갈며 살고 있었다.

한 사람은 하르코프라고 하는 아주 정직하고 교회에도 열심히 나가는 사람이었고, 또 한 사람은 구즈넬스키라고 하는데, 그저 무엇이든 적당히 어물어물 넘어가거나 남을 속이기 잘하는 사람이었다. 마지막 사람은 속이 엉큼하고 도둑질도 곧잘 하는 시노비치라는 사람이었다. 이 세 사람은 어진 주인 밑에서 열심히 일을 했다. 주인은 이 세 소작인들을 믿었고, 거듭되는 풍년으로 거두어들이는 수확도 커서 아무런 불평 없이 지낼 수가 있었다.

그러던 어느 해, 이 마을에도 그만 흉년이 들고 말았다. 세 소작인들은 예전에 없던 걱정거리가 생겼다. 지주에게 바쳐야 할 곡식이 턱없이 모자랐기 때문이었다.

"어떻게 하지? 추수한 곡식 모두를 전부 다 바쳐도 모자라니 말야……."

"아, 이걸 어쩐다? 그렇다고 주인을 속일 수도 없고 말야."

　그들은 한자리에 모이기만 하면 이렇게 걱정을 하며 의논했다. 이런저런 궁리를 다 해봤지만 별 좋은 생각이 떠오르지는 않았다. 드디어 주인에게 곡식을 가지고 가야 할 날이 가까이 다가왔다. 근심과 걱정 끝에 이들은 또다시 모여 의논을 했다.

　정직한 하르코프가 먼저 의견을 내놓았다.

　"할 수 없어. 주인께 솔직하게 말하는 게 옳아. 먹을 것이 없으면 꾸어서라도 먹어야지."

　그러자 구즈넬스키는 그건 말도 안 된다는 듯이 고개를 저으며,

　"아니야. 그럴 게 아니라, 우리 먹을 것은 미리 떼어놓고 나머지만 바치는 거야. 그것밖에 농사를 짓지 못했다고 하면 주인인들 어쩌겠어. 올해 흉년이라는 것은 주인도 다 알고 있을 테니까 말야."
하고 당연한 듯이 말했다.

　하지만 속이 검은 시노비치는 이들과는 좀 달랐다. 아주 태연하게 그런 걸 가지고 뭘 그렇게 걱정이냐는 듯 아무렇지도 않게 말했다.

　"무얼 그걸 가지고 그렇게 걱정들이오? 있는 대로 다 갖다 바치고

우리가 먹을 것은 창고에 가서 훔치면 되지."

그 말에 하르코프는 깜짝 놀라 펄쩍 뛰었다.

"그건 도둑질이 아니오? 그런 나쁜 짓을 우리보고 하란 말이오?"

"그건 나도 못하겠소. 차라리 주인을 속이면 속였지. 그래, 도둑질이 웬말이오?"

구즈넬스키도 반대하고 나섰다. 그러자 시노비치는 화가 난 듯 툭 쏘아붙였다.

"그렇게 하기 싫으면 그만들 두시오. 난 그렇게 할 테니까."

결국 그들은 아무 결정도 내리지 못한 채 각자 집으로 돌아갔다. 집으로 돌아온 이들은 모두 제가끔 생각에 잠겼다.

하르코프가 근심에 젖은 얼굴로 집에 돌아왔을 때, 아내와 아이들은 모두 식탁에 둘러앉아 빵을 먹고 있었다. 아주 맛이 있는 듯 웃어 가면서 맛있게 먹는 모습이 정겹기 그지없었다. 그 모습을 멀거니 바라보던 하르코프는 마음이 아파 왔다.

'저렇게 좋아서들 먹는 저 빵도 잠시뿐일 테지. 농사 지은 곡식을 전부 주인에게 바치고 나면 식구들은 모두 굶어야 한다. 저 철모르는 아이들은 얼마나 배가 고파서 보챌까.'

하고 생각을 하니, 눈물이 나올 것 같았다. 하지만 하르코프로서는 남을 속일 수도, 더구나 남의 창고에 가서 곡식을 훔친다는 것은 엄두도 못 낼 일이다. 그러니 속만 더 답답할 뿐이었다.

'아, 흉년이 들지 않았으면 이런 일도 없을 텐데……. 아냐, 모든 것이 다 하나님의 뜻이니까 그대로 순종하는 수밖에 없어. 그저 순리대로 따르기로 하자.'

이렇게 결심한 하르코프는, 다음날 아침 일찍 주인을 찾아갔다.

"주인님, 안녕하십니까?"

"오, 하르코프 아닌가! 그래, 올해 농사는 어찌 되었지?"

"예, 저 달구지에 주인님께 바칠 곡식을 모두 가지고 왔습니다."

"음, 수고가 많았네. 내 조금 있다 조사해 보도록 하지. 그건 그렇고, 다른 어려운 일은 없었나?"

"예, 올해는 가뭄이 들어 조금밖에 수확하지 못했습니다."

"그래? 그것 참 안됐군. 어려운 일이 있으면 다시 오게."

"예, 알겠습니다. 안녕히 계십시오."

하르코프는 답답한 마음을 가슴에 담아둔 채 주인 앞을 물러나왔다. 이제부터가 큰일이었다. 눈앞이 캄캄해지고 다리에 힘이 빠졌지만, 정직하게 주인에게 다 바치고 나니 한편으로는 무거운 짐을 내려놓은 듯 마음이 가벼웠다.

한편, 구즈넬스키는 집으로 돌아와 한참 동안을 바쁘게 돌아다녔다. 내년까지 먹어야 할 곡식을 덜어 놓아야 하기 때문이었다. 아내와 아이들까지 모두 불러내, 거두어들인 곡식 중의 일부를 숨겨 놓기에 바빴다. 그날 저녁 무렵, 구즈넬스키는 덜어내고 남은 곡식을 달구지에 싣고 주인에게 갔다.

"오, 구즈넬스키 왔나? 그래, 올해 농사는 수확이 어떤가?"

"주인님, 말도 마십시오. 도대체 농사가 됐어야 말이지요. 주인님도 아시다시피 올해는 가뭄이 들지 않았습니까? 그런 탓인지 수확이 영 시원치 않습니다. 아무리 해보려고 애는 써 봤지만, 거두어들인 곡식은 저것뿐입니다. 주인님, 용서해 주십시오."

"아뭏든 수고했네. 무슨 어려운 일이 있거든 찾아오게."

"예, 감사합니다."

이런 거짓말로 주인을 속인 구즈넬스키는 기분이 좋아서 만족스런 웃음을 띠며 집으로 돌아왔다.

그럼, 시노비치는 어떻게 했을까? 그는 다른 두 사람처럼 걱정을 하지도, 바쁘게 서둘지도 않았다. 아주 태연 자약하게 새 옷을 꺼내

50

차려 입고, 달구지에 거두어들인 곡식을 모두 실은 다음 주인집을 향해 떠났다. 그는 말 위에 올라앉아 중얼거렸다.

"흥, 바보 같은 놈들, 모두들 멍충이야. 하르코프란 놈, 도둑질을 어떻게 하느냐고? 배에서 쪼르륵 소리가 나보라지. 그래도 제가 도둑질을 안 해? 자식놈들이 배고프다고 한번 울어 봐. 그러면 아마 정신이 바짝 날 거야. 어디 두고 보자, 흥. 구즈넬스키, 그놈도 마찬가지야. 주인을 속이자고? 그건 말도 안 될 소리지. 주인이 어디 그렇게 호락호락 속아 넘어갈 위인인가? 그 사람이 얼마나 약았는데…… 섣불리 거짓말을 했다가 인심만 잃으면 그나마 자기 땅에서 농사도 못 짓게 할 거야. 나처럼 이렇게 솔직하게 갖다 주고, 뒷구멍으로 슬쩍 빼내는 게 상책이라구. 나중에 가서야 누가 그랬는지 알게 뭐야. 인심 안 잃고, 굶지 않고, 꿩 먹고 알 먹는 격이지, 히히."

시노비치는 의기 양양하게 주인에게로 갔다.

"주인님, 그 동안 한번도 찾아 뵙지 못해서 죄송합니다."

"뭘, 그 동안 무척 바빴을 텐데. 수고가 많았지. 그래, 농사는 잘 되었나?"

"예, 흉년이 들긴 했습니다만 다른 해보다 좀더 열심히 일을 했더니 수확은 거의 비슷합니다. 자, 보십시오. 저 문 밖에 싣고 왔습니다."

"오, 그래. 애 많이 썼네. 다른 해보다 열심히 일해서 수확이 떨어지지 않았다니 무척 기쁘구면."

이렇게 해서 세 사람의 소작을 다 받아들인 주인은 차근차근 생각해 보았다.

'음, 이놈들. 어떻게 하나 두고 보자.'

그들의 속을 빤히 아는 주인은 모른 체하고 있었다.

한 달이 가고, 두 달이 흘렀다. 지금쯤은 양식이 모두 떨어질 때가 되었다. 주인은 슬며시 하르코프네 집 근처로 가 보았다.

하르코프의 집 문 앞에는 아이들이 모두 나와 앉아 무엇인가를 기다리고 있는 듯이 보였다. 그들은 하나같이 먹지 못해 모두 바싹 말라 있었다. 그 중 제일 어린 동생이 형에게 보채기 시작했다.

"형, 나 배고파. 얼른 빵 좀 먹었으면 좋겠어."

"그래, 조금 기다려. 엄마가 곧 오실 테니까."

"엄마가 오면 뭘 해. 빵이 생기나?"

"아냐, 엄마가 지금 이모네 집으로 빵을 꾸러 갔어. 곧 오실 테니 조금만 기다려 봐."

"정말 배가 고파서 더 못 참겠는걸. 물이라도 먹어야겠어."

꼬마는 힘없이 일어나 안으로 들어가 버렸다. 이 광경을 본 주인은 눈시울이 뜨거워졌다. 하르코프의 정직한 마음에 또 한번 감탄했다.

다음에는 구즈넬스키네 집으로 가 보았다. 마침 식사 시간인지 창 안으로 들여다보이는 식탁 위에는 김이 무럭무럭 나는 탐스러운 하얀 빵이 그릇에 한가득 담겨 있었다. 그 식탁에 둘러앉은 구즈넬스키와 가족들은 웃어 가며 맛있게 빵을 먹고 있었다. 아이들도 모두 포동포동 살이 올라 건강해 보였다. 주인은 무엇인가 알았다는 듯 고개를 끄덕이며 이번에는 시노비치네 집으로 가 보았다.

시노비치네 집은 다른 두 집과는 비교도 안 되었다. 마치 굉장한 부잣집인 듯 모든 것이 풍성하기만 했다. 흰 빵은 물론, 식탁 위에는 고기며, 우유며, 수프며 없는 것이 없었다. 그 맛있는 냄새가 문 밖으로 새어 나와 주인의 코에까지 솔솔 들어왔다.

모든 것을 다 확인한 주인은 모르는 체하고 집으로 돌아왔다. 집에는 마침 하르코프가 주인을 기다리고 있었다. 하르코프는 주인을 보자 의자에서 벌떡 일어났다. 그의 얼굴은 말할 수 없을 만큼 까칠했고 그의 눈은 십 리만큼 쏙 들어가 보기에도 딱하기가 이를 데 없었다.

"하르코프, 웬일인가? 무엇 때문에 왔지?"

주인은 시치미를 떼고 물었다.

"예, 다름이 아니라, 주인님께 부탁이 있어 왔습니다."

"음, 무언가? 어서 말해 보게."

"양식을 좀 꾸어 주십사 하고요. 내년에 농사가 잘되면 모두 다 계산에 넣어 갚아 드리겠습니다."

"그래, 다른 건 염려 말고 어서 갖다 먹도록 하게. 가족들을 굶겨서는 안 되는 거야."

뜻밖에 시원한 주인의 승낙에 하르코프는 매우 기뻐하며 양식을 구해 가지고 집으로 돌아왔다.

이 얘기를 들은 구즈넬스키는 배가 아프기 시작했다. 자기도 주인에게 찾아가 양식을 얻어 올 생각으로 집을 나섰다. 그런데 얼마쯤 걸어가다 우연히 길가에서 주인과 딱 마주쳤다.

"자네, 어딜 그렇게 바삐 가는 길인가? 그래, 흉년이 들어 어떻게 살지?"

"말씀 마십시오. 아주 죽을 지경입니다. 그래서 지금 주인님께 양식을 구하러 가는 길입니다."

"그래? 그럼 내가 잘못 보았나?"

"아니, 그게 무슨 말씀입니까?"

"내가 보니까, 당신네 식구들은 모두 흰 빵만 먹고 있던데……."

"예?"

구즈넬스키는 당황한 듯 얼굴이 빨개지며 아무 소리도 못하고 다시 돌아서서 집을 향해 꽁지가 빠지게 도망치듯 가버렸다. 주인은 도망가는 구즈넬스키의 뒷모습을 보고 껄껄 웃으며 말했다.

"남을 속인다고 길게 가나? 하나님이 다 지켜 보시는데……."

한편, 시노비치는 매일 밤 주인 집 창고에 가서 먹을 것을 훔쳐 내

왔다. 광 안에는 곡식뿐만 아니라 갖가지 맛있는 것들이 층층이 쌓여 있었다. 고기도 있고, 말린 생선도 있고, 과일이며 야채, 온갖 먹을 것들이 넘쳐났다. 시노비치는 신이 났다. 힘 안 들이고 맛있는 것들을 하나하나 다 빼내 올 수 있었다. 그는 몰래 드나들 수 있는 구멍을 미리 파 놓고 그 구멍으로 매일 드나드는 것이었다. 그것도 한꺼번에 빼 오면 들키기 쉬우니까 날마다 조금씩 빼내 오는 것이었다.

그러던 어느 날이었다. 이 집에서 기르던 개가 광견병에 걸려 미치게 되었다. 주인은 그 동안 정든 개를 죽여 버릴 수도 없고 해서 종들을 불러 명령을 내리길,

"개를 잡아 광 속에 가두어라! 죽여 버리기에는 불쌍하구나."

미친 개는 곧 광 속에 갇히게 되었다.

아무것도 모르는 시노비치는 그날도 날이 어둡기를 기다려 살금살금 주인의 광 속으로 들어갔다. 그런데 웬일인지 그날 따라 시노비치는 온몸이 섬뜩해짐을 느꼈다. 무엇인가가 꼭 덤벼들 것만 같고, 뒤에서 무엇이 잡아당기는 것도 같았다.

바로 그때였다. 막 무서운 생각이 걷히기도 전에 바로 눈앞에서 얼굴을 꿰뚫을 것 같은 두 개의 광채가 번쩍 하고 빛을 발했다.

시노비치는 머리끝이 쭈뼛 올라감을 느끼면서 한 걸음 뒤로 물러섰다. 그러나 시노비치가 물러섬과 동시에 그 두 개의 광채는 앞으로 휙 달려들어 시노비치를 물고 늘어졌다. 곧이어 무서운 소리와 함께 시노비치를 땅바닥에 쓰러뜨리고 닥치는 대로 물어뜯었다. 놀란 시노비치는 피할 사이도, 소리지를 겨를도 없었다.

다음날 아침, 종들이 광 안을 들여다보았을 때는 이미 개도 사람도 다 죽어 있었다. 밤새도록 어지간히 엎치락뒤치락 싸운 모양인지, 곳곳에 피가 낭자해 있었다. 뒤늦게서야 이 소식을 듣고 달려온 주인은 광 속에서 죽은 시체가 시노비치임을 알아보고는 쓴웃음을 지으며

54

짐짓 의미가 담긴 한마디를 내던졌다.

"하나님을 속일 수는 없는 거야."

다음 해, 주인은 두 사람의 땅을 모두 빼앗았다. 그리고 그 땅을 모두 하르코프에게 주며 말했다.

"당신은 지금부터 자유의 몸이오. 내가 주는 이 땅으로 농사를 잘 지어 잘 살아 보도록 하시오."

감격한 하르코프는 무릎을 꿇고 물었다.

"아니, 주인님. 어째서 저에게 이렇게 많은 땅을…… 게다가 자유의 몸으로 만들어 주시기까지 하십니다."

주인은 자못 중엄한 말투로 대답했다.

"이건 내 뜻이 아니오. 하나님은 당신을 잘 알고 있소."

이렇게 해서 정직한 하르코프는 자유롭게 되었고, 땅을 많이 가진 부자 농부가 되어 어려운 사람들을 도우며 행복하게 살았다.

● 톨스토이와 함께하는 성경 이야기

까라마조프 가의 형제들

도스토예프스키의 소설 『까라마조프 가의 형제들』에는 한 아버지의 세 아들에 대한 이야기가 나온다. 첫째아들은 술과 여자를 좋아하는 방탕한 사람이어서 결국은 감옥에서 죽는 신세가 되었고, 법학도인 둘째아들은 냉철하고 이론적인 사람으로 신앙까지도 파헤치며 따지다가 미쳐 버리고 말았다. 수도사인 셋째아들은 거룩한 삶에 대해서 깊이 생각하는 사람이 되었다. 한 아버지의 세 아들이지만 각자 전혀 다른 성격으로 살아간 것처럼 한 사람의 인격 속에는 이렇게 여러 개의 마음이 공존한다.

　그러므로 어떤 인생을 사느냐 하는 것은 어떤 마음으로 사느냐에 달린 것이다. 생활을 하다 보면 낙심할 때, 허무할 때, 억울할 때가 있다. 반면에 기쁠 때, 감사할 때, 아름다울 때도 있다. 인생의 여러 부분에서 어두운 쪽에 빠지지 말고 기쁘고 감사한 쪽을 보면서 늘 새 힘을 얻어야 한다.

● 다시 읽는 하나님 말씀

정말로 형제들아 무엇에든지 참되며 무엇에든지 경건하며 무엇에든지 옳으며 무엇에든지 정결하며 무엇에든지 사랑할 만하며 무엇에든지 칭찬할 만하며 무슨 덕이 있든지 무슨 기림이 있든지 이것을 생각하라
　　　　　　　(빌립보서 4장 8절)

주께서 가라사대 지혜 있고 진실한 청지기가 되어 주인에게 그 집 종들을 맡아 때를 따라 양식을 나누어 줄 자가 누구냐. 주인이 이를 때에 그 종의 이렇게 하는 것을 보면 그 종이 복이 있으리로다. 내가 참으로 너희에게 이르노니 주인이 그 모든 소유를 저에게 맡기리라 (누가복음 12장 42절~44절)

오직 의롭게 행하는 자, 정직히 말하는 자, 토색한 재물을 가증히 여기는 자, 손을 흔들어 뇌물을 받지 아니하는 자, 귀를 막아 피 흘리려는 꾀를 듣지 아니하는 자, 눈을 감아 악을 보지 아니하는 자, 그는 높은 곳에 거하리니 견고한 바위가 그 보장이 되며 그 양식은 공급되고 그 물은 끊이지 아니하리라 하셨느니라. 너의 눈은 그 영광 중의 왕을 보며 광활한 땅을 목도하겠고
　　　　　　(이사야 33장 15절~17절)

너희는 재판에든지 도량형에든지 불의를 행치 말고 공평한 저울과 공평한 추와 공평한 에바와 공평한 힌을 사용하라. 나는 너희를 인도하여 애굽땅에서 나오게 한 너희 하나님 여호와니라 (레위기 19장 35절, 36절)

56

세 그루의 사과나무

원수에게 보복하지 말라

'눈은 눈으로, 이는 이로 갚으라'고 하신 말씀을 너희는 들었다(마태가 전한 복음서 제5장 제 38절). '그러나 나는 너희에게 말한다. 너희에게 악을 행하는 사람에게 보복하지 말라……'(제39절) '원수 갚는 것은 내가 할 일이니 내가 보상하겠다'(로마서 제12장 제19절)

세 그루의 사과나무

1

어느 가난한 농가에 아들이 태어났다. 농부는 크게 기뻐하며 이웃 집에 가서 아들의 이름을 지어 달라고 부탁했다. 그런데 이웃집에서 는 거절을 했다. 왜냐하면 가난한 농가 자식의 대부(代父)나 대모(代母)가 되는 것이 싫었던 것이다. 가난한 농부는 다른 집으로 가 보았 으나 거기서도 마찬가지였다.

온 마을을 다 돌아다녔지만 이름을 지어 주려고 하는 사람은 아무 도 없었다. 하는 수 없이 농부는 이웃 마을을 향해 떠났다. 농부에게 는 오로지 새로 태어난 아기의 이름을 지어 주어야 한다는 일념뿐이 었다.

농부가 정신없이 이웃 마을로 가고 있을 때 저쪽에서 한 나그네가 오고 있었다. 나그네는 그를 보더니 발길을 멈추고,

"안녕하시오? 그래 어딜 그렇게 바삐 가시오?"

하고 인사를 했다.

"네, 사실은 하나님께서 보배를 주셨습죠. 어린 아이란 젊어서는 즐거움이 돼주고 나이 먹어서는 의지가 되며 죽어서는 연미사를 올려 주게 되는데, 가난하다 보니까 우리 아들놈에게는 아무도 이름을 지어 주려고 하지 않는군요. 그래서 이름을 지어 줄 분을 찾아가는 길입지요."

길손은 농부의 말을 듣고는 잠시 생각하는 듯하더니,

"내가 대부(代父)가 되면 어떻겠소?"

라고 농부에게 물었다. 농부는 크게 기뻐하며 길손에게 치사한 다음,

"그러면 대모(代母)는 누구를 하면 좋을까요?"

하고 물었다.

"대모는 장사꾼의 딸에게 부탁해 보시오. 시내에 나가면 광장에 가게를 몇 채 가진 돌집이 있을 거요. 그 가게 주인을 불러내 딸을 대모로 해달라고 부탁하시오."

농부는 의아스럽게 생각했다.

"여보시오, 나 같은 농군이 어떻게 부자 상인을 불러낼 수 있겠습니까? 나 같은 농군은 우습게 보고 딸을 보내 주지 않을 겁니다."

"그런 걱정은 하지 않아도 될 거요. 가서 부탁만 하면 될 터이니, 내일 아침 나절에 죄다 준비해 두시오. 내가 가서 세례를 해주리다."

가난한 농부는 그 길로 시내로 나가 상인을 찾아갔다. 안마당으로 들어가자 가게 주인이 나와서,

"무슨 볼일이라도 있소?"

하고 물었다.

"실은 다름이 아니오라, 나으리, 하나님께서 이 사람에게 귀한 아들 하나를 점지해 주셨습니다. 아들이란 젊어서는 즐거움이 되고, 나이 먹어서는 의지가 되며, 죽어서는 연미사를 올려 주게 되는 것입지요. 제발 댁의 따님을 대모로 삼게 해주십시오."

"그래, 세례는 언제 하는데?"

"내일 아침입죠."

"아아, 좋아. 돌아가 있게. 내일 기도식이 올려지기 전에 딸을 보내
줄 테니."

이튿날 대부가 될 사람도, 대모가 될 사람도 모두 와서는 아기에게
세례를 해주었다. 아기의 세례를 마치자마자 눈 깜짝할 사이에 대부
는 어디론가 가 버려서 어디 사는 누구인지도 모르게 되었다. 그 뒤
로는 아무도 그 사람을 보지 못했다.

2

아기가 자라남에 따라 어머니, 아버지의 즐거움은 더해만 갔다. 힘
이 세고 부지런했으며 영리한 데다 온순하기까지 했다.

이윽고 아들은 열 살이 되었다. 어머니, 아버지가 학교에 보내자,
다른 아이들이 오 년 걸려 배우는 것을 이 아이는 일 년 만에 다 깨우
쳤다. 아들은 더 이상 배울 것이 없게 되었다.

아들이 열한 살 되던 해, 부활절이 돌아왔다.

아들은 대모에게 가서,

"그리스도는 부활하셨도다."

라고 축하 인사를 하고 입을 맞춘 다음 집으로 돌아와서 물었다.

"아버지, 어머니, 제 대부님은 어디 계십니까? 찾아가서 부활절의
축하 인사를 드려야 할 텐데요."

그러자 아버지가 말했다.

"귀여운 우리 아가야, 네 대부님이 어디 계신지 우리도 모른단다.
우리도 늘 그 일을 걱정하고 있지만 그분은 너에게 세례를 해주고 가

더니 다시는 모습을 보이시지 않는구나. 소문도 들은 적이 없고, 어디 계신지도 모르니, 살아 계신지 어쩌는지 아무도 모르는 형편이다."

아들은 부모에게 절하며 말했다.

"아버지, 어머니, 제게 기회를 주세요, 대부님을 찾아가게 말예요. 꼭 찾아서 부활제 인사를 드리고 싶어요."

양친은 아들에게 허락을 해주었다. 그리하여 아들은 자기의 대부를 찾아 길을 떠났다.

3

대자는 집을 나와 정처 없이 걸었다. 반나절쯤 걸었을 때 어떤 길손을 만났다. 길손은 발길을 멈추고,

"젊은이, 어딜 가나?"

하고 물었다. 아이가 말하길,

"저는 제 대모님에게 가서 부활제의 인사 말씀을 드리고 집으로 돌아왔습니다. 그리고 나서 저희 부모님께 저의 대부님은 어디 계시느냐고 여쭈었는데 부모님께선, 저의 대부님이 어디 계신지 모르며 세례를 끝내고 가신 뒤로는 전혀 소식이 없으니 살아 계신지 어쩐지조차 모른다는 대답이셨습니다. 저는 대부님을 만나 뵙고 싶어서 이렇게 길을 떠나는 것입니다."

그러자 길손이 말했다.

"허허, 그래. 네가 나를 찾아 나섰구나. 바로 내가 네 대부란다."

사내아이는 기뻐하며 대부와 부활제의 입맞춤을 했다.

"대부님, 지금 어디로 가시는 길인가요? 혹시 저희 마을 쪽으로 가

실 거면 저희 집에 들러 주세요. 그렇지 않고 댁으로 돌아가신다면 저도 따라가겠어요."

이 말에 대부는 대답했다.

"나는 지금 너희 집에 들를 틈이 없단다. 이쪽저쪽 마을에 볼일이 많아서 말이다. 집으로는 내일 돌아갈 예정이니 그때 우리 집으로 오려므나."

"어떻게 찾아야 하나요, 대부님?"

"그래, 내 알려줄 테니, 잘 듣고 찾아오너라. 우선 태양이 떠오르는 쪽을 향해 똑바로 걸어라. 그러면 숲이 나온다. 그 숲 한가운데에 널찍한 초원이 눈에 띌 것이다. 그 초원에 앉아 다리를 쉬면서 그 근처의 풍경을 둘러보아라. 그런 뒤 숲을 나서면 그곳에 뜰이 있고 그 뜰에는 금빛 지붕의 집이 있을 거다. 그곳이 내 집이다. 그 문 앞까지 오면 내가 마중을 나가지."

대부는 이렇게 말하더니 사내아이 앞에서 사라져 버렸다.

4

대자는 대부가 가르쳐 준 대로 대부의 집을 찾아 길을 나섰다.

한참 걸어가니 숲이 나왔다.

숲 속의 넓은 초원에 닿아서 문득 바라보니 초원 한복판에 소나무가 한 그루 서 있는데, 그 소나무에는 새끼줄이 매여 있고, 새끼줄에는 무게가 12관쯤은 되어 보이는 떡갈나무 통나무가 매달려 있었다. 통나무 밑에는 벌꿀이 든 통이 놓여 있었다. 도대체 이런 곳에다 왜 벌꿀을 놓아 두고 통나무를 매달아 놓았을까, 라고 생각하면서 머뭇거리고 있는데, 숲 속에서 바스락거리는 소리가 났다.

그쪽을 보니 몇 마리의 곰이 이리로 오고 있는 게 아닌가. 암놈이 앞장서고 그 뒤에 두 살짜리 곰이, 또 뒤에는 세 마리의 새끼 곰이 따라오고 있었다. 암놈은 코를 벌름거리더니 벌꿀 통으로 다가가고 새끼 곰들도 그 뒤를 따랐다. 암놈이 통에 코를 처박고 새끼들을 부르자 새끼 곰들도 달려가서 통에 매달렸다.

그때 통나무가 슬쩍 쓰러지는가 싶더니 금방 다시 제자리로 돌아오면서 새끼 곰을 건드렸다. 그러자 암놈이 앞발로 통나무를 밀어젖혔다. 통나무는 먼저보다 세게 밀려갔다가 돌아오면서 새끼 곰을 세게 내리쳤다. 등을 얻어맞은 놈도 있고 머리를 맞은 놈도 있었다. 새끼 곰들은 비명을 내지르며 흩어졌다.

암놈은 으르렁거리며 두 발로 통나무를 머리 위로 들어올리면서 힘껏 내던졌다. 통나무가 공중으로 높이 튀어 올라가자, 안심한 두 살짜리 곰은 통으로 달려가 꿀 속에 코끝을 처박고 할짝할짝 핥아먹기 시작했다. 다른 새끼 곰들도 다가왔다. 그러나 통 곁으로 다가오기가 무섭게 통나무가 다시 본래의 자리로 돌아오면서 두 살짜리 곰의 머리를 세게 때려 그 자리에서 즉사하고 말았다. 암놈은 먼저보다 더 무서운 소리로 으르렁거리며 통나무를 움켜잡아 힘껏 하늘을 향해 휙 내던졌다.

통나무는 떡갈나무 가지보다 더 높이 올라가 새끼줄이 느슨해졌을 정도였다. 암놈이 통 곁으로 다가드니 새끼 곰들도 다가들었다. 그때 높이 튀어 올라간 통나무가 공중에서 잠시 멈췄다가 다시 아래로 내려오기 시작했다. 내려오면 내려올수록 가속도가 붙어 힘이 아주 커졌다. 처음과는 비교도 할 수 없을 정도로 무서운 기세로 떨어져 내려오면서 암놈을 덮쳐 머리를 사정없이 때렸다. 암놈은 벌렁 나자빠져 버둥거리다가 숨이 끊어졌다. 새끼 곰들은 걸음아 날 살려라, 하고 달아나 버렸다.

5

대자는 그 광경을 보자 놀라서 마구 달려 도망갔다.

이윽고 커다란 뜰로 나왔다. 뜰 가운데에는 금빛 지붕으로 덮은 높직한 궁궐이 자리잡고 있었다. 궁궐 문 앞에는 대부가 나와 서서 웃고 있었다. 그는 아이를 문 안으로 맞아들여 뜰을 구경시켰다. 그 정원의 아름다움, 그 속에 깃들여 있는 평화로움은 이제껏 꿈에서도 보지 못했던 활홀경이었다.

대부는 대자를 궁궐 안으로 데리고 들어갔다. 궁궐 안은 정원보다 더 훌륭했다. 대부는 이 방 저 방을 빠짐없이 보여주었다. 보면 볼수록 훌륭하기만 해서 대자는 더욱더 즐거워했다.

이윽고 두 사람은 어느 방문 앞에 이르렀다.

"너는 이 문이 보이겠지?"

대부가 말했다.

"여긴 자물쇠가 없다. 그냥 닫았을 뿐이다. 그러니까 쉽게 열 수는 있지만 열지 않는 편이 좋다. 어디서든 네 마음대로 뛰어다니며 놀아라. 무슨 놀이를 하며 즐겨도 상관없으나 다만 한 가지, 이 방만은 들어가서는 안 된다, 알겠느냐? 만약에 안으로 들어가는 날엔 너는 아까 이곳으로 오는 도중에 숲 속에서 본 일을 생각하게 될 것이다."

대부는 그렇게 말하고는 어디론지 가 버렸다. 대자는 홀로 남아 거기서 살기 시작했다. 거기서는 정말로 즐겁고 기쁜 일뿐이었으므로 겨우 두 시간 머물렀던 것같이 생각되었으나 사실은 거기서 30년이란 시간이 흘렀던 것이다. 30년이 지났을 때 대자는 꼭 닫혀 있는 문 앞으로 다가가서 생각했다.

"대부님은 왜 이 방에 들어가서는 안 된다고 하셨을까? 어디 한번 뭐가 있는지 들어가 봐야지."

문을 한번 잡아당기니 닫혔던 문이 열렸다. 대자가 안으로 들어가 보니 방은 궁궐 안의 어느 방보다 크고 훌륭하며 방 한가운데에는 금으로 꾸민 옥좌(玉座)가 놓여 있었다. 사내아이는 방 안을 이리저리 실컷 돌아다니다가 옥좌에 다가가 층계를 밟고 올라가 앉았다. 자리에 앉아서 내려다보니 옥좌 옆에 홀(笏)이 놓여 있었다. 사내아이가 홀을 손에 잡자마자 갑자기 벽이 사방으로 쫙 열리며 온 세계가 한눈에 보이고, 세상 사람들이 하고 있는 일들을 다 볼 수가 있었다. 정면을 보니 바다가 있고 배가 왕래하는 모습이 보였다. 오른쪽을 바라보니 그리스도 교도가 아닌 다른 나라의 사람들이 살고 있고, 왼쪽을 보니 그리스도 교도이긴 해도 러시아인이 아닌 사람들이 살고 있다. 마지막으로 뒤를 보니 러시아인들이 사는 동네였다.

"어디 한번, 우리 집에서 뭣들을 하고 있나 봐야겠다. 밭에 보리는 잘 영글었나."

자기 집 밭을 보니 보릿단이 잔뜩 쌓여 있다. 얼마나 되나 하고 다발을 세기 시작했는데 얼핏 보니 밭 쪽을 향해 짐수레가 오고 있었다. 그 수레에는 농부가 앉아 있었다. 아버지가 밤중에 보릿단을 가지러 온 것이라고 생각했다. 그런데 자세히 보니, 그 농부는 아버지가 아니라 바실리이 끄로랴쇼프라는 도둑이 아닌가. 도둑은 퇴비 곁에까지 오자 보릿단을 수레에 싣기 시작했다. 사내아이는 속이 상해서,

"아버지, 보리를 훔쳐 가요!"
하고 외쳤다.

아버지는 한참 잘 자다가,

"허 참, 보릿단을 훔쳐 가는 꿈을 꾸었군. 어디 한번 가 보아야지."
하고 힘차게 말을 달렸다.

밭에 와 보니 바실리이가 보릿단을 훔쳐 가고 있었다. 아버지는 얼

66

른 커다란 소리로 이웃 농부들을 불렀다. 결국 바실리이는 붙잡혀 감옥으로 송치되었다.

다음에 사내아이는 대모가 살고 있는 거리 쪽을 바라보았다. 대모는 어떤 상인의 아내가 되어 있었다. 대모는 마침 잠을 자고 있는 중이었다. 그런데 남편이 슬그머니 일어나 정부에게 가고 있는 게 아닌가. 사내아이는 대모에게,

"일어나세요. 주인 아저씨가 나쁜 짓을 하려고 해요."

하고 커다란 소리로 가르쳐 주었다.

대모는 벌떡 일어나 옷을 갈아 입고 남편의 정부가 사는 집으로 달려가 한껏 망신을 준 뒤에 정부를 마구 때리고 남편을 몰아냈다.

대자는 이번엔 자기 어머니를 찾아보았다. 어머니는 집에서 자고 있었는데 집 안에 도둑이 들어와 옷궤의 자물쇠를 부수고 있는 중이었다.

어머니는 잠이 깨어 큰 소리로 도둑이야! 하고 외쳤다. 깜짝 놀란 도둑은 도끼를 꺼내 덤벼들어 당장 어머니를 죽이려고 했다. 사내아이는 참을 수 없어 홀을 도둑에게로 던졌다. 이마 관자놀이에 정통으로 홀을 맞은 도둑은 그 자리에 쓰러져 죽어 버렸다.

6

대자가 도둑을 죽이자마자 훤히 트였던 사방의 벽이 싹 닫혀지면서 방은 그전대로 되었다.

그때 문이 열리면서 대부가 들어왔다. 대부는 대자에게로 와서 그의 손을 잡아 옥좌에서 내려놓고 이렇게 말하는 것이었다.

"너는 내가 일러준 말을 듣지 않았구나. 네가 저지른 첫째 잘못은

금단의 문을 연 일이다. 두 번째 잘못은 옥좌에 올라앉아 내 홀을 손에 잡은 일이다. 세 번째 잘못은 세상에 악을 더하게 한 일이다. 만약 네가 한 시간만 더 앉아 있었더라면 인간의 절반은 못쓰게 만들었을 것이다."

대부는 다시 한 번 대자의 손을 잡고 옥좌에 올라가 홀을 들었다. 그러자 다시 벽이 열리면서 무엇이나 다 보이게 되었다.

그때 대부는 말했다.

"자, 이번에는 네가 너희 아버지에게 한 짓을 보아라. 바실리이는 일 년 동안이나 감옥에 갇혀 있었으므로 온갖 나쁜 짓을 배워서 손볼 수 없는 악당이 돼 버렸다. 보아라, 방금 저 사나이는 너희 아버지의 말을 두 필 훔쳐 갔는데, 이제 조금 있으면 집까지 불살라 버릴 테니……. 네가 너희 아버지에게 한 일은 이런 것이다."

아버지의 집이 타는 것이 대자의 눈에 비치자, 대부는 그것을 닫고 또 다른 쪽을 보도록 했다.

"자, 봐라. 네 대모의 남편은 벌써 일 년 전부터 아내를 버리고 딴 여자와 놀아나고 있어서 대모는 술로 밤낮을 지새우고 있다. 네가 대모에게 고해 바쳤던 정부는 아주 타락한 여자가 돼 버렸다. 네가 대모에게 한 짓은 이런 일이다."

대부는 이번에는 대자의 집을 보여주었다. 어머니의 모습이 보였다. 어머니는 자기가 지은 갖가지 죄를 뉘우치면서 울고 있는 것이었다.

"차라리 그때 내가 도둑에게 죽임을 당했더라면 좋았을걸. 그러면 이렇게 많은 죄를 짓지 않아도 되었을 텐데."

"네가 어머니에게 한 짓은 이렇다."

대부는 이제 아래쪽을 가리켰다. 대자의 눈에 도둑의 모습이 비쳤다. 두 사람의 간수가 감옥 앞에서 그 도둑을 잡아 누르고 있었다. 대부는 말했다.

"이 사나이는 아홉 명의 목숨을 빼앗았다. 자기 자신이 그 죄를 갚지 않으면 안 되는 인간이었다. 그런데 네가 이 사나이를 죽여 버렸기 때문에 그의 죄는 모두 네가 떠맡아야 한다. 이제부터 너는 저 사나이가 저지른 일체의 죄에 대해 책임을 지지 않으면 안 된다. 너는 스스로 이렇게 만들었다. 암곰이 처음 통나무를 건드렸을 때는 새끼 곰을 놀라게 했을 뿐이나 두 번째로 밀어젖혔을 때는 두 살짜리 곰을 죽이고, 세 번째로 집어던졌을 때는 스스로를 파멸시켜 버렸다. 네가 한 짓도 그와 마찬가지다. 나는 네게 지금부터 삼십 년의 시간을 줄 테니 세상에 나가서 도둑의 죄를 대신 갚도록 하여라. 만약 그 일을 하지 못하면 네가 대신 도둑이 된다."

"어떻게 하면 도둑의 죄를 갚을 수 있을까요?"

대자가 물었다. 그러자 대부는 이렇게 대답했다.

"네가 지은 만큼의 죄를 세상에 나가서 지워 가면 그때 너는 도둑의 죄를 갚는 게 된다."

"어떻게 하면 세상에 나가 죄를 지울 수 있는 것인가요?"

대자가 다시 물었다.

"태양이 떠오르는 쪽을 똑바로 걸어가거라. 그러면 밭이 나오고, 그 밭에 숱한 사람들이 있을 것이다. 그 사람들이 하는 짓을 잘 보고 네가 알고 있는 지혜를 그들에게 가르쳐 주어라. 그리고 다시 앞으로 걸어 나가면서 눈에 띄는 일을 머리에 새겨 두어라. 나흘째 되는 날에는 숲에 당도할 것이다. 그 숲 속에는 암자가 있고 그 암자에는 은자가 살고 있는데 그분에게 이제까지 있었던 일을 모조리 이야기하여라. 그 은자가 네게 가르쳐 줄 것이다. 은자가 네게 이르는 대로 일을 모두 해내면 그때 너는 도둑이 지은 죄를 갚게 되는 것이다."

대부는 그렇게 말하고는 대자를 문 밖으로 내보냈다.

7

대자는 걷기 시작했다.

"대관절 어떻게 이 세상의 죄를 지워 나가야 한단 말인가? 세상에서는 보통 악인을 유배 보내고 감옥에 가두거나 사형에 처하여 그것으로 악을 지우고 있는데, 죄를 지워 가면서 남의 죄를 자기가 떠맡지 않으려면 대관절 어떻게 하면 좋을까?"

대자는 곰곰이 생각했지만 깨달을 수가 없었다.

정처 없이 걸어가다 보니 밭에 이르렀다. 밭에는 보리 이삭이 누렇게 익어 추수하기에 알맞았다. 그런데 보리밭 속으로 망아지가 돌아다니고 있었다. 많은 사람들이 그것을 보고 각기 말을 타고 밭 속을 이리저리 달리면서 망아지를 몰아내려 하고 있었다. 망아지가 보리밭에서 튀어나오려고 하면 마침 거기 다른 사람이 말을 몰고 오기 때문에 망아지는 놀라서 다시 밭 속으로 달려 들어가곤 했다. 그러면 사람들은 그 뒤를 쫓아 보리밭 속을 달리는 것이다. 밭가에는 한 여자가 서서 사람들이 자기 망아지를 몰아세워 기운을 빠지게 한다면서 울부짖고 있었다.

대자는 농부들에게 말했다.

"왜 당신들은 망아지를 힘들게 쫓아다니죠? 모두 밭에서 나와 저 아주머니에게 망아지를 불러내도록 하세요."

사람들이 대자의 말대로 해보기로 했다. 아주머니는 밭가에 서서,

"이리 오너라, 누렁아, 이리와!"

하고 불렀다. 망아지는 귀를 쫑긋거리며 가만히 듣고 있다가 이윽고 아주머니에게로 뛰어가 느닷없이 그 품안으로 파고들었다. 그 바람에 하마터면 아주머니는 쓰러질 뻔했다. 그제서야 농부들과 아주머니는 기뻐서 큰 소리로 함께 웃었다. 망아지도 좋아서 이리저리 뛰었

다.

대자는 다시 걸음을 옮기면서 생각했다.

'이제야 악은 악 때문에 불어 나간다는 것을 알았다. 사람이 악한 일을 꾸짖으면 꾸짖을수록 더욱더 악은 퍼져만 간다. 악은 악으로 다스릴 수는 없는 것이다. 그렇다면 세상의 악은 어떻게 없앨 수 있는 걸까. 마침 망아지가 아주머니의 말을 들었으니 망정이지 만약 듣지 않았다면 어떻게 몰아냈을지 막연하지 않은가.'

대자는 열심히 생각했으나 이렇다 할 묘책이 떠오르지 않았다.

8

마냥 정신없이 걸어가자, 어떤 마을에 닿았다. 제일 마지막 집에 가서 하룻밤 잠자리를 청했다. 주인 아주머니는 선선히 들어오라고 했다. 집 안에는 아무도 없고 다만 아주머니 혼자서 걸레질을 하고 있었다.

대자는 안으로 들어가 벽난로 위에 올라가서 아주머니가 일하는 모습을 보고 있었다. 가만히 보니 아주머니는 방을 다 훔치고 나서 이번에는 테이블을 닦기 시작했다. 다 닦자 더러운 걸레 자국이 테이블 위에 줄무늬처럼 남았다. 이번에는 반대쪽으로 문지르니 먼젓번 걸레 자국은 없어지는데 새로 자국이 났다. 다음에는 세로로 문질러 보았으나 역시 마찬가지였다. 더러운 걸레로 훔치기 때문이었다. 먼저 난 자국이 없어졌나 하면 금방 다른 자국이 생겨났다. 대자는 한참 동안 물끄러미 바라보고 있다가 보다못해 말을 걸었다.

"아주머니, 지금 뭘 하고 계시는 겁니까?"

"아니, 자네 눈에는 이게 보이지 않나. 축제일 준비로 청소를 하고 있어. 그런데 이 테이블이 왜 이 모양이지. 아무리 훔쳐도 깨끗해지지 않고 자꾸 더러워지기만 하니 기운이 다 빠지는군."

"아주머니, 걸레를 깨끗이 빨아서 훔치면 깨끗해질 텐데요."

아주머니가 그대로 하자 테이블은 금방 깨끗해졌다.

"에고, 젊은이. 가르쳐 줘서 고맙네."

이튿날 아침, 대자는 아주머니와 작별하고 다시 길을 떠났다. 한참을 걸어가니 숲에 당도했다. 그곳에선 농부들이 수레바퀴 만들 나무를 휘려 하고 있었다. 대자가 가까이 다가가 보니 농부들은 열심히 빙빙 돌고 있으나 나무는 조금도 구부러지지 않는 것이다. 자세히 살펴보니 농부들이 만든 받침대가 꽉 고정되어 있지 않기 때문이었다. 받침대가 서로 제각기 돌아가고 있었다. 대자는 이 광경을 한참 보고 있다가 이렇게 말했다.

"아저씨들은 무슨 일을 하고 계신 중인가요?"

"음, 이렇게 수레바퀴를 만드는 중인데 아무리 휘려 해도 영 나무가 휘어지지 않아. 기운이 전부 쑥 빠져 버렸어."

"그러지 말고 아저씨들, 받침대를 꽉 고정시키고 해보세요. 지금 아저씨들이 받침대와 함께 돌고 있잖아요."

농부들이 그 말을 듣고 받침대를 단단히 고정시키고 나자, 일이 제대로 되었다.

대자는 거기서 하룻밤을 지내고 다시 길을 떠났다. 하루 낮 하루 밤을 걸어 새벽녘에 목동들이 모여 있는 곳을 발견하고 그 곁에 잠시 드러누웠다. 누워서 바라보니 그들은 소를 풀밭에 풀어 놓고 화톳불을 만드는 중이었다. 마른 가지를 주워다가 불을 붙이면서 활활 타오르기도 전에 생나무 가지를 불 위에 올려놓았기 때문에 생나무는 뿌지직 소리를 내면서 밑불을 꺼뜨렸다. 그들은 다시 마른 가지를 주워다 불을 붙였으나 생나무를 마구 지펴, 또다시 불은 꺼지고 말았다.

오래도록 애를 써도 영 화톳불이 만들어지지 않는 모양이었다. 그것을 보고 있던 대자가 말했다.

"당신네들이 너무 성급히 생나무를 넣으니까 안 되는 거예요. 불이 잘 타기를 기다렸다가 화력이 세어진 다음에 생나무를 올려놓아야죠."

목동들은 그가 말한 대로 했다. 화력이 세어진 다음에 생나무를 올려놓으니까 불은 환한 빛과 따스한 온기를 내뿜으며 타기 시작하여 훌륭한 화톳불이 되었다. 대자는 한참 동안 그들과 같이 있다가 다시 길을 떠났다. 도대체 무슨 이유로 이 세 가지 일을 보게 한 것일까, 하고 대자는 골똘히 생각해 보았으나 그 까닭을 알 수가 없었다.

9

그가 부지런히 걸어가는 동안 하루가 지났다. 어떤 숲에 다다르자 숲 속에 암자가 있었다. 대자가 암자로 다가가 문을 두드리니 암자 안에서,

"누구냐, 거기 있는 자가?"

하고 묻는 것이었다.

"큰 죄인이지요. 남의 죄갚음을 하려고 돌아다니고 있습니다."

안에서 은자가 나와 다시 물었다.

"대체 너는 어떤 사람의 죄를 짊어졌느냐?"

대자는 자기에게 세례를 준 대부의 이야기, 암곰의 이야기, 닫힌 방 안의 옥좌 이야기, 대부가 자기에게 명령한 일, 그리고 밭에서 망아지를 쫓느라고 농부들이 보리를 마구 짓밟은 일, 망아지가 스스로 주인 아주머니에게 간 일 등을 모조리 이야기하였다.

"저는 악을 악으로 다스릴 수 없다는 것을 깨달았습니다만, 어떻게 해야 그것을 없앨 수 있는지 모르겠습니다. 원하옵건대 제게 가르침을 주소서."

그러자 은자가 이렇게 말했다.

"그 밖에 네가 도중에서 본 일을 좀더 자세히 이야기해 보아라."

대자는 아주머니가 집안 청소를 하고 있던 일, 수레바퀴를 만들고 있던 농부들의 일, 화톳불을 지피던 목동들의 이야기를 했다. 은자는 그의 이야기를 끝까지 듣고 나서 암자 안으로 들어가더니 이가 빠진 손도끼를 가지고 나와,

"자, 가자."

하고 말했다. 은자는 암자에서 십 리 가량 떨어진 곳에 이르자 한 그루의 나무를 가리켰다.

"이 나무를 찍어라."

대자가 나무를 찍자 나무는 금세 쓰러졌다.

"이제 그 나무를 세 토막으로 잘라라."

대자는 나무를 셋으로 잘랐다. 그러자 은자는 다시 암자로 돌아가더니 불을 가지고 왔다.

"그 나무토막들을 태우거라."

대자가 불을 피워 세 개의 나무토막을 태우고 나자 타다 남은 세 개의 그루터기가 남았다.

"그걸 반쯤 흙 속에 파묻어라, 이렇게."

대자는 은자가 시키는 대로 흙 속에 그루터기를 심었다.

"저기를 봐라. 이 산 저 아래에 개울이 있다. 저기서 물을 한 입 머금고 와서 이 그루터기에 뿜어 주어라. 네가 아주머니에게 가르쳐 준 것처럼 물을 주는 것이다. 다음 그루터기에는 네가 농부들에게 가르쳐 준 것처럼 물을 주어야 한다. 저 그루터기에는 네가 목동들에게

가르쳐 준 것처럼 물을 주어라. 이 세 그루터기가 모조리 뿌리를 내려 세 개의 사과나무로 자라나면 그때서야 비로소 어떻게 하면 인간의 악을 없앨 수 있는지를 알게 될 것이다. 그러면 너는 모든 죄를 갚는 것이다."

그렇게 말하고 은자는 암자로 돌아갔다. 대자는 골똘히 생각해 보았으나 은자가 한 말이 무슨 뜻인지 도무지 알 수가 없었다. 하지만 은자가 시키는 대로 하지 않을 수 없었다.

10

대자는 개울에 가서 입에 가득 물을 머금고 와서 한 그루터기에 끼얹어 주고, 다시 가고 또 가고 하여 차례로 물을 주었다. 그러고 나니 대자는 그만 지칠 대로 지치고, 배가 고파졌다. 대자는 은자에게 먹을 것을 청하려고 암자로 갔다. 그런데 문을 열어 보니 은자는 이미 죽은 사람이 되어 평상 위에 누워 있었다.

근처를 둘러보니 마침 마른 빵이 있었다. 대자는 그것으로 대충 요기를 했다. 그리고는 삽을 찾아내 무덤 자리를 파기 시작했다. 그때부터 밤에는 입에 물을 머금어다 타다 남은 그루터기에 끼얹어 주고, 낮에는 무덤자리를 팠다. 겨우 다 판 뒤 은자의 시신을 묻으려는데 마을 사람들이 왔다. 은자에게 먹을 것을 가져온 사람들이었다.

모두들 은자가 죽었다는 말을 듣자 대자를 축복하며 스승의 자리를 이어 줄 것을 부탁했다. 모두 함께 은자를 매장한 후 대자에게 음식을 남겨 놓고, 다시 오겠다는 약속을 하고 돌아갔다.

대자는 은자의 뒤를 이어 거기서 살기 시작했다. 그는 사람들이 가져다 주는 것을 먹고 살면서 은자가 시킨 일을 계속하고 있었다. 산 아래 개울에서 물을 머금어다가 타다 남은 그루터기에 끼얹어 주는 일을 반복했다.

그가 그렇게 일 년을 살다 보니, 이제는 많은 사람들이 그를 찾아왔다. 사람들이 대자를 찾아오는 것은, 숲 속에 성인이 살고 있어, 산 아래에서 물을 입으로 머금어다가 타다 남은 그루터기에 끼얹어 주면서 도를 닦고 있다는 소문이 퍼졌기 때문이었다. 가난한 사람들이든, 부자든, 권력을 쥔 자든 모두들 그를 보려고 찾아오는 것이었다. 부자들은 찾아와서 여러 가지 선물을 놓고 가기도 했다. 그는 식량이나 옷가지 한두 벌말고는 아무것도 갖지 않았다. 선물 받은 물건들을 모조리 가난한 사람들에게 나누어 주었다.

그는 하루의 반절은 물을 입에 머금어다 타다 남은 그루터기에 끼얹어 주고 나머지 반나절은 쉬기도 하고 찾아오는 사람들과 만나기도 하면서 살고 있었다. 그는 마음속으로 이것이 자기가 지켜나가야 할 생활이며, 이를 통해 이 세상 악을 없애고 죄갚음을 할 수 있다고 생각하게 되었다. 그렇게 대자는 다시 일 년을 살았으나 하루도 타다 남은 그루터기에 물을 주지 않은 날이 없었다. 어느 나무에도 움은 트지 않았다.

어느 날, 암자 안에 있으려니까 누군지 모를 사나이가 노래를 부르며 암자 앞을 지나가는 소리가 들려 왔다. 대자는 대관절 누구일까, 하고 밖을 내다보았다.

사나이는 건장하게 생긴 젊은이였는데, 값진 의상을 몸에 걸쳤으며 타고 있는 말도 안장도 여간 훌륭한 것이 아니었다. 그는 사나이를 불러 대관절 어디 사는 누구인지, 그리고 어디로 가는지를 물어보았다. 그러자 사나이가 말을 세우고 대꾸했다.

"나는 강도인데, 사방을 돌아다니며 사람을 죽이지. 사람을 많이 죽이면 죽일수록 기분이 좋아서 이렇게 노래를 부르는 것이야."

그는 몸을 움츠리며 이렇게 생각했다.

'이 같은 인간 속에 깃든 악은 대체 어떤 방식으로 멸망시켜야 할까? 나를 찾아오는 사람들 모두가 자기의 죄를 뉘우칠 뿐인데 이 사나이는 나쁜 짓을 하고서도 그것을 자랑으로 삼고 있으니……'

대자는 아무 말도 하지 않고 그 살인 강도의 옆에서 물러나 이렇게 생각하는 것이었다.

"앞으로 일이 어떻게 돼 갈까? 이 강도가 근처에서 돌아다니면 사람들이 무서워서 내게 잘 오지 못하게 될 거야. 그러면 사람들도 불편하겠지만 나는 어떻게 살아가야 하나."

생각다 못해 대자가 다시 강도에게 말을 걸었다.

"내 암자를 찾아오는 사람들은 나쁜 일을 자랑하지는 않소. 모두가 죄를 뉘우치고 속죄하려고 하오. 그대도 하나님이 두렵다고 생각하면 죄를 뉘우치시오. 죄를 뉘우치지 못하겠으면 이곳을 떠나 두 번다시 오지 마시오. 세상 사람들에게 겁을 주어 내 곁에서 쫓는 것 같은 짓은 하지 말아 주시오. 내 말을 듣지 않으면 천벌을 받을 것이오."

강도는 껄껄 소리내어 웃었다.

"나는 하나님 같은 건 두려워하지 않으니까 네 말 따윈 들을 필요도 없어. 네가 내 주인이라도 된단 말이냐. 너는 하나님께 기도를 드려서 먹고 살지만 나는 강도질로 먹고 산다. 사람은 다 저마다 살아가는 방식이 있는 법인데, 너 같은 건 너를 찾아오는 부인네들한테 설교나 하면 되지 웬 잔소리냐. 나는 네 설교를 들을 이유가 없다. 네가 내게 하나님을 설교해 준 보답으로 내일은 사람을 둘 더 죽여 주지. 지금 당장 널 죽여 버려도 되지만 그런 일로 손을 더럽힐 마음은 없거든. 앞으로는 내 눈앞에서 얼씬거리지 않도록 해라."

이렇게 으름장을 놓고선 가 버렸으나 그 뒤로 다시는 오지 않았다.

그는 팔 년 동안 평온하게 살았다.

11

어느 날, 그는 새벽녘에 언제나처럼 타다 남은 그루터기에 물을 준 뒤에 암자로 돌아와 이제 사람들이 찾아올 때가 되었다고 생각하면서 물끄러미 오솔길에 눈길을 보내고 있었다. 그런데 그날은 아무도 오지 않았다. 대자는 해질 무렵까지 아무 일도 하지 않은 채 우두커니 앉아 있었다. 다만 할 일도 없어 이제까지의 자기의 생애를 이리저리 회상해 보았다. 그러다가 문득 하나님께 기도를 드려서 먹고 산다고 비아냥거렸던 강도의 말을 생각해냈다. 그리고는 지금까지 해온 일을 돌이켜보았다.

"내가 살아가는 방식이 은자의 지시와는 다른 것 같다. 은자는 내게 고행을 지시했는데, 나는 그 고행을 나날의 양식과 바꾸고, 세상 사람들의 칭송을 바라게 되었다. 유혹에 빠져 사람들이 찾아오지 않으면 공연히 언짢아하고 사람이 찾아오면 모두가 나를 성인 취급하는 줄 알고 나도 모르게 우쭐해진다. 이래선 안 되겠다. 세상의 평판에 현혹되어 전에 지은 죄를 갚기는커녕 오히려 새로 죄를 짓고 살아가고 있지 않은가. 자리를 옮겨야겠어. 사람들 눈에 띄지 않도록 하자. 더 이상 죄를 짓지 말아야지."

대자는 마른 빵이 든 조그만 자루와 괭이를 집어들고 암자를 나와 골짜기 쪽으로 내려갔다. 그때 저쪽에서 강도가 말을 타고 달려왔다. 대자는 놀라 달아나려고 했으나 기어코 강도에게 들키고 말았다.

"어딜 가나?"

하고 강도가 물었다. 그는 세상 사람을 피하여 아무도 찾아오지 않는 곳으로 간다고 대답했다. 강도는 어처구니없다는 듯이 말했다.

"그래 아무도 찾아오지 않으면 앞으로 무얼 먹고 살아갈 텐가?"

미처 그런 생각은 해보지도 않았던 대자는 강도가 묻자 먹을 것에 대한 생각이 떠올랐다.

"무엇이든 하나님께서 내려 주시는 것으로 살아가면 되지."

대자가 대답했다. 그러자 강도는 아무 대답도 않고 그냥 돌아서더니 멀리 가 버렸다. 대체 어떻게 된 일일까? 하고 그는 생각했다.

"나는 저 사나이의 생활 수단에 대해 아무 말도 하지 않았는데…… 어쩌면 저 사나이에게 회개할 때가 왔는지도 몰라. 먼저보다는 거동도 한결 부드러워지고, 아무런 협박도 하지 않는 걸 보면."

그때 대자는 강도의 뒷모습에 대고 커다란 소리로 외쳤다.

"그대는 죄를 회개하지 않으면 안 되오. 하나님의 눈을 피할 수는 없는 것이오!"

그러자 강도는 말머리를 홱 돌려 달려오더니 허리에서 칼을 빼어 그를 내리치려고 했다. 대자는 깜짝 놀라 숲 속으로 도망쳐 들어갔다. 강도는 뒤쫓아오지는 않고 그냥 이렇게만 말했다.

"이것까지 두 번 너를 용서해 주었지만 이제 세 번째로 내 눈에 띄면 다시는 용서 없을 줄 알아라. 못된 늙은이! 죽여 버릴 테니!"

그리고는 자취를 감춰 버렸다.

그날 밤, 그는 타다 남은 그루터기에 물을 주러 갔다가 문득 그 나무들을 들여다보게 되었다. 그런데 놀랍게도 그 중 한 나무에 싹이 움트고 있지 않겠는가. 사과나무 잎이 나오기 시작했던 것이다.

12

그는 세상 사람의 눈앞에서 사라져 다만 홀로 살았다. 이윽고 마른 빵도 다 떨어져 갔다. 이제는 풀뿌리라도 캐서 끼니를 이어야겠다고 그는 마음속으로 생각했다.

어느 날, 그는 풀뿌리를 캐러 나가려고 했다. 그런데 굽은 등을 펴고 막 나서는데 나뭇가지에 마른 빵이 든 자루가 걸려 있지 않겠는가. 대자는 하나님에게 깊은 은혜에 대한 감사기도를 올리고는 그것으로 나날의 양식을 삼았다. 그 마른 빵이 다 떨어지기가 무섭게 같은 나뭇가지에 또 같은 자루가 걸려 있었다.

대자는 그 빵으로 살아갈 수 있었다. 그러나 꼭 한 가지 꺼림칙한 일이 있었다. 다름 아닌 강도가 두려워졌던 것이다. 강도가 나타나는 기척이 있으면 재빨리 자취를 감추었다.

"저자의 손에 걸려 죽으면 죄갚음을 영원히 하지 못한다."

이렇게 또 십 년이 지났다. 사과나무는 한 그루만 자랄 뿐 나머지 두 그루는 여전히 타다 남은 그루터기 그대로였다. 그는 매일 아침 일찍 일어나 개울에 가서 물을 머금고 와서 타다 남은 그루터기에 흙을 축여 주었다.

그러던 어느 날, 그는 수행에 너무도 지쳐 땅바닥에 주저앉아 잠시 쉬고 있었다. 그는 앉아 쉬면서 이런 일 저런 일들을 생각하다가,

"나는 죄를 범하고 말았다. 죽음을 두려워하다니. 하나님의 뜻이라면 죽음으로써 기꺼이 나의 죄갚음을 하자."

그렇게 생각하는 순간 강도가 말을 타고 욕지거리를 하면서 오는 기척이 났다. 그는 그 소리를 듣고서, 하나님말고 그 누구에게서도 좋은 꼴이나 나쁜 꼴을 당할 까닭은 없다고 생각하고 강도가 오는 쪽으로 걸음을 옮겼다. 강도는 혼자가 아니고 안장 뒤에 한 사나이를

태워 어딘가로 데리고 가는 중이었다. 사나이는 양손을 묶이고 재갈마저 물려 있었다. 사나이는 아무 말 않고 있는데, 강도는 욕을 퍼붓고 있는 중이었다. 그는 강도에게로 가서 말 앞을 가로막아 섰다.

"너는 이 사나이를 어디로 데리고 가느냐?"

"숲 속으로 끌고 간다. 이놈은 장사꾼의 아들인데 조부의 돈이 어디 있는지를 가르쳐 주지 않아 실토할 때까지 두들겨 줄 거다."

이렇게 말하면서 지나쳐 가려 했으나 그는 말고삐를 잡고 놓지 않았다.

"이 사람을 놓아 주어라."

강도는 화가 나서 그를 치려고 채찍을 들어올렸다.

"아니, 너도 이런 꼴을 당하고 싶으냐? 약속대로 죽여 주마! 놓아라!"

그러나 그는 두려워하지 않았다.

"못 놓겠다. 나는 너 같은 건 무섭지 않다. 나는 오직 하나님만을 두려워할 뿐이다. 그런데 하나님께서는 놓아선 안 된다고 분부하신다. 이 사람을 놓아 주어라."

강도는 미간을 찌푸리고 칼을 내리쳐 결박을 탁 끊었다. 상인의 아들을 풀어 준 것이다.

"모두들 썩 꺼져라! 두 번 다시 내 눈에 띄었다간 용서 않을 테니까."

상인의 아들은 말 위에서 뛰어내리자 쏜살같이 달아나 버렸다. 강도도 그대로 가 버리려고 했으나 그는 강도를 불러 세워 그런 어두운 생활은 이제 그만두도록 다시 타일렀다. 강도는 우두커니 서서 그의 말을 끝까지 다 듣고 나더니 아무 말 없이 가 버렸다.

이튿날 아침, 그가 타다 남은 그루터기에 물을 주러 가 보니 둘째 나무에도 움이 터서 역시 사과나무가 되어 가고 있었다.

13

이렇게 하여 다시 십 년이 지났다.

어느 날 움막에 들어앉아 있던 대자에게는 이제 더 이상 모자라는 것도 두려운 것도 없었으며, 마음속은 기쁨으로 가득 찼다. 대자는 생각했다.

"하나님께서는 얼마나 큰 행복을 인간에게 내려주셨는지 모른다. 그런데도 사람들은 공연히 자기 스스로를 괴롭히고 있다. 실상은 기쁨 속에 살아갈 수 있건만……."

이렇게 갖가지 인간악을 돌이켜보며 사람들 스스로가 자신을 괴롭히고 있는 것을 생각하니 악행을 저지르는 세상 인간이 불쌍하게만 여겨졌다.

"내가 이런 생활을 하고 있다는 게 잘못이다. 세상에 나가서 내가 알고 있는 것을 세상 사람들에게 얘기해 주자."

이렇게 생각하자마자 이내 강도의 말발굽 소리가 들려 왔다. 그는 그 소리를 그냥 지나쳐 버렸다.

"저런 사나이에게 들려준다 해도 알아듣지도 못할걸."

하지만 곧 다시 마음을 고쳐먹고 밖으로 나갔다. 강도는 시름에 잠긴 표정으로 땅바닥을 내려다보면서 말을 몰고 있었다. 그 모양을 보니 가엾은 마음이 들어서 그에게로 달려가 그의 무릎을 잡았다.

"정다운 형제여, 제발 자신의 영혼을 아끼는 마음을 가져 주게! 그대 안에는 하나님께서 계시다네. 그대는 스스로도 괴로워하고 남도 괴롭히고 있지만 이제 더 심한 괴로움을 당할 게 틀림없어. 그러나 하나님께서 그대를 얼마나 사랑하시는지, 그대를 위해 어떤 즐거움을 마련하셨는지 아는가! 제발 스스로 자신을 멸망시키는 짓은 그만두게. 그 생활을 고쳐 주게나!"

강도는 얼굴을 찌푸리고 먼 곳을 보며 말했다.

"비켜라."

그러자 그는 더욱 세게 강도의 무릎에 매달리면서 눈물로 회개하도록 타이르는 것이었다.

강도는 눈을 들어 그를 바라보았다. 물끄러미 바라보고 있다가 이윽고 말에서 내려 그 앞에 털썩 주저앉았다.

"마침내 당신이 나를 이겼소. 나는 이십 년 동안 당신과 싸웠으나 오늘 나는 당신에게 졌소. 지금의 나는 이미 나 자신을 다스릴 수 없게 되었소. 아무렇게나 당신 좋을 대로 하시오. 처음에 당신이 내게 설교했을 때 나는 공연히 화가 치밀 뿐이었소. 그런데 당신이 세상 사람을 피해 몸을 숨기려 했을 때, 나는 당신 자신이 세상 사람에게 아무 도움도 주지 못한다는 걸 깨달았다는 것을 알고 그때 비로소 당신의 말을 생각하지 않을 수 없었소. 그 뒤 나는 당신을 위해서 마른 빵을 나뭇가지에 걸어 놓게 되었던 것이오."

강도의 말에 마침내 그는 생각해냈다. 그 농가의 아낙네가 걸레를 깨끗이 빨았을 때에야 비로소 테이블을 깨끗이 닦을 수 있었던 것을. 그와 같이 자신의 근심을 깨끗이 지우고 자기의 마음을 맑게 할 때 타인의 마음도 맑게 정화시킬 수 있었던 것이다.

강도는 계속하여 말했다.

"당신이 죽음을 두려워하지 않았을 때 내 마음이 움직였소."

그러자 그는 깨달았다. 농부들이 받침대를 탄탄하게 고정시켰을 때에야 비로소 수레바퀴에 쓸 나무를 휠 수 있었던 것이다. 그와 같이 자기도 죽음을 두려워하지 않고 자신을 하나님 안에 탄탄히 고정시켰을 때 굽힐 줄 모르던 악한 고집도 꺾였던 것이다.

강도는 다시 말했다.

"당신이 나를 가엾게 여겨 내 앞에서 눈물을 흘리니 내 마음이 이렇게 얼음 풀리듯 녹아 버리고 마는구료."

그는 진심으로 기뻤다. 타다 남은 그루터기가 있는 곳으로 강도를 데리고 갔다. 두 사람이 가까이 다가가 보니 마지막으로 하나 남았던 그루터기에서도 사과나무의 싹이 움트고 있었다. 대자는 드디어 모든 걸 깨달았다. 목동들의 화톳불도 불기운이 강해졌을 때에야 비로소 생나무가 탔던 것이다. 그처럼 자기 마음이 뜨겁게 타올랐을 때 타인의 마음에도 불을 지필 수 있었던 것이다.

이제야말로 완전히 죄갚음을 했다고 대자는 무척 기뻐하였다. 그는 마지막으로 그 이야기를 남김없이 강도에게 들려주었다. 그리고는 숨을 거두었다.

강도는 그의 시신을 매장하고 그가 가르쳐 준 대로의 생활을 하며 세상 사람을 가르치게 되었다.

복받은 사람

페니(James Cash Penny)는 1899년 미국 콜로라도 주 롱 몬트라는 도시에서 정육점을 시작했다가 얼마 못 가서 실패를 하고 말았다. 그는 많은 고기를 호텔 주방에 공급했는데 호텔 주방장이 매주 위스키를 한 병씩 보내라는 것을 거절했기 때문이다. 주방장은 이런저런 이유를 붙여 고기 납품을 중단시켰다.

페니는 타협을 거절한 꿋꿋한 사람이었다. 그는 기독교 목사 가정의 3대손으로 자기 자신은 물론 그의 회사에서 일하는 모든 사람에게 금주, 금연을 요구했다. 1971년 95세의 일기로 세상을 떠났을 때 J. C. Penny 백화점은 미국 전체에 무려 1,660여 개의 점포를 가지고 있었으며, 그 당시 매상고는 41억 불이나 되었다.

그는 죽을 때 신앙 고백으로 "나는 사업가라기보다 기독교인이었다고 평가해 주기 바랍니다"라고 했다. 사업을 하면서도 그는 하나님을 위한 것이라고 생각하며 사업을 했고, 그렇지 않으면 아무리 잘되는 사업이라도 거절했다. 그는 교회 섬기는 일과 교육기관, 사회사업기관, 병원 후원과 구제 사업을 위해 수입의 반을 바친 사람이다. 말씀의 순종과 복은 그에게는 불가분리의 관계였던 것이다.

● 다시 읽는 하나님 말씀

여호와께 피함이 사람을 신뢰
함보다 나으며

(시편 118편 8절)

이에 백성들이 일찍이 일어나서 드고아 들로 나
가니라. 나갈 때에 여호사밧이 서서 가로되 유
다와 예루살렘 거민들아 내 말을 들을지어다.
너희는 너희 하나님 여호와를 신뢰하라. 그리하
면 견고히 서리라. 그 선지자를 신뢰하라. 그리
하면 형통하리라 하고 (역대하 20장 20절)

저가 하나님을 신뢰하니 하나님이 저를 기뻐하
시면 이제 구원하실지라. 제 말이 나는 하나님
의 아들이라 하였도다 하며

(마태복음 27장 43절)

악인에게는 많은 슬픔이 있으나 여호와를 신뢰
하는 자에게는 인자하심이 두르리로다.

악마가 하는 일과 하나님이 하시는 일

작은 유혹을 물리친 자가, 큰 유혹을 이긴다.

악마가 하는 일과 하나님이 하시는 일

아주 옛날에 어떤 마음씨 착한 부자가 살고 있었다. 그는 많은 재산과 수많은 하인을 거느리고 있었다. 착하기로 소문난 그 부자는 하인들로부터도 존경을 듬뿍 받고 있었다.

"이 세상에서 우리 주인 어른만큼 어진 사람은 없어. 먹을 것도 넉넉하게 주시고 또 입을 것도 좋은 것을 주시지, 게다가 일거리도 꼭 알맞게만 주셔서 우리를 너무 과로하게 만들지 않거든. 기분 나쁜 일이 있어도 겉으로는 내색도 하지 않고 우리들을 미워하지도 않는단 말야. 하인을 소나 말처럼 부려먹고, 잘못도 없는데 벌을 주거나 때리고 못 살게 구는 부자들이 얼마나 많은가. 생전 가야 말 한마디 부드럽게 하지 않는 부자들은 또 어떻고. 우리 주인은 그런 부자들하고는 천지 차이로 다르지. 암, 다르고말고."

"그럼! 우리 주인은 언제나 우리를 배려해 주지 않는가. 항상 좋은 말씀만 해주시고, 그 속에는 또 얼마나 따뜻한 은혜가 넘쳐나는가. 이런 주인은 어디 가도 다시 만날 수 없을 거야."

하인들은 이렇게 늘 입을 모아 주인을 칭송했다. 이것을 본 악마는 은근히 화가 났다. 주인과 하인들이 불평 한 번 하지 않고 너무 사이가 좋았기 때문이었다.

악마는 생각했다.

'이놈들을 좀 싸우게 할 수가 없을까? 어디 한번 주인을 미워하는 기운을 불어넣어 보자.'

악마는 궁리끝에 아레브라는 하인을 자기편으로 끌어들였다. 그런 다음 악마는 아레브에게 다른 하인들도 주인을 미워하도록 일을 꾸미라고 명령했다.

"네, 알겠습니다. 곧 일을 시작하겠습니다."

아레브는 기회를 노리고 있었다.

어느 날 하인들이 일을 하다가 잠시 쉬는 시간에 모여 앉아 여전히 주인 자랑을 늘어놓고 있었다. 그때, 그 자리에 끼어 있던 아레브는 큰 소리로 투덜거렸다.

"이봐요, 당신네들은 밤낮 무얼 그리 주인 자랑만 하고 있소? 누구든지 자기를 좋다고만 추켜세우는데 좋아하지 않을 사람이 어디 있어? 악마라도 칭찬만 해주면 좋아하겠다. 우리들이 항상 주인 마음에 흡족하도록 일을 하고, 또 부지런하니까 좋아하는 거야. 싫은 소리 할 것이 어디 있어야지 말이야. 주인이 무슨 생각을 하면 그것을 금방 눈치채고 척척 알아서들 하니까 좋아할 수밖에……. 우리한테 싫은 소릴 하지 않는다고 해서 덮어놓고 칭찬할 건 없다구. 그럴 필요가 하나도 없단 말이야."

그 말을 들은 하인들은 한참 동안 생각에 잠기는 듯하더니, 어떤 사람은 고개를 끄덕이고, 또 어떤 사람은 반대 의견을 내세웠다.

"그런 소리 마시오! 벌 받아요. 우리 주인은 어릴 때부터 착하기로 소문이 나 있는 사람이야."

그러나 아레브는 자꾸 엉뚱한 소리를 했다.

"그럼 일부러라도 한번 무슨 잘못을 저질러 봐. 다른 주인처럼 야단치지 않나. 흥, 악명 높은 부자보다도 더 심한 벌을 줄지도 모를걸."

이렇게 해서 시비가 벌어졌다. 결국 두 패로 나누어진 하인들은 끝내 내기를 하게 되었다.

아레브는 착한 주인으로 하여금 화를 내게 해야 하는 편이 되었다. 만일 주인을 성내게 하지 못하면 자기의 외출복을 내놓기로 하고, 반대로 화를 내게 하는 데 성공한다면 다른 하인들의 외출복을 몽땅 가지기로 약속이 되었다. 만약 아레브가 잘못해서 주인에 의해 감옥에라도 들어가게 되면 다른 하인들이 책임지고 아레브를 구해내 도망시켜 준다는 약속도 잊지 않았다.

다음날 아침부터 아레브는 어떻게 하면 주인을 성나게 할 수 있을까 하고 궁리하기에 바빴다.

아레브의 일거리는 양을 돌보는 일이었다. 그가 돌보는 양 중에는 아주 값비싼 숫양이 있었는데 주인은 이 양을 무척이나 아꼈다. 그래서 아레브도 이 숫양만큼은 아주 정성을 기울여 보살펴 오고 있었다.

그러나 오늘 아침만은 그럴 필요가 없었다. 아레브는 한참 동안 궁리끝에 무슨 준비가 되었는지 속으로 부르짖었다.

'어디 두고 봐라! 주인을 꼭 화나게 만들어 보일 테니까.'

아레브는 한패들에게 자신 있게 눈짓을 보냈다.

하인들은 모두 긴장된 얼굴로 여기저기서, 아레브가 도대체 어떤 방법으로 주인을 화내게 하는지를 조마조마하게 지켜보고 있었다. 악마도 나뭇가지 위에 올라앉아 뜰 안을 내려다보고 있었다.

이윽고 주인이 손님들에게 자기의 자랑거리인 양들을 보여주려고 뜰로 나왔다. 그를 따라나온 손님들이 양들을 둘러보며 부러워했다. 마침내 주인은 마지막으로 자기가 제일 아끼고 사랑하는 숫양을 보

여주려고 손님들에게 말했다.

"다른 숫양들도 좋은 것이지만 저 뿔이 꼬인 숫놈은 값을 매길 수 없을 만큼 비싼 양입니다. 그래서 나는 저놈을 내 눈 이상으로 소중히 여기고 있지요."

함께 몰려 서 있던 양들은 사람들이 떼지어 가까이 오자 갑자기 흩어지기 시작했다.

양들이 흩어지자, 손님들은 어느 양이 값비싼 것인지 분간할 수가 없었다. 조금 조용해져서 양들이 다시 모이고 그 숫놈이 제자리에 조용히 서려고 할 때면 아레브가 암놈들을 마구 두들겨서 놀라게 했다. 그러면 양들은 다시 소란스러워지기 시작하고 또 뒤섞이고 말았다.

손님들의 눈으로는 어느 놈이 좋은 숫양인지 도저히 분간할 수가 없었다. 답답해진 주인은 아레브를 불렀다. 그러나 그 얼굴은 화가 난 얼굴이 아니었다.

"아레브, 미안하지만 저 뿔이 꼬인 숫놈을 살짝 잡아서 이리 끌고 올 수 없을까? 손님들께 구경을 시켜드렸으면 좋겠는데……."

주인이 부드러운 말로 부탁했다. 아레브는 성난 사자 같은 기세로 양들이 몰려 있는 곳으로 뛰어들어가 값비싼 숫놈의 털을 움켜쥐었다. 그리고는 한 팔로 양의 왼쪽 앞발을 잡아채 번쩍 들어올리는가 싶더니, 주인이 보고 있는 눈앞에서 순식간에 그 숫양의 다리를 비틀어 버렸다. 그러자 껍질 벗긴 보리수 부러지는 소리가 났다. 값비싼 양은 악한 마음을 품고 있는 아레브에게 걸려서 그만 무릎 아래 뼈를 꺾이고 만 것이다.

숫양은 몹시 아픈 듯 구슬픈 소리를 내면서 주저앉고 말았다. 부러진 왼쪽 다리가 꼬여 나무막대처럼 힘없이 늘어졌다.

"앗! 저런, 저럴 수가!"

순식간에 일어난 그 광경에 손님과 많은 하인들은 모두 입을 모아

소리를 질렀다. 악마는 아레브가 자기 말을 잘 듣고
시키는 대로 일을 벌이는 것을 보고 기뻐했다.

'음, 일이 아주 잘되어 가는구나.'

주인도 역시 다른 사람들처럼 얼
굴이 하얗게 질려 소리를 지르더
니 그만 말없이 고개를 숙이고
말았다. 손님과 하인들은 주인의
모습을 보자 입을 다물고 살폈다.

주인은 얼마 동안 숨을 가다듬고 있었다. 그리고 가슴속에서 끓어
오르는 화를 몰아내기라도 하려는 듯, 고개를 몇 번 젓고 나서 맑은
하늘을 쳐다보았다.

잠시 후, 불쾌한 듯이 주름이 잡혔던 그의 얼굴에서 노여운 기운은
사라지고 잔잔한 미소가 떠올랐다. 주인은 그 얼굴을 아레브에게 향
하면서 말했다.

"아레브, 아레브야! 너는 네 주인의 말을 듣고 나를 화나게 할 셈
인 모양이구나. 그러나 그 생각은 잘못이다. 내 주인은 네 주인보다
훨씬 강하단 말이야. 너는 나를 화내게 하지 못해. 그러나 나는 네 주
인을 화내게 할 수가 있지. 너는 내게서 벌 받을 것이 두렵고 또 자유
스럽게 되고 싶겠지. 아레브, 알겠느냐, 나는 너를 벌하지 않는다. 그
뿐 아니라 손님들이 보고 계시는 이 자리에서 너를 자유스럽게 놓아
주기로 하지. 자, 이제 너는 내 하인이 아니다. 어서 곧 외출복으로
갈아 입고 어디든지 네가 가고 싶은 데로 가거라."

주인은 부드럽고 상냥한 목소리로 말하고 손님들과 함께 집 안으
로 들어갔다. 악마는 화가 나서 이를 갈면서 날뛰다가 그만 나무 위
에서 굴러 떨어지고 말았다. 그리고는 금세 어디로 사라졌는지 그림
자도 찾아볼 수 없었다.

94

돼지와 작은 유혹

어떤 사람이 시골 장터를 지나가다가 돼지 여러 마리가 몰려가는 것을 보았다. 그 돼지떼 앞에는 한 사람이 앞장서서 가고 있었을 뿐인데도 그 많은 돼지들이 한 마리도 흩어지지 않고 인도자를 잘 따르고 있었다. 지나가던 사람이 돼지를 이끌고 가는 사람에게 이렇게 말했다.

"이 돼지의 주인이십니까? 돼지들이 주인의 말을 참 잘 듣는군요. 그런데 어디로 가십니까?"

그러자 돼지를 이끌던 사람이 말했다.

"내가 이 돼지들의 주인이냐고요? 그렇지 않습니다. 내가 어디로 가느냐구요? 이 돼지들을 이끌고 도살장으로 가는 중입니다."

지나가던 사람이 놀라서 물었다.

"돼지들이 도살장까지 잘 따라갑니까?"

"돼지들이 나를 좋아해서 나를 따라오는 것이 아닙니다. 내가 앞에서 걸으면서 길에다가 콩을 뿌려 놓기 때문에 콩을 주워 먹느라고 가는 곳이 어딘지도 모르고 따라오는 것이지요."

사탄은 우는 사자와 같이 삼킬 자를 찾는다고 하였다. 사탄은 큰 환난으로 우리를 낙심하게 하고 넘어지게도 한다. 그러나 때때로 마귀는 다른 방법을 쓴다. 이 정도쯤이야 하며 가볍게 여겼던 것들로 우리의 양심을 마비시키고 우리의 눈을 멀게 한다. 떨어지는 낙숫물이 바위에 구멍을 뚫는다고 하였다.

아무리 작은 유혹이라도 그것에 차츰 빠져들면 우리는 헤어날 길이 없다. 그러므로 우리는 주님의 십자가를 의지하고 죄의 길을 분별할 수 있는 지혜를 구하며 악에서 떠나야 할 것이다.

● 다시 읽는 하나님 말씀

너희는 너희 아비 마귀에게서 났으니 너희 아비의 욕심을 너희도 행하고자 하느니라. 저는 처음부터 살인한 자요, 진리가 그 속에 없으므로 진리에 서지 못하고 거짓을 말할 때마다 제 것으로 말하나니. 이는 저가 거짓말쟁이요, 거짓의 아비가 되었음이니라
(요한복음 8장 44절)

도적이 오는 것은 도적질하고 죽이고 멸망시키려는 것뿐이요, 내가 온 것은 양으로 생명을 얻게 하고 더 풍성히 얻게 하려는 것이라
(요한복음 10장 10절)

이러므로 하나님의 자녀들과 마귀의 자녀들이 나타나니 무릇 의를 행치 아니하는 자나 또는 그 형제를 사랑치 아니하는 자는 하나님께 속하지 아니하리라 (요한1서 3장 10절)

밭은 세상이요, 좋은 씨는 천국의 아들들이요, 가라지는 악한 자의 아들들이요 /가라지를 심은 원수는 마귀요, 추수 때는 세상 끝이요, 추수꾼은 천사들이니 /그런즉 가라지를 거두어 불에 사르는 것같이 세상 끝에도 그러하리라
(마태복음 13장 38절~40절)

하인 에메리안의 북

시험을 이기는 세 가지 지혜

하인 에메리안의 북

남의 집에서 하인으로 일하는 에메리안이라는 사람이 있었다.

어느 날, 그가 들로 일하러 나가다가 문득 길 앞을 쳐다보니 개구리 한 마리가 팔딱팔딱 뛰어가고 있었다. 하마터면 밟을 뻔했으나 에메리안은 용케 개구리를 뛰어넘었다. 그때 누군가 뒤에서 부르는 소리가 들렸다.

에메리안은 깜짝 놀라 뒤를 돌아보았다. 그러자 뜻밖에도 아름다운 처녀 하나가 자기를 부르는 것이었다.

에메리안은 부끄러워 얼굴이 붉어졌다. 말도 못 하고 멍청히 서 있기만 했다. 그러자 처녀가 방긋 웃으며 말을 걸었다.

"에메리안, 당신은 왜 결혼을 안 하셨죠?"

에메리안은 기가 막혔다. 너무도 뜻밖이고 당돌한 질문이었다. 하지만 불쾌하지는 않았다. 에메리안은 뭐라고 대답할 말이 없었다.

사실 지금 에메리안의 처지로서는 도저히 장가를 들 형편이 못 되었다. 그래서 시무룩한 얼굴로 대답할 수밖에 없었다.

"무슨 소리요, 아가씨. 내가 지금 장가갈 형편이 되나요? 나는 돈이라곤 한 푼도 없는 빈털터리예요. 그러니 누가 가진 것이라곤 몸뚱이 하나뿐인 내게 시집을 오겠소."

그랬더니 처녀는 여전히 생글생글 웃으며,

"나를 색시로 삼으면 되잖아요."

하고 말했다. 에메리안은 멍하게 처녀를 바라보았다. 너무 기뻐서 가슴이 두근거렸다.

"그것 참 고마운 말이오. 하지만 결혼을 하면 집이 있어야 할 텐데 어디서 살겠소?"

"그런 것쯤은 문제없어요. 조금 자고 일을 많이 하다 보면 집 하나쯤 어떻게 되지 않겠어요? 입을 것, 먹을 것은 언제나 사람을 따라다니는 법이에요."

처녀는 아주 마음 든든한 말을 해주었다.

"좋소, 그러면 당장 결혼을 합시다. 그런데 어디서 살면 좋겠소?"

"읍내로 가요."

에메리안과 처녀는 읍내로 가기로 했다. 에메리안은 우선 주인에게 작별 인사를 하고 처녀와 함께 떠났다.

처녀는 에메리안을 읍내 모퉁이에 있는 조그마한 집으로 데리고 갔다. 두 사람은 그날부터 거기서 살림을 꾸리고 살게 되었다.

에메리안은 언제나 부지런히 일을 했다. 아내가 시키는 대로 남보다 일을 많이 하고 잠을 적게 잤다. 그러던 어느 날, 그날도 에메리안은 새벽 일찍 일을 하러 나갔다. 그런데 이날, 이 나라의 왕이 들로 나들이를 하러 가는 길에 마침 이 집 앞을 지나게 되었다.

에메리안의 아내는 왕의 행차를 구경하려고 집 밖으로 나왔다. 에메리안의 아내를 본 왕은 깜짝 놀랐다. 이 부인이 너무도 아름다웠기 때문이었다.

'세상에 저런 미인도 있었을까? 정말 궁궐 안에서도 보기 드문 미

인이로구나.'

왕은 감탄했다. 그래서 마차를 세우고 사람을 시켜 에메리안의 아내를 가까이 불렀다.

"저를 부르셨습니까?"

에메리안의 아내는 수줍은 듯이 고개를 숙이고 물었다.

"음, 내가 불렀다. 너는 누구냐? 그리고 어디에 살고 있지?"

"네, 저는 이 가까운 곳에 살고 있습니다. 에메리안이라는 농사꾼의 아내입니다."

가까이서 보니 더욱더 아름답게 보였다.

"너 같은 미인이 어째서 농사꾼의 아내가 되었는지 모르겠구나. 왕비도 될 수 있었을 텐데……."

그러자 에메리안의 아내는 더욱 얼굴을 붉히며 대답했다.

"황송한 말씀이십니다. 하지만 저는 농사꾼의 아내로도 행복하게 살고 있습니다."

왕은 그녀의 이야기하는 모습을 지그시 내려다보더니 몇 마디 이야기를 주고받은 다음, 다시 마차를 몰아 들로 나갔다. 그런데 왕에게 이상한 일이 생겼다. 해가 저물어 궁궐로 돌아왔는데도 여전히 낮에 잠깐 본 에메리안의 아내 얼굴이 머리에 떠올라 견딜 수가 없는 것이었다. 왕은 밤새도록 잠도 자지 않고 궁리를 했다.

'어떻게 하면 그 아름다운 에메리안의 아내를 뺏을 수가 있을까?'

아무리 해도 좋은 생각이 떠오르지 않았다. 그래서 다음날 아침, 신하를 몇 명 불러 계획을 세워 보라고 명령을 내렸다. 그랬더니 한 신하가 나서며 이렇게 말했다.

"국왕 폐하, 너무 염려 마십시오. 우선 에메리안을 궁궐로 불러들여 하인으로 삼으십시오. 그러면 저희들이 그놈에게 아주 고된 일을 시켜 놓고 잘못을 흠잡아 죽여 버리겠습니다. 그렇게 되면 자연히 에메리안의 아내는 과부가 되지 않겠습니까. 그 다음부터는 국왕 폐하께서 마음대로 하실 수가 있을 것입니다."

이 말을 듣고 보니, 그럴 듯하여 왕은 그 술수를 따르기로 했다. 시종 일을 맡고 있는 신하를 시켜 당장 에메리안을 불러오게 했다. 시종은 말을 달려 에메리안을 찾아갔다.

"이 집에 에메리안이란 사람이 살고 있나?"

마침 들로 일을 가려고 문턱을 나서던 에메리안은 뜻밖의 손님에 깜짝 놀랐다.

'아무 죄도 없는 나를 왜 찾을까?'

"네, 제가 바로 에메리안인데요……."

"음, 그래? 그렇다면 나하고 잠시 이야기 좀 할까?"

"네, 들어오십시오. 누추하지만 방으로 들어오시지요."

시종은 방에 들어가서 에메리안에게 농사일을 그만두고 궁궐 문지기가 되어 아내와 함께 대궐로 와서 궁궐의 일을 하면서 살라고 말했다. 에메리안은 잠시 생각하더니 이렇게 대답했다.

"네, 고마운 말씀입니다. 제 아내와 잠깐 의논할 시간을 주십시오."

그런 다음, 부엌에서 일하고 있는 아내에게 가서 이 이야기를 전하고 의논을 했다.

"그럼, 가 보세요. 당신은 낮에만 궁궐에서 일을 하고 밤에는 집으로 돌아오시면 되지요."

이렇게 해서 에메리안은 궁궐로 일을 하러 들어갔다. 그런데 에메리안 혼자서 궁궐로 들어가자, 시종이 물었다.

"어째서 네 아내는 데리고 오지 않았느냐?"

에메리안은 고개를 저으면서 말했다.

"뭣하러 아내까지 데리고 옵니까? 우리 집이 있는데요. 아내는 집을 지켜야 합니다."

그러자 시종은 아무 말 없이 우선 에메리안에게 일거리를 주었다.

"오늘 해가 지기 전까지 이 일을 다 끝내야 한다. 행여 빈둥거리다 일을 끝내지 못하면 큰 벌이 내릴 것이야. 알겠느냐?"

시종은 에메리안에게 엄포를 놓고는 횡하니 돌아서 가 버렸다. 에메리안은 기가막혀 말도 못 하고 멍청히 서 있었다.

'이 많은 일을 어떻게 해지기 전에 끝낸담.'

시종이 시킨 일은 한 사람이 해낼 수 있는 일이 아니었다. 시종은 에메리안에게 두 사람 몫의 일거리를 준 것이다. 에메리안은 혼자서는 도저히 해낼 수가 없을 것 같아 걱정이 앞섰다. 하지만 부지런히 하는 수밖에 별 도리가 없었다. 잠시도 쉬지 않고 일을 했다. 그런데 이상한 일이 일어났다. 에메리안이 정신없이 일을 하다 보니 어느 순간엔가 일이 다 끝나 있는 것이 아닌가. 해가 저물기도 전이었다.

저녁때가 되어 에메리안의 일터로 와본 시종은 깜짝 놀라고 말았다. 에메리안이 벌써 일을 깨끗이 끝내고 쉬고 있는 것이 아닌가. 기막힐 노릇이었다.

'이런, 이거 안 되겠구나. 이놈은 예사 놈이 아닌데…… 내일 다시 일을 더 시켜 보자.'

시종은 다음날 네 사람 몫의 일거리를 주어야겠다고 생각했다.

이렇게 해서 에메리안은 첫날 일을 무사히 마치게 되었다.

"여보, 나 돌아왔소."

집에 돌아와 보니 집안은 이미 깨끗이 치워져 있었고, 벽난로에도 불이 잘 피고 따뜻한 저녁 준비도 끝나 있었다. 아내는 의자에 앉아 뜨개질을 하면서 남편이 돌아오기를 기다리고 있었다.

"어머, 벌써 오셨어요?"

아내는 돌아온 에메리안을 반가이 맞으며 저녁상을 차렸고, 에메리안은 아내의 알뜰한 정에 피곤한 줄도 모르고 맛있게 저녁을 들면서 이야기꽃을 피웠다. 아내는 에메리안에게 물었다.

"여보, 무슨 일을 했어요? 고된 일은 아니던가요?"

"여보, 말도 마오. 얼마나 많은 일을 시키던지…… 죽을 뻔했소. 처음에는 저녁때까지 도저히 할 수가 없을 것 같더니만 어찌어찌 하다 보니 다 하기는 했소만, 가만히 생각해 보니, 아무래도 나를 괴롭혀 죽일 것만 같은 예감이 자꾸 드는구료."

에메리안은 아내에게 호소를 했다. 막상 이야기를 꺼내고 보니, 낮의 일이 아무래도 꺼림칙하여 에메리안은 울상이 되고 말았다. 그러나 아내는 에메리안의 말을 가만히 듣고 있다가 이렇게 말했다.

"여보, 아무 걱정 마세요. 당신은, 내가 일을 얼마나 했나? 또 일이 얼마나 남았나? 이런 생각은 하지 마세요. 그리고 일을 하다가 뒤를 돌아보시면 안 돼요. 그냥 맡은 일만 계속 꾸준히 하고 계세요. 그러다 보면 일이 시간 안에 끝나게 될 테니까요. 알겠지요?"

에메리안은 사랑하는 아내의 말대로 하기로 했다.

다음날 아침 일찍부터 준비를 하고 궁궐로 떠났다. 문간까지 나온 에메리안의 아내는 걸어가는 남편에게 소리쳐 다시 한 번 당부를 했다.

"여보! 당신 어제 내가 한 말을 잊지 마셔야 해요. 알겠죠?"

에메리안은 고개를 끄덕이며 돌아서서 아내를 향해 웃어 보였다.

궁궐로 들어온 에메리안에게는 너무나 어이없는 일거리가 쌓여 있었다. 시종은 생각했던 대로 네 사람 몫이나 되는 일거리를 내놓았던 것이다. 그래도 에메리안은 어제보다 별로 두려움이 없었다. 어제 저녁 아내의 충고가 에메리안에게 힘과 용기를 주었기 때문이다.

에메리안은 일하는 동안 아내가 당부했던 대로 절대로 뒤를 돌아보지 않았다. 그러자 일은 어느새 다 끝이 났다. 정말 신기한 일이었다. 그 많은 일이 어떻게 그렇게 빨리 끝났는지 자기도 모를 지경이었다. 이날은 해가 저물기도 전에 집으로 돌아갈 수가 있었다. 에메리안에게 트집을 잡으려고 벼르던 시종은 또 실패하고 말았다.

'허어, 이게 무슨 꼴이람. 이러다간 나만 망신을 당하겠는데. 어디 에메리안이란 놈 두고 보자.'

시종은 이를 갈면서 분하게 생각했다. 그것을 보고 있던 다른 신하들도 이상하다는 듯 고개를 갸웃거렸다.

"한 사람이 네 사람 분의 일을 거뜬히 해치우다니……."

정말 놀라운 일이었다.

다음날은 일거리가 더 늘어났다. 그러나 에메리안은 어느새 일을 거뜬히 해치우고 시종에게 보고를 했다.

"일이 끝났습니다."

"뭐라고? 내가 시킨 일을 벌써 끝냈단 말이냐? 아직 해도 지지 않았는데……."

"네, 의심이 나면 가 보시면 될 게 아닙니까?"

시종은 어이가 없다는 듯 멍하니 에메리안을 쳐다보고 있다가 에메리안을 따라 일터로 나가 보았다. 과연 일은 깨끗이 끝나 있었다. 다섯 사람이 달라붙어도 끝낼 수 없는 일을 해가 지기도 전에 다 해치워 버렸으니 놀라지 않을 수 없었다.

화가 잔뜩 난 시종은 자꾸만 일거리를 늘렸으나, 그때마다 에메리안은 거뜬히 해치우고 집으로 돌아갔다. 이렇게 일 주일이 지났다. 신하들은 머리를 싸매고 의논을 했다.

"안 되겠어. 다른 방법을 써 봐야지. 청소하는 것 따위의 조그만 일들로는 그놈을 당해낼 수가 없어."

"무슨 좋은 수가 없을까?"

"그럼 이번에는 이런 일을 시켜 보는 게 어떻소. 목수 일이니, 미장

이 일이니, 또 석수가 해야 할 어려운 일을 자꾸 시키면 그건 아마 해
내지 못할 거야."

"그래, 그래. 그렇게 해보도록 하자구."

다음날부터 에메리안에게 주어진 일들은 목수 일이었다. 다듬지도
않은 통나무를 갖다 놓고 집을 세우라는 것이었다. 에메리안은 어이
가 없어 한숨을 내쉬었다. 그러나 아내는 그런 일은 문제도 삼지 않
았다. 무엇이든지 부지런히만 하고 뒤돌아보지만 말라고 일렀다.

과연 아내의 말대로 하니까, 여전히 일은 잘 되었다. 역시 해가 지
기도 전에 일을 끝마치고 집으로 돌아갈 수가 있었다.

그러다 보니 약이 바짝 오른 것은 왕이었다. 아름다운 에메리안의
아내를 볼 날을 기다리고 기다려도 소식이 없었다. 그러는 동안에 다
시 일 주일이 지났다. 왕은 더 이상 참을 수가 없어 신하들을 불렀다.

"나는 너희들만 믿고 있었다. 그런데 너희들이 하는 짓이란 게 뭐
냐? 이 주일이 지났는데도 소식이 없으니 도대체 어떻게 된 노릇인
지 알 수가 없구나."

신하들은 고개만 숙이고 있을 뿐, 아무 말도 하지 못했다.

"말 좀 해봐라. 나는 너희들을 공짜로 먹여 주는 게 아냐. 이 주일
이나 지났는데도 그대로 있으니…… 에메리안의 흠을 잡기가 그렇
게 어렵단 말이냐? 내가 창문 밖을 내다보고 있는데 에메리안이란
놈은 노래를 부르면서 집에 돌아가고 있었어. 그런데도 너희들은 이
렇게 태연하게 있단 말이냐?"

왕은 소리를 버럭버럭 질러댔다. 그러자 신하들은 변명을 늘어놓
기 시작했다.

"저희들은 그놈에게 일을 많이 시켜 무슨 트집을 잡으려고 했는
데…… 그놈은 어떤 일을 시켜도 거뜬히 해치우고 맙니다. 마치 비
로 먼지를 쓸어내듯이 일을 하니 우리가 정말 견딜 수 없습니다. 그

놈은 피곤을 모릅니다. 그래서 생각다 못해 어렵고 복잡한 일도 시켜 보았습니다. 그러나 역시 마찬가지로 거뜬히 해치웠습니다. 저희들은 그놈이 처음엔 바보인 줄 알았는데…… 이놈은 어디서 그런 지혜가 나오는지…… 마치 무슨 마술이라도 부리는 것 같습니다."

"아니, 그놈이 마술을 부린다는 말이냐?"

"네, 그렇지 않고서야 그렇게 많은 일을 하루아침에 뚝딱 해치울수가 있겠습니까? 우리들은 그놈에게 혼자서는 도저히 해낼 수 없을만큼 많은 일을 시켰습니다."

"호오, 그것 참 야단났구나. 그러면 그 아름다운 아내를 어떻게 빼앗는단 말이냐?"

왕은 매우 화가 나서 말했다. 그러자 신하들이 말했다.

"그래서 이번엔 그놈에게 아주 엄청난 일을 시켜 볼 생각입니다."

"그게 뭔데?"

"다름이 아니고, 이번에는 하루 동안에 큰 성당을 지으라고 하는 것이죠. 국왕 폐하께서 에메리안을 부르셔서 궁궐 앞에다 하루 만에 큰 성당을 세우라고 명령을 내리십시오."

"흐음……."

"그러면 아마 그놈은 이번 일만큼은 못 할 테니 저녁때쯤 그놈을 붙잡아 죽이면 그것으로 일은 성공하는 셈이죠."

"그래. 그럼 당장 에메리안을 부르도록 하여라."

그리하여 시종이 당장 에메리안의 집으로 달려가서 그를 데리고 왔다. 왕은 엄한 목소리로 그에게 명령을 내렸다.

"에메리안, 너는 모레 아침까지 궁궐 앞 광장에 큰 성당을 짓도록 하여라. 만일 잘하면 큰 상을 내릴 것이고, 그렇지 못하면 사형에 처할 것이니라."

에메리안은 왕의 명령을 듣고, 기절할 듯이 놀랐다.

'아니, 도대체 이게 어떻게 된 노릇일까? 그렇게 엄청난 일을 하라고 하다니…… 이제 나는 죽었구나. 아이고…….'

에메리안은 왕의 말이 다 끝났는데도 한참 동안 멍하니 그 자리에 앉아 있었다. 그 모습을 본 신하들은, '옳지, 이번에야말로 우리의 계획이 들어맞는 모양이다. 아마 이번 일은 자신이 없는 모양이야.' 하며 좋아했다. 이윽고 힘없이 일어난 에메리안은 고개를 푹 숙이고 집으로 돌아갔다.

"아니, 여보. 왜 그렇게 힘이 없으세요?"

힘없이 돌아온 에메리안을 보고 아내가 물었다.

"아, 이젠 틀렸어!"

"글쎄, 말이나 해보세요. 또 무슨 일을 하라고 하던가요?"

"……"

에메리안은 말도 없이 그냥 울기만 했다. 한참 동안 울고 나서야 무겁게 입을 열었다.

"여보, 우리 빨리 도망갑시다. 안 그러면 내가 죽고 말 거요."

그러나 아름다운 아내는 눈 하나 깜짝하지 않고 다시 물었다.

"뭘 그렇게 겁을 내세요? 어디로 도망가잔 말이에요? 그 이유나 말씀해 보세요."

에메리안은 맥이 다 빠진 채로 힘없이 말했다.

"국왕께서 부르시길래 갔더니 글쎄…… 모레 아침까지 큰 성당을 하나 세우라고 하지 않겠소? 만일 못 세우면 목을 베어 버린다니, 이런 일이 세상에 어디 있담. 그러니 방법이 있소? 도망칠 수밖에…… 여보, 빨리 도망갑시다."

그러나 아내는 에메리안의 말에는 귀도 기울이지 않았다.

"국왕께서는 군인을 많이 가지고 있기 때문에 도망갈 수도 없어요. 얼마 가지도 못하고 잡히고 말지요. 그러니까 어찌 되었든 일을 할 때까지 해보는 게 좋을 거예요."

"하지만 다 할 수도 없는 일을 무엇 때문에 처음부터 고생을 한단 말이오?"

"뭘 그렇게 걱정만 하세요? 용기를 내서 지금까지 일한 것처럼 하면 되지요. 그러니까 저녁이나 많이 잡수세요. 그리고 푹 주무시는 거예요."

"지금 이 지경에 잠을 잘 수가 있겠소?"

"아무 걱정 마세요. 그 대신 내일은 조금 일찍 일어나셔야 해요, 네?"

방긋 웃는 아내의 모습을 보니, 무슨 수가 있을 것 같기도 했다. 에메리안은 저녁을 먹고 잠자리에 들었다.

다음날 아침 에메리안은 첫닭이 울 무렵 잠에서 깨어났다. 아내는 에메리안에게 맛있는 음식을 차려 먹인 다음 이렇게 말했다.

"여보, 빨리 가서 일을 하세요. 그리고 큰 성당의 마지막 손질을 하세요. 자아, 이건 못하고 장도리예요. 광장에 가면 하루 일이 남아 있을 거예요."

에메리안은 궁궐로 향했다. 가보니, 과연 아내의 말대로 큼직한 새 성당이 버젓이 서 있고 지금부터 해야 할 일은 조금밖에 남아 있지 않았다. 마지막 손질만 하면 되는 것이었다. 에메리안은 자기가 해야 할 일을 찾아서 해가 저물 때까지 다 해치웠다.

한편, 왕은 눈을 뜨자마자 궁궐 밖을 내다보았다. 그랬더니 이게 웬일인가? 그곳에는 벌써 큰 성당이 우뚝 서 있고, 에메리안이 이리저리 다니면서 못을 박고 있었다.

왕은 또 실망했다. 자기 성 안에 아무리 큰 성당이 세워진들 즐거울 리가 있겠는가. 아름다운 에메리안의 아내를 못 볼 생각을 하니 울화가 치밀었다. 신하들도 역시 마찬가지 심정으로 이게 꿈인가 생시인가 하고 눈을 비비며, 성당 기둥도 만져 보고 벽도 만져 보았다.

"아니, 이게 어떻게 된 노릇이지?"

성당은 이미 세워졌으므로 눈이 휘둥그레져서 소리를 질러도 아무 소용없는 일이었다. 신하들은 화가 나서 죽을 지경이었다. 그러나 에메리안만은 신바람이 나서 혼자 여기저기 다니며 마지막 손질을 끝냈다.

왕은 또다시 신하들을 불러모았다.

"에메리안은 이번 일도 다 해치웠다. 이렇게 되면 도저히 그놈을 죽여 버릴 기회가 없구나. 그놈은 이런 일쯤은 예사인 것 같다. 좀더 어려운 일은 없겠느냐? 다시 한 번 머리를 짜서 연구해 보아라. 그렇지 않으면, 그놈보다 너희들 목을 먼저 잘라 버릴 테다."

신하들은 화가 단단히 난 왕의 얼굴을 보고 부들부들 떨기만 할 뿐 한동안 말도 제대로 못했다.

한참 후에야 신하들은 겨우 정신을 차리고 의논을 하기 시작했다.

"무슨 좋은 수가 없을까?"

"이제는 웬만한 일 가지고는 안 되겠어. 아주 어마어마한 일을 시켜야지."

신하들은 한동안 의논을 한 끝에, 이번에는 큰 강을 파게 하기로 결정했다. 궁궐 둘레에 배가 다닐 수 있는 큰 강을 파자는 것이었다. 신하들은 그런 의견을 왕에게 아뢰었다.

"국왕 폐하, 이번에는 큰 강을 파게 하십시오."

"그래? 그렇지만 만일 이번에도 실패하면 너희들 목을 잘라 버릴 테다."

"네, 알았습니다. 이번에는 꼭 실수 없도록 하겠습니다."

그래서 왕은 또 에메리안에게 큰 강을 파라는 명령을 내렸다.

"하룻밤 사이에 큰 성당을 만들어낸 네 솜씨 아닌가. 이 일도 충분히 잘 해낼 거야. 내일 하루 동안에 명령대로 다 완성하도록 하라. 그렇지 못하면 너는 사형이다. 알겠느냐?"

에메리안은 또 걱정이 되었다.

'어째서 국왕은 나에게 이런 어려운 일만 시키는 걸까?'

어두운 얼굴로 집으로 터벅터벅 돌아왔다. 그리고 아내 앞에 또 힘없이 고개를 떨어뜨리고 한숨을 몰아쉬었다.

"무엇 때문에 또 그러시죠? 또 국왕이 어려운 일을 시키시던가요?"

에메리안은 그날 겪은 일을 상세히 설명했다.

"글쎄, 하루 만에 큰 강을 파라니…… 그런 명령이 세상에 어디 있단 말이오? 이젠 정말 질려 버렸어. 여보, 이런 고생하지 말고 어서 도망가 버립시다. 나는 더 이상 이 나라에서 살기가 싫어졌소."

그러자 아내가 말했다.

"여보, 그런 소리 말아요. 말을 타고 뒤쫓는 군인을 어떻게 피한단 말이에요? 어디로 도망가나 마찬가지예요."

"그럼 어떻게 하잔 말이요?"

에메리안은 걱정스런 얼굴로 물었다.

"역시 말을 들을 수밖에 없지요. 오늘은 푹 쉬도록 하세요. 그리고 아침 일찍 일어나면 고생하지 않아도 일을 할 수가 있을 거예요."

"그럴까?"

언제나 아내의 도움으로 어려움을 면한 에메리안은 또다시 아내의 말대로 저녁을 먹은 다음 잠을 잤다. 그리고 아침 일찍 아내가 깨워주자, 궁궐을 향해 부지런히 갔다.

아직도 해는 떠오르지 않고 새벽길에는 아무도 없었다. 가 보니, 떠날 때 아내가 일러준 대로 강은 벌써 하룻밤 사이에 다 파져 있었고, 배 타는 장소에 흙이 조금 쌓여 있을 뿐이었다. 그것만 치우면 일은 끝나는 것이었다.

에메리안은 삽을 들고 흙더미를 치우기 시작했다. 궁궐 둘레에 빙 둘려진 강에는 벌써 물이 철철 흐르고 있었으며 배도 여기저기 떠 있었다.

이윽고 신하들도 일어나 궁궐 밖으로 나왔다. 그들은 또다시 놀라고 말았다. 아무것도 없던 자리에 강이 흐르고 배가 유유히 떠다니고 있는 것이었다.

"아니, 이게 무슨 조화지? 하룻밤 사이에 강이 생기다니……."

성 안의 사람들은 저마다 눈을 비비고 야단이었다. 구경꾼들이 잔뜩 모여들어 와자지껄 떠들어대는 소리로 궁궐 밖이 소란했다. 뒤늦게 일어난 왕은 궁궐 창문으로 밖을 내다보다가 그만 기절할 듯이 놀랐다. 화가 나서 어쩔 줄 몰랐다.

'도대체 어떻게 된 놈이길래 이토록 쉽게 일을 해치울 수가 있단 말인가?'

강이 생긴 것쯤은 하나도 기쁘지 않았다. 오히려 에메리안을 못 죽이게 된 것이 분해서 못 견딜 지경이었다.

왕은 또다시 신하들을 불러모았다.

"여봐라! 너희들은 결국 저놈을 굴복시키지 못했다. 나도 역시 마찬가지다. 저놈을 어떻게 처치할 수가 없겠느냐? 도저히 저놈의 아내를 빼앗을 수가 없겠구나!"

신하들은 계속 궁리를 했다. 그러나 별로 좋은 생각이 떠오르지 않았다. 서로들 머리를 맞대고 이러쿵저러쿵 해봤지만 모두 다 시시한 이야기뿐이었다. 이제는 아무리 해봐도 에메리안의 재간을 당할 수가 없는 것이었다.

마침내 한 가지 생각이 떠올랐다.

"이렇게 하면 어떻겠습니까?"

한 신하가 말했다.

"어떻게 말인가?"

호기심이 어린 눈으로 다른 신하들도 일제히, 계획을 이야기하는 신하를 쳐다보았다.

"에메리안을 시켜 어딘지 모르는 데 가서 무엇인지 모르는 것을 찾아오라고 명령을 내리십시오. 이런 명령은 그놈도 어떻게 못 할 것입니다. 그놈이 어디를 가도 방향이 틀렸다고 할 수도 있고, 무엇을 가지고 와도 찾는 물건이 아니라고 할 수가 있을 것입니다."

왕은 이 계획을 듣고 매우 기뻐했다.

"오, 그것 참 좋은 생각이로다. 이제야말로 그놈을 죽일 수가 있겠구나."

왕은 힘찬 목소리로 탄성을 지르듯이 말하고, 곧 에메리안을 불러오도록 했다.

"에메리안, 듣거라. 너는 지금부터 어딘지 모르는 곳으로 가서 무엇인지 알 수 없는 물건을 찾아오도록 해라. 만일 그것을 찾지 못하면 너는 사형이다."

정말 기막힌 명령이 떨어진 것이었다. 에메리안으로서는 도저히 알아들을 수도 없는 말이었다. 기가 죽은 에메리안은 맥이 풀린 채 집으로 돌아왔다.

"여보, 이젠 정말 내가 죽을 때가 왔는가 보오. 이런 명령은 도무지 알아들을 수도 없고, 또 어떻게 하라는 것인지도 모르겠소."

그 말을 듣자, 이번에는 아내 역시 조금 시무룩해졌다.

"……."

에메리안은 아내의 얼굴을 보자 새파랗게 질리고 말았다.

'아니, 이젠 마누라도 무슨 좋은 수가 없는 모양인가?'

잠시 후, 아내는 또다시 방긋 웃더니 에메리안의 손을 잡고 말했다.

"여보, 국왕 옆에 꽤 머리가 좋은 신하가 있는 모양이군요. 그러니까 이번에는 우리도 정신을 바짝 차려야겠어요."

"어떻게 정신을 차린단 말이오?"

"이렇게 해요."

하고 아내는 설명을 하기 시작했다.

"어떤 집에 아주 나이 많은 할머니가 한 분 있어요. 그 할머니는 어느 군인의 어머니인데, 그 집이 여기서 조금 멀긴 하지만…… 당신은 그 할머니의 도움을 받아야 해요. 당신은 그 할머니에게 가서 무얼 받거든 곧장 궁궐로 달려가세요. 이번에 잘못하면 당신은 나를 빼앗기고 말아요. 모두들 나를 억지로 데리고 가려고 야단일 거예요. 그러니까 혹시 나를 빼앗겨도 정신을 차리고 흔들리면 안 돼요. 잠시 동안이니까 당신은 할머니가 시키는 대로만 하세요. 곧 나를 구해낼 수가 있을 거예요."

에메리안은 아내의 말을 조심스럽게 듣고 고개를 끄덕였다.

아내는 에메리안에게 여행 준비를 시켰다. 그리고 빈 자루 하나와 실패 하나를 주었다.

"이걸 그 할머니한테 드리세요."

"그래서?"

"그러면 그 할머니는 당신이 내 남편이라는 것을 알 거예요."

그리고 아내는 길을 가르쳐 주었다.

에메리안은 아내와 작별을 하고 집 밖으로 나가 길을 터벅터벅 걸어갔다. 그러자 큰 거리에서 군인들이 훈련받고 있는 것이 보였다. 에메리안은 걸음을 멈추고 얼마 동안 구경을 했다. 이윽고 훈련이 끝나자 군인들은 그 자리에 앉아 쉬었다. 그때 에메리안은 가까이 다가가서 이렇게 물었다.

"군인 아저씨, 어딘지도 모르는 곳에 가려면 어떻게 가야 하나요? 그리고 또 무언지도 모르는 것을 어떻게 찾아야 하죠?"

그러자 군인은 깜짝 놀랐다.

"아니, 누가 그런 것을 찾아오라고 했소?"

"국왕 폐하의 명령입니다."

"우리들은 군인이기 때문에 이렇게 어딘지도 모르는 곳을 향해 걷고는 있지만, 어딘지 모르는 곳은 아직 가지 못하고 있소. 아무리 가도 알 수가 없는걸. 그러니 당신을 도와줄 수가 없군요."

에메리안은 얼마 동안 군인들과 함께 앉아 있다가 다시 일어나 걷기 시작했다. 한참 걸어가자 길은 숲으로 통해 있었다. 에메리안은 숲으로 들어갔다.

숲 속에는 집이 한 채 있었다.

"여보세요!"

에메리안이 문을 두드리며 부르니까 문이 열리고 할머니가 나왔다. 안으로 들어가니, 할머니는 실을 켜고 있었다.

"저, 할머니에게 군인 아드님이 계신가요?"

에메리안은 아내가 시킨 대로 물었다.

"그렇소."

할머니는 무뚝뚝하게 한마디 내뱉고는 계속 실만 잣고 있었다. 그런데 이상한 것은 실을 뽑는데 침을 발라 뽑는 것이 아니라, 할머니 자신이 눈물을 흘리면서 그 눈물을 적셔 실을 뽑는 것이었다. 하도 이상해서 에메리안은 넋을 잃고 그것을 들여다보았다. 그랬더니, 할머니는 화가 난 듯이 소리를 질렀다.

"도대체 뭣하러 이런 데를 찾아왔소?"

에메리안은 그제서야 아내가 준 실패를 내밀고는, 아내의 말을 듣고 찾아왔다는 말을 했다. 그러자 할머니는 금세 친절해져서 이것저

것 물었다.

에메리안은 지금까지 살아온 내력을 숨김없이 털어놓았다. 처음 길을 가다 아내와 만나 결혼한 이야기며, 읍내에 들어가 살던 이야기, 궁궐에서 했던 여러 가지 일들, 성당을 세운 일, 배가 지나가는 강을 판 이야기도 하고, 마지막으로 왕의 명령으로 어딘지도 모르는 곳에 가서 무엇인지 알 수 없는 것을 가져가야 된다는 이야기까지 모두 했다. 그러자 할머니는 혼자말로 중얼중얼 불평을 늘어놓더니 잠시 후 고개를 끄덕이며 이렇게 말했다.

"음, 아무래도 때가 온 모양이구나. 하여간 좋아. 이봐, 내 아들아. 앉아서 음식이나 좀 들어."

에메리안을 아들이라고 부르면서 할머니는 여전히 실을 뽑았다. 이윽고 에메리안이 상을 물리자, 이상한 말을 했다.

"이 실뭉치를 줄 테니까, 이걸 앞으로 굴려 가면서 자꾸 따라가거라. 아마 꽤 먼 바닷가로 나가게 될 거야. 그러니까 지치지 말고 부지런히 걸어가야 해. 바닷가에는 큰 도시가 있을 거야. 그 시내에 들어가 제일 끝에 있는 집으로 가서 재워 달라고 부탁하고, 그 집 안으로 들어가 필요한 것을 찾아야 하는 거야."

참 애매한 말이었다. 에메리안은 고개를 갸우뚱하며 할머니에게 물었다.

"그렇지만 할머니, 어떻게 그것을 찾을 수가 있지요?"

"그 집 아이들이 부모 이상으로 더 말을 잘 듣는 것이 있지. 그게 바로 네가 찾고 있는 거야. 그걸 가지고 국왕에게 달려가라. 그러나 국왕에게 가도, 아마 국왕은 잘못 찾아왔다고 네게 시비를 할 거야. 그러면 너는 이렇게 말해. '틀렸다면 부수어 버리지요' 그런 다음, 그걸 마구 두들겨 줘. 그리고 그걸 강으로 가져가서 부수어 가지고 강물 속에 던져 버려야 해. 그러면 아내를 도로 찾을 수가 있지. 그러면 내가 흘리는 슬픈 눈물도 마를 테니까……."

에메리안은 알 수 없는 말을 머릿속에 넣은 채 할머니와 작별 인사를 하고 그 집을 나왔다. 그는 할머니가 시킨 대로 실뭉치를 굴렸다. 실뭉치는 사람이 걸어가는 빠르기로 데굴데굴 굴러갔다. 한참 가노라니 과연 바닷가가 보였다. 바닷가에는 할머니의 말처럼 정말 큰 도시가 있었다. 에메리안이 계속 실뭉치를 굴리면서 큰 거리를 지나 자꾸 걸어가니까, 시내에서 벗어난 쓸쓸한 거리의 제일 마지막 집이 나타났다. 살펴보니 매우 큰집이었다. 에메리안은 그 집 문을 두들기면서 주인을 불렀다.

"길 가는 사람인데 하룻밤만 재워 주십시오."

"어서 들어오십시오."

주인은 뜻밖에도 반기는 기색으로 맞아 주었다.

하룻밤을 그 집에서 묵은 에메리안은 아침 일찍 일어나 그 집 안을 이리저리 살펴보고 있었다. 그때 마침, 집주인이 자기 아들을 불러 깨웠다. 아들에게 장작 패는 일을 시키려는 거였다. 그러나 아들은 투덜거리면서 이렇게 대답했다.

"아직 일러요. 시간이 넉넉하니까 걱정하지 말아요."

어머니가 벽난로 쪽에서 다시 아들에게 말했다.

"얘야. 빨리 나가거라. 아버지는 몸이 편찮으셔서 일을 할 수가 없지 않니? 시간도 다 돼 간다."

아들은 우물쭈물 중얼거리기만 하다가 다시 잠이 들어 버렸다. 그런데 조금 있자 길가에서 이상한 소리가 소란스럽게 들려 왔다. 그 소리에 아들은 벌떡 일어나 옷을 걸치는 둥 마는 둥 하면서 밖으로 뛰어나갔다.

에메리안도 얼른 밖으로 따라나갔다. 방금 전에 들려 온 소리가 무슨 소리인지, 또 그처럼 말을 안 듣던 아들을 부리나케 뛰어나가게 한 것이 무엇인지 알아보기 위해서였다.

밖으로 달려나온 에메리안의 눈에 비친 것은, 참 이상한 것이었다. 배 앞에 동그란 것을 달아 놓고 그것을 두 개의 방망이로 두드리면서 걸어가고 있는 사나이의 모습이었다. 시끄러운 소리를 둥둥 내는 것은 바로 그 동그란 물건이었다. 이 집 아들을 일어나게 한 것도 바로 그것이었다.

에메리안은 사나이 옆으로 달려가서, 그 물건을 살펴보았다. 그것은 마치 물통처럼 생긴 것으로 양편 바닥에 가죽이 달려 있었다. 어쨌든 처음 보는 에메리안으로서는 참으로 신기했다. 그래서 그것을 두들기는 사람에게 물었다.

"이게 도대체 무엇입니까?"

"북이라고 하지요."

"그 속에 무엇이 들어 있죠?"

"비어 있어요."

에메리안은 사나이에게 그 물건을 자기에게 줄 수 없느냐고 물어보았다. 그러자 사나이는 한마디로 거절하고 말았다. 에메리안은 속으로 '이거 쉬운 일이 아닌데?' 하고 걱정을 하며 더 이상 달라는 부탁을 포기하고, 사나이 뒤를 살금살금 따라갔다.

하루 종일을 이렇게 뒤쫓아 다니다가, 이윽고 사나이가 잠든 틈을 타서 그 북을 훔치고 말았다. 에메리안은 걸음아, 날 살려라! 하고 꽁지가 빠지게 도망을 쳤다. 그리고는 그 길로 곧장 달려가 자기 집이 있는 성 가까운 곳으로 돌아왔다.

마침내 집에 도착한 에메리안은 아내를 찾았다. 웬일인지 아내는 보이지 않았다. 에메리안의 가슴이 덜컥 내려앉아 이웃 사람들에게 물어보았다.

"어떻게 된 일이죠? 집사람은 어디 갔습니까?"

에메리안이 안타깝게 묻자, 그가 집을 떠난 바로 그날 왕이 와서 데려갔다고 동네 사람이 말해 주었다.

순간, 에메리안은 눈앞이 캄캄해졌다. 그러나 정신을 바짝 차리고 궁궐로 들어갔다. 그는 왕에게 어딘지 모르는 곳에 가서 무엇인지 모르는 것을 가지고 왔다고 말했다. 하지만 왕은 내다보지도 않고 다음 날 오라고 했다. 에메리안은 할 수 없이 다음날 다시 왕에게 갔다. 그리고 왕의 방문 앞에서 아뢰었다.

"명령하신 대로 그 물건을 찾아 가지고 돌아왔습니다. 만일 나오시지 않는다면, 오늘은 제가 안으로 들어가겠습니다."

그러자 왕은 겨우 방에서 나왔다.

"그래, 어딜 갔다 왔지?"

에메리안은 갔다 온 곳을 말했다. 그러자 왕은 화를 발끈 내면서,

"아냐. 그런 곳이 아냐. 그리고 무엇을 가져왔나?"

에메리안은 얼른 왕 앞에 북을 내놓았다. 그러나 그는 쳐다보지도 않고,

"아냐, 그것도 아니야. 내가 가져오라는 물건과는 달라."

하며 고개를 저었다.

그러자 에메리안은 문득 할머니의 말이 생각나서 할머니가 시킨 대로 말했다.

"틀리면 할 수 없지요. 제가 다 부수어 버리겠습니다."

에메리안은 궁궐 밖으로 나가 북을 두들겨댔다.

둥둥! 둥둥!

북소리가 크게 울렸다. 그러자 왕의 군대가 모두 몰려들었다. 군인들은 에메리안에게 경례를 하고 명령을 기다렸다.

왕은 깜짝 놀라 창 밖으로 얼굴을 내밀고, 에메리안을 따라가지 말라고 군인들에게 소리질렀다. 하지만 군인들은 왕의 말은 듣지도 않

고 모두 에메리안만을 따라 걸어갔다. 질겁을 한 왕은 신하들에게 에메리안의 아내를 돌려주라고 명령을 내렸다.

에메리안은 시종이 궁궐 깊숙이 갇혀 있던 아내를 데리고 나와 풀어 주자, 그제서야 북채를 멈추었다. 그러자 신기하게도 그를 따라가던 군인들도 멈추어 섰다.

북이 탐이 난 왕은 에메리안에게 북을 달라고 부탁했다. 그러나 에메리안은 왕의 말을 듣지 않았다.

"안 됩니다. 이것은 산산가루로 만들어서 강에 버리라는 말을 들었으니까요."

에메리안은 강가에 와서 북을 부수고 강물에 내던졌다. 바로 그때까지도 따라오던 군인들은 그제서야 어디론가 모두 도망쳐 버렸다.

아내를 다시 찾은 에메리안은 싱글벙글 웃으며 집으로 돌아왔다.

세상에서 가장 중요한 세 가지

톨스토이의 작품에 '세 가지 의문'이라는 단편이 있다.
어느 왕의 마음속에 다음과 같은 세 가지의 질문이 떠올랐다. 첫째는 모든 일에서 가장 중요한 때가 언제일까? 둘째는 어떤 인물이 가장 중요한 존재일까? 셋째는 세상에서 가장 중요한 일이 무엇일까?

왕은 이 문제를 해결하기 위해 산 속에 파묻혀 사는 현자를 찾아갔다. 현자는 아무런 말도 없이 밭만 갈고 있었다. 그때 갑자기 피투성이가 된 한 청년이 왕 앞으로 달려나왔다. 왕은 자기의 옷을 찢어서 청년의 상처를 싸매 주며 정성껏 간호를 해주었다. 나중에 알고 보니 청년은 왕에게 원한을 품고 있던 젊은 신하였다. 비로소 청년은 왕의 간호에 감격하여 원한의 감정을 풀고 더 충성스런 신하가 되겠다고 맹세했다.

왕은 현자에게 세 가지 질문에 대한 답을 구했다. 그때 현자는 이미 해답이 나왔다고 하면서 이렇게 말했다. "세상에서 제일 중요한 때는 바로 지금입니다. 사람이 지배하고 사용할 수 있는 시간은 바로 지금뿐이기 때문입니다. 그리고 제일 중요한 존재는 자신이 지금 대하고 있는 바로 그 사람이지요. 또한 제일 중요한 일은 지금 대하고 있는 바로 그 사람에게 정성을 다하여 사랑을 베푸는 것입니다."

그렇다! 지금 우리 앞에 있는 사람에게 사랑을 베푸는 것! 이것이 바로 형제를 깨우치는 길이며 예수 그리스도의 선한 일꾼이 되어 아름다운 열매를 맺게 되는 가장 좋은 길이 되는 것이다. 이 세상은 우리가 천국에 가기 전에 남아서 사랑을 연습해야 될 실습장임을 깨닫고 지금 우리가 만나는 그 사람에게 사랑을 실천하도록 힘쓰자.

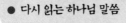

● 다시 읽는 하나님 말씀

시험(試驗)을 참는 자는 복이 있도다. 이것에 옳다 인정(認定)하심을 받은 후에 주께서 자기를 사랑하는 자들에게 약속하신 생명의 면류관을 얻을 것임이니라 (야고보서 1장 12절)

사람이 감당할 시험밖에는 너희에게 당한 것이 없나니. 오직 하나님은 미쁘사 너희가 감당치 못할 시험당함을 허락지 아니하시고 시험당할 즈음에 또한 피할 길을 내사 너희로 능히 감당하게 하시느니라 (고린도전서 10장 13절)

무릇 그리스도 예수 안에서 경건하게 살고자 하는 자는 핍박을 받으리라
(디모데후서 3장 12절)

그러나 의를 위하여 고난을 받으면 복 있는 자니 저희의 두려워함을 두려워 말며 소동(騷動)치 말고 / 너희 마음에 그리스도를 주로 삼아 거룩하게 하고 너희 속에 있는 소망에 관한 이유를 묻는 자에게는 대답할 것을 항상 예비하되 온유와 두려움으로 하고 / 선한 양심을 가지라 이는 그리스도 안에 있는 너희의 선행을 욕하는 자들로 그 비방하는 일에 부끄러움을 당하게 하려 함이라
(베드로전서 3장 14~15절)

바보 이반

바보 이반, 그의 두 형인 군인 세미욘과 배불뚝이 탈라스,
그리고 벙어리 여동생 말라냐와 큰 악마, 작은 세 악마의 이야기

바보이반

1

옛날옛날 아주 먼 옛날 어느 마을에 부유한 농부가 살고 있었다. 이 부유한 농부에게는 세 아들, 즉 군인인 세미욘, 배불뚝이 탈라스, 바보 이반과 귀머거리이자 벙어리인 딸 말라냐가 있었다. 세미욘은 임금님의 명을 받아 전쟁에 나갔고, 배불뚝이 탈라스는 도시의 장사 치한테 장사 기술을 배우러 갔으며, 바보 이반은 여동생과 함께 집에 남아 땀흘려 일하고 있었다.

세미욘은 전쟁에서 많은 공을 세워 높은 벼슬과 토지를 얻고 어느 귀족의 딸한테 장가들었다. 그는 나라에서 관료에게 주는 녹도 많이 받고 전답도 많은 부자가 된 것이다. 그런데 이상하게도 항상 돈이 궁하고 재산이 모이질 않았다. 귀족 행세를 하는 아내가 물 쓰듯 써 버려 언제나 돈이 붙어 있을 날이 없었던 것이다. 하루는 세미욘이 돈을 거두러 농장으로 갔다. 그러나 관리인은 그에게 이렇게 말하는 것이었다.

"돈 같은 게 들어올 턱이 없습니다. 저희들에겐 가축이고 농기구고 말이고 소고 쟁기고 간에 하나도 없으니 말이에요. 먼저 이런 것들을 갖추어 놓아야만 합니다. 그래야만 비로소 수익이라는 것이 생기는 겁니다."

세미욘은 생각다 못해 아버지에게 갔다.

"아버지, 아버지는 부자이면서도 저에게는 아무것도 주시지 않았습니다. 저에게 땅을 3분의 1만 나눠 주십쇼."

"너는 뭐 집에다 보태 준 것이 하나라도 있냐. 뭣 때문에 너에게 땅을 3분의 1이나 준단 말이냐? 그러는 날엔 이반과 말라냐가 못마땅해 할 것이다."

그러자 세미욘이 말했다.

"그렇지만 이반은 바보잖아요. 말라냐도 귀머거리에다 벙어리이고요. 그런 놈들에게 땅이 무슨 필요가 있겠어요."

세미욘이 이렇게 졸라대자, 아버지는,

"그럼, 이반이 뭐라고 하는지 어디 한번 물어 보자."

하면서 이반을 불렀다. 아버지와 형 세미욘의 이야기를 들은 이반은,

"그렇게 하세요. 아버지, 형에게 땅을 나누어 주십시오."

하고 말했다. 아버지도 더 이상 어쩔 수가 없었다. 집에서 3분의 1의 땅을 얻어낸 세미욘은 그 땅을 제것으로 이전하고 나서 다시 임금을 섬기러 떠났다.

배불뚝이 탈라스도 돈을 많이 모아 장사치의 딸한테 장가들었다. 그런데 탈라스 역시 재산이 적다고 늘 불만이었다. 그러던 차에 세미욘의 소식을 들은 그는 아버지에게 찾아와,

"저에게도 제 몫을 나눠 주십쇼."

하고 말했다. 하지만 아버지는 탈라스에게까지 재산을 나누어 주고 싶지는 않았다.

"너는……" 하고 아버지는 말을 꺼냈다. "네가 우리한테 보태 준 게 뭐 있냐. 게다가 지금 집에 있는 것은 모두 이반이 열심히 일해서 모은 것뿐이다. 나는 그 애하고 딸년을 섭섭하게 할 수는 없어."

"저런 바보 녀석에게 재산이 무슨 필요가 있어요. 저 녀석은 장가도 갈 수 없습니다. 아무도 올 사람이 없어요. 벙어리인 말라냐도 그렇죠, 역시 필요한 것이라곤 아무것도 없잖아요."

탈라스는 마구 성을 냈다. 그리고는 이반을 불러 말했다.

"이반, 나한테 곡식을 절반만 다오. 그리고 난 연장 따윈 필요 없으니까 가축 중에서 저 잿빛 숫말이나 한 마리 갖겠다. 저건 네가 밭을 가는 데 도움이 되는 것도 아닐 테고."

이반은 웃음을 터뜨리면서,

"하하, 그래요. 가져가십시오. 나야 또 가서 잡아오면 되지요."

하고 말했다. 이렇게 해서 탈라스도 제 몫을 탔다. 탈라스는 곡식을 도시로 실어내고 숫말도 데리고 갔다.

이반은 형들에게 싫은 내색 한번 하지 않았다. 그저 예나 다름없이 늙어빠진 암말 한 마리로 농사를 지어 아버지와 어머니를 봉양했다.

2

큰 악마는 이반의 형제들이 작은 싸움 한번 없이 의좋게 재산 분배를 하는 걸 보자, 몹시 못마땅했다. 그는 작은 악마 셋을 큰 소리로 불렀다.

"자, 봐라." 그는 말했다. "저기 인간 세상에 세 형제가 살고 있지. 세미욘이란 군인과 탈라스란 배불뚝이, 그리고 이반이란 바보 녀석이 말이야. 나는 말이야, 저 녀석들에게 꼭 싸움을 붙여야겠는데, 저 녀석들은 왜 저렇게 의좋게 잘 사는 거냐. 서로 서로가 너 먹어라, 하듯 지내고 있거든. 저 이반이란 바보 녀석이 아주 그냥 내 기분을 깡그리 망가뜨려 놓았지 뭐야. 이제부터 너희 셋이서 모두 나가 저 세 녀석들에게 늘어붙어 서로 싸움을 하도록 놈들의 사이를 갈라놓아라. 어때, 할 수 있겠느냐?"

"할 수 있다마다요."

그들은 동시에 합창을 하듯 말했다.

"그래, 좋아. 그럼, 너희들 어떻게 할 작정이냐?"

"이렇게 하면 간단하죠. 먼저 저 녀석들을 먹을 게 하나도 없도록 홀랑 발가벗긴 다음 세 녀석을 한 곳에다 모아놓는 겁니다. 그러면 저 녀석들은 서로 제 배를 먼저 채우려고 치고 받고 야단일 겁니다."

큰 악마가 말했다.

"그래, 무엇을 해야 할지 잘 알고 있는 것 같군. 가거라. 그리고 말이다, 저 세 녀석들의 사이를 완전히 갈라놓기 전에는 절대로 돌아오지 마라! 그렇지 않으면 너희 세 놈의 가죽을 몽땅 벗기고 말 테니까, 알았느냐?"

작은 악마들은 어느 늪 속으로 들어가 어떻게 일을 착수할 것인지 상의하기 시작했다. 저마다 조금이라도 더 수월한 일을 맡으려고 오랫동안 궁리한 끝에 겨우 심지를 뽑아서 누가 누구를 맡을 것인지를 정하기로 결정했다. 그리고 다른 자들보다 조금이라도 일찍 일을 마친 자는 다른 자를 도와주기로 했다. 작은 악마들은 심지를 뽑고 나서 언제 다시 이 늪에 모일 것인지 날짜를 정했다. 작은 악마들은 저마다 맡은 대로 행동하기로 하고 헤어졌다.

드디어 모이기로 한 날이 되자, 작은 악마들이 하나둘 모습을 드러냈다. 악마들은 내가 맡은 것은 이러이러했노라고 자기가 맡은 일의 진행 상황을 설명하기 시작했다. 세미욘이란 군인한테서 돌아온 첫째 악마가 먼저 입을 열었다.

"내 일은 말이야, 잘돼 가고 있어. 내가 맡은 세미욘은 내일 틀림없이 아버지한테 갈 거야."

그의 동료들이 "그래 너는," 하고 입을 모아 "어떻게 했지?" 하고 물었다. 그러자 그가 대답했다.

"나는 말이야, 우선 세미욘에게 터무니없는 용기를 잔뜩 불어넣어 주었지. 그랬더니 그 녀석은 제 임금에게 온 세계를 정복해 보이겠다고 큰소리쳤거든. 임금은 세미욘을 대장으로 승진시키고, 인디아 임금을 치러 보낸 거야. 세미욘 군대가 전쟁 준비를 끝내고 다음날 새벽 인디아 임금을 공격하기로 했지. 그래서 나는 그날 밤 세미욘 군사들의 화약을 모조리 적셔 놓고, 인디아 임금에게로 가서 짚으로 군사들을 무수히 만들어 놓았지. 그랬더니 세미욘 군대는 자기네 쪽으로 사방팔방에서 지푸라기 군사들이 몰려오는 것을 보고는 갑자기 겁쟁이가 된 거야. 세미욘은 '쏴라!' 하고 명령을 내렸지만 대포고 총이고 간에 나가야 말이지. 세미욘의 군사들은 사색이 다 되어 줄행랑을 놓을밖에. 마치 양떼처럼 말이야. 그러자 인디아의 임금은 그들을 추격해서 쳐부쉈지. 세미욘은 톡톡히 망신을 당하고, 재산을 몽땅 몰수당한 데다 내일은 사형을 집행하려는 참이야. 나에겐 이제 꼭 하루 일감이 남아 있을 뿐이야. 집으로 내빼도록 그 녀석을 옥에서 내놓는 일만 남아 있거든. 내일이면 모든 일이 다 끝나게 될 거야. 너희들 중에서 내 도움이 필요하면 말해. 내가 도와줄 테니."

탈라스에게서 돌아온 다른 작은 악마도 제 일에 대해서 이렇게 얘기하기 시작했다.

"나는 말이야, 도움 따윈 필요없어. 내 일도 잘돼 가고 있으니까. 탈라스란 녀석도 이제 일 주일 이상을 부지하지 못할 거야. 나는 말이야, 먼저 녀석 배를 잔뜩 불려 욕심꾸러기가 되게 했지. 그랬더니 녀석은 남의 재산을 턱없이 탐을 내게 되었어. 생전 보지도 못한 것까지 모두 사들이고 싶어하지 뭐야. 돈을 있는 대로 탈탈 털어 무진장으로 사 버린 거야. 그것으로도 모자라서 여전히 또 사고 있더군. 이젠 빚까지 져 가면서 사들이고 있는 형편이야. 그래 놓고는 빚을 어떻게 갚아야 할지 몰라 쩔쩔매고 있지. 일 주일 뒤면 이것저것 갚고 처리해야 할 기한이거든. 그 안에 녀석의 물건들을 깡그리 거름으로 만들어 놓고 말 작정이야. 그러면 녀석은 분명 돈을 갚지 못하고 제 애비한테 달려가게 될 거야."

다음은 이반을 맡은 악마 차례가 되었다. 악마들은 이반에게서 돌아온 셋째 악마에게, "넌 어떻게 되었니?" 하고 물었다.

"그런데 말이야, 실은 그게, 내 일은 어쩐지 잘되지 않았어. 배탈을 나게 할 양으로 말이야, 녀석의 물병 속에다 침을 잔뜩 뱉어 놓고는 녀석의 밭으로 가서 땅바닥을 돌처럼 굳혀 놓았지. 녀석이 꼼짝 못하게 말이야. 그러고는 이쯤 되면 녀석도 절대 밭을 갈진 못하리라 생각하고 있었는데, 웬걸, 아 그 바보 녀석은 말없이 쟁기를 가지고 와서는 갈아 젖히지 않겠나. 배가 아파 끙끙 앓으면서도 여전히 갈아대는 거야. 생각다 못해 나는 녀석의 쟁기를 부숴 놓았지. 그랬더니 녀석은 집으로 돌아가 딴 보습으로 갈아 끼우고는 새 보습자루를 여러 개 갖다 놓고 갈기 시작하지 뭐야. 그래서 나는 땅 밑으로 기어들어가 보습을 붙들어 보려고 했는데, 도무지 붙잡아져야 말이지. 녀석은 밭을 거의 다 갈아 버리고 이제는 겨우 한 두둑밖에 남지 않았어. 여보게들, 자네들이 와서 좀 도와주게나. 우리가 그 녀석 하나를 때려잡지 못하는 날엔 우리 일은 모두 허사가 되고 말 거야. 만약 녀석이 계속 농사를 짓게 되면 그놈들은 별로 곤란을 받지 않을 거야. 녀석이 두 형들을 먹여 살릴 테니까 말야."

"안 되겠군. 우리 셋이 힘을 합해야겠어. 일이 끝나는 대로 모두 이

130

반에게 가 보자."

이렇게 약속을 한 악마들은 다시 각자의 일을 하기 위해 헤어졌다.

3

이반은 묵혀 두었던 밭을 다 갈고 이제는 그저 한 두둑만 남겨 놓았을 뿐이었다. 그는 마저 다 갈아 버릴 양으로 말을 타고 밭으로 나왔다. 배가 아파 견딜 수 없었으나 갈지 않으면 안 되었다. 그는 고삐의 줄을 툭 치며 쟁기를 돌려 갈기 시작했다. 그런데 한 번 지나갔다가 되돌아서 다시 되짚어 오려고 하는데, 마치 나무뿌리에 걸리기라도 한 것처럼 쟁기가 나가지 않았다. 작은 악마가 두 발로 쟁깃술에 매달려 꽉 누르고 있기 때문이었다. 별 이상한 일도 다 있다고 이반은 생각했다.

'이런 곳에 나무뿌리 같은 게 있을 리가 없는데…… 돌덩이에라도 걸렸나.'

이반은 땅 속에다 손을 집어넣었다. 그러자 무엇인가 부드러운 것이 뭉클 손에 닿았다. 그는 그것을 움켜잡아 밖으로 끌어냈다. 그러자 나무뿌리 같은 새까만 게 꿈틀거리는 것 같았다. 자세히 보니까 살아 있는 작은 악마가 아닌가.

"아니, 이게! 뭐 이따위 빌어먹을 게 다 있어!"

이반은 작은 악마를 번쩍 치켜들고 보습으로 단번에 내리쳐 박살을 내려고 했다. 그러자 작은 악마가 소리를 지르면서 말했다.

"제발 살려주십시오. 무엇이건 원하는 대로 다 해드리겠습니다."

"그래 무엇을 해주겠다는 거냐?"

"그저 무얼 원하시는지 말씀만 해주십쇼."

이반은 머리를 긁으며 말했다.

"나는 배가 아픈데 말이야, 낫게 할 수 있겠나?"

"할 수 있고말고요."

하고 작은 악마는 말했다.

"어디, 그럼 낫게 해보렴."

작은 악마는 두둑 위에 몸을 구부리고 여기저기 손톱으로 뒤져가며 무엇인가를 찾았다. 이윽고 가지가 셋인 조그만 뿌리를 쑥 뽑아 그것을 이반에게 건네며 말했다.

"여기 있습니다. 이 뿌리를 한 뿌리만 삼키시면 천하에 없는 아픔도 이내 가셔집니다."

이반은 뿌리를 받아 찢어서 한 뿌리를 삼켰다. 그러자 금방 복통이 가셨다. 작은 악마는 다시 사정하기 시작했다.

"자, 이제 놓아 주십쇼. 나는 땅 속으로 기어들어가 이제 다시는 나오지 않으렵니다."

그러자 이반은 말했다.

"자, 그럼 잘 가거라!"

이반이 말을 마치기도 전에 작은 악마는 물 속에 던져진 돌처럼 땅속으로 금방 모습을 감추어 버리고 말았다. 그 자리엔 구멍만이 하나 남았을 뿐이다.

이반은 남은 두 뿌리를 모자 속에다 쑤셔 넣고 다시 일을 시작했다. 마지막 이랑을 다 갈고 나자 쟁기를 뒤집어 메고 집으로 돌아왔다. 말을 풀어 놓고 오두막 안으로 들어가자 맏형인 세미욘이 아내와 함께 앉아 저녁을 먹고 있었다. 그는 전답을 몰수당하고 가까스로 옥에서 도망쳐 나와 아버지 집으로 피신을 온 것이었다. 세미욘은 이반을 보자 이렇게 말했다.

"난 여기서 살려고 왔다. 나하고 집사람을 먹여 다오, 새 일자리가 마련될 때까지."

"아, 염려 말고 여기서 사세요."

그렇게 말하고 이반이 막 걸상에 걸터앉았는데 이반에게서 나는 흙냄새가 귀부인인 형수의 마음에 들지 않았다. 그녀가 남편에게 말했다.

"난 정말로 못 견디겠어요. 고약한 냄새가 나는 흙투성이와 밥상을 함께 하는 게 말이에요."

그러자 형 세미욘이 이반에게 말했다.

"네 형수가 너한테서 나는 냄새가 싫다는구나. 너는 문간에서 먹었으면 좋겠는데."

"그렇게 하죠, 뭐."

이반은 순순히 받아들였다.

"그렇잖아도 난 바로 밤 순찰을 나가야 해요. 말에게 먹이도 주어야 하고."

이반은 빵과 겉옷을 집어들고 밤 순찰을 하러 나갔다.

4

세미욘을 맡은 작은 악마는 그날 밤 안에 일을 마치고 약속대로 바보 이반을 골려 주려고 이반을 맡은 작은 악마를 찾아왔다. 밭으로 와서 여기저기 한참 동료를 찾아 헤맸으나 어디에도 없고, 그저 구멍이 하나 퀭하니 뚫려 있을 뿐이었다.

'이거 아무래도 이 친구가 일을 망친 모양이군. 이 구멍으로 도망을 친 게야. 내가 대신 처리할 수밖에 없겠군. 밭은 이제 다 갈았으니까 이제는 풀을 베겠지. 이 녀석 풀밭에서 어디 한번 두고 보자.'

작은 악마는 당장 풀밭으로 가서 풀밭을 온통 진흙투성이로 만들어 놓았다. 날이 샐 무렵에야 밤 순찰에서 돌아온 이반은 잠시 쉬었다가 해가 뜨기도 전에 큰 낫을 들고 풀을 베러 나갔다. 이반은 풀밭에 도착하자마자 풀베기를 시작했다. 그런데 한두 번 내두르기만 했는데도 낫의 날이 무뎌져 일을 제대로 할 수 없었다.

"안 되겠다. 집에 가서 숫돌을 가져와야겠다. 간 김에 빵도 좀 챙겨와야지. 며칠이 걸리더라도 풀을 다 베어야 해."

작은 악마는 이반이 중얼거리는 소리를 듣고 기가 질려 버렸다.

"제기랄, 이 녀석은 정말 바보로군. 이 방법으로는 안 되겠는걸. 무슨 다른 수를 쓰든지 해야지."

하고는 다른 방법을 궁리했다.

숫돌을 가지고 돌아온 이반은 낫을 갈아 다시 풀을 베기 시작했다. 작은 악마는 풀 속에 몰래 기어들어가 낫공치를 붙잡고 그 날을 흙 속에 처박기 시작했다. 이반은 힘이 들었으나 가까스로 일을 끝냈다. 늪지의 풀만 남았을 뿐이었다. 작은 악마는 늪 속으로 기어들어가 이렇게 생각했다.

'이번에는 비록 손가락이 잘리는 한이 있더라도 베지 못하게 해야지.'

이반은 늪으로 왔다. 보기에는 풀이 그렇게 무성하지도 않은데 어쩐지 낫이 말을 잘 듣지 않았다. 이반은 바짝 약이 올라 힘껏 낫을 내두르기 시작했다. 작은 악마는 견디기 힘들어졌다.

'아이고, 죽겠구나.'

이반이 낫을 휘두를 때마다 악마는 겨우 풀 속으로 기어들어가 낫질을 피하는 게 고작이었다. 지친 작은 악마는 덤불 속으로 몸을 숨겼다. 그러자 이번엔 이반이 큰 낫을 마구 휘두르며 덤불을 치기 시작하는 게 아닌가. 깜짝 놀란 작은 악마는 이리저리 피하다 그만 이반이 마구 휘두르는 낫에 꼬리를 잘리고 말았다. 악마는 비명도 지르지 못하고 죽은 듯이 덤불 밑에 엎드려 있어야 했다. 이반은 다 벤 풀을 말라냐에게 긁어모으라고 일러 놓고 이번에는 보리를 베러 갔다.

이반이 집에 들러 갈고리낫을 챙겨들고 보리밭에 갔을 때는 벌써 꼬리 잘린 작은 악마가 먼저 와서 보리를 마구 짓밟아 놓은 상태였다. 보릿대가 서로 엉켜 갈고리낫으로는 도저히 벨 수가 없었다. 이반은 집으로 되돌아가서 다시 큰 낫을 가지고 와 뒤엉킨 보리를 다 베어 버렸다.

"자, 이제는 귀리만 베면 되는구나."

꼬리 잘린 작은 악마는 이 말을 듣자, 이번에야말로 저 녀석을 곯려 주어야지, 어디 내일 아침에 두고 보자, 하고 생각했다.

이튿날 아침, 작은 악마는 해가 뜨자마자 귀리밭으로 달려갔다. 그런데 이게 웬일인가. 귀리는 이미 말끔히 베어져 있었다. 밤새 귀리의 낟알이 더 떨어질까 봐, 이반이 이미 다 베어 놓았던 것이다. 작은 악마는 약이 바짝 올라 중얼거렸다.

"이런, 바보 녀석이 내 꼬리를 잘라 놓더니, 또 내가 당했구나. 전쟁에서도 이렇게 경을 치는 일은 없는데, 이 빌어먹을 놈은 밤에도 잠을 자지 않으니 도무지 당해낼 도리가 없네. 이놈 어디 두고 보자. 귀리를 몽땅 썩혀 버리고 말 테니."

작은 악마는 귀리 더미 속으로 파고들어가 썩히기 시작했다. 귀리가 썩으면서 훈훈한 열을 내뿜기 시작했다. 악마는 따뜻한 기운에 그만 꾸벅꾸벅 졸다가 이내 잠이 들어 버리고 말았다.

한편 이반은 말라냐와 함께 수레를 끌고 귀리를 실어나르러 왔다. 이반은 쇠스랑으로 귀리 다발을 찍어 올려 수레에 싣기 시작했다. 두어 단 가량 던져 올려놓고 세 번째 쇠스랑을 찍었을 때, 잠들어 있던 작은 악마의 엉덩이에 쇠스랑이 꽂혔다. 이상한 느낌이 들어 치켜들어 보았더니 갈퀫발 끝에 꼬리가 짧은 작은 악마가 찔려 버둥대고 있는 게 아닌가.

"아니, 요놈 보게, 여기에 또 숨어 있어. 다시는 나타나지 않겠다고
약속을 해놓고선. 이번에는 아주 단단히 혼을 내줘야겠구만."

그러자 작은 악마는 겁에 질려 말했다.

"아니에요, 제가 아닙니다. 전 그 녀석이 아니에요. 저는 당신의 형
님 세미욘한테 붙어 다녔어요."

"네가 어떤 놈이건 상관없어. 어디 혼 좀 나 봐라, 요놈."

이반은 악마를 밭두덩에다 내동댕이치려고 했다. 작은 악마는 도
망하려고 발버둥을 치면서 이반에게 사정하기 시작했다.

"한 번만 놓아 주세요. 이제 다시는 나오지 않겠습니다. 놓아 주시
기만 하면 당신이 원하시는 것은 뭐든 해드리겠습니다."

"네가 뭘 할 수 있는데?"

"저는 무엇으로도 군사를 만들어낼 수 있습니다. 원하신다면 당신
한테 그 비법을 알려 드릴게요."

"그까짓 게 무슨 소용이 있어?"

"군인들은 시키는 대로 무엇이든 할 수 있죠. 써먹을 데가 많을 거
예요."

"그럼, 노래를 부를 수도 있나?"

"그렇고말고요."

"어디 한번 만들어 보렴."

그러자 작은 악마가 이렇게 말했다.

"이 귀리를 한 단 들어 땅바닥에다 반듯이 세우고 흔들면서 이렇게
말하기만 하면 됩니다. '내 하인에게 명하노라, 귀리짚 수만큼의 군
사가 되어라!'"

이반은 귀리 한 단을 땅바닥에 세우고 흔들면서 작은 악마가 일러
준 대로 했다. 그러자 귀리단이 산산이 흩어져 많은 군인이 되었다.

군인들은 북을 치고 나팔을 불며 행진했다. 이반은 웃음을 터뜨렸다.

"그것 참, 재미있구나. 이런 놀이는 처음 해보는데."

"마음에 드셨으니, 이제 저를 놓아 주세요."

악마가 다시 사정했다. 그러자, 이반은,

"안 돼. 낟알도 털지 않은 귀리단으로 군사를 만들면 귀리가 아깝잖아. 군사를 다시 귀리단으로 되돌려 놔. 그래야 낟알을 털지."

"그거야 간단하죠. 이렇게 해보세요. '군사의 수만큼 귀리가 되어라, 짚단이 되어라, 내 하인에게 명하노라!'"

이반이 그대로 말하자 군사가 다시 귀리로 변했다. 작은 악마는 또다시 사정하기 시작했다.

"이제는 놓아 주세요, 제발."

"그래, 놓아 주마."

이반은 작은 악마를 밭두덩에다 걸쳐놓고 한쪽 손으로 엉덩이를 누르면서 갈퀴를 빼냈다. "잘 가거라" 하고 이반이 말하기가 무섭게 작은 악마는 물 속에 던진 돌처럼 금방 땅 속으로 뛰어들어가 버렸다. 그 자리엔 퀭하니 구멍이 하나 남았을 뿐이었다.

이반이 집으로 돌아와 보니, 둘째 형 탈라스가 아내와 함께 와 있었다. 그들은 한창 저녁을 먹고 있는 중이었다. 배불뚝이 탈라스는 빚쟁이들한테 시달리다가 몰래 도망쳐 온 것이었다. 그가 이반을 보고 말했다.

"이반아, 내가 하던 장사가 망해서 이리로 왔다. 다시 장사를 시작할 때까지 여기에서 신세 좀 져야겠구나."

"고생이 많았겠군요. 저는 괜찮으니까 마음 편히 지내세요."

이반은 다정하게 말했다. 그리고는 겉옷을 벗고 식탁 앞에 앉았다. 그러자 탈라스의 아내가 얼굴을 찡그리며 말했다.

"저런 바보 따위하고 같이 식사하기 싫어요! 어휴, 이 고약한 땀

냄새도 좀 맡아 봐요."

이 말을 들은 탈라스가 이반에게 말했다.

"이반, 너한테 고약한 냄새가 나는 모양이다. 미안하지만 다른 방에 가서 먹으렴."

"그럼, 나가서 먹도록 하지요. 마침 빨리 식사하고 밤 순찰을 나가야 하거든요. 말에게도 먹이를 주어야 하고."

이반은 빵을 들고 바깥으로 나갔다.

5

세 번째의 작은 악마는 자기 일이 끝나자, 약속대로 동료를 도와주려고 이반에게 왔다. 먼저 밭으로 가서 여기저기 동료들을 찾아 헤맸으나 어디에도 없었다. 그저 구멍을 하나 발견했을 뿐이었다. 풀밭도 샅샅이 뒤졌다. 늪에서 잘린 꼬리가 눈에 띄었다. 귀리를 베어낸 밭에도 구멍이 나 있었다. '녀석들에게 무슨 일이 생긴 게 틀림없어. 아무래도 이 바보 녀석 혼구멍을 내줘야겠구나!' 하고 그는 생각하였다.

작은 악마는 이반을 찾아 나섰다. 이반은 벌써 들일을 마치고 숲속에서 나무를 베고 있었다. 두 형들이 한 집에 모두 같이 사는 게 불편해지기 시작하자, 나무를 베어다 자기네가 살 집을 지어 달라고 이반에게 이른 것이었다.

작은 악마는 숲으로 달려가자, 나뭇가지로 기어올라가 이반이 나무를 베는 것을 방해하기 시작했다. 이반은 아무것도 걸리지 않을 빈자리로 나무가 쓰러질 수 있도록 방향을 잘 잡아 나무 밑동에 도끼질을 했다. 그러나 나무는 이상하게도 엉뚱한 방향으로 넘어가 다른 나뭇가지에 걸려 버리는 것이었다. 이반은 지렛대를 만들어 여기저기로 나무의 방향을 틀어 가면서 겨우 나무를 끄집어 내렸다. 이반은 다른 나무에 도끼질을 시작했다. 이번 나무도 역시 마찬가지였다. 이반은 이번에도 나무를 끄집어 내리느라 진땀을 뺏다. 세 번째 나무도 엉뚱하게 넘어가긴 마찬가지였다.

이반은 오늘 쉰 그루쯤 베어 눕힐 것으로 생각했었는데 열 그루도 채 베기 전에 벌써 해가 뉘엿뉘엿 했다. 이제 이반은 지칠 대로 지쳐 버렸다. 몸뚱이에서는 숲 속에 피어나는 안개처럼 김이 무럭무럭 날 정도였다. 하지만 일손을 멈추지 않았다. 그는 또 한 그루를 베어 눕혔다. 마침내 허리가 지끈지끈 쑤시기 시작하면서 맥이 탁 풀리고 말았다. 이반은 도끼를 나무에다 처박아 놓고 나서 조금 쉴 양으로 자리를 잡아 앉았다. 작은 악마는 이반이 쉬고 있는 것을 보고 기뻐했다. '히히, 저 녀석이 녹초가 되어 그만 포기하려는 모양이군. 그럼 나도 이제 좀 쉬어 볼까.' 작은 악마는 나뭇가지 위에 걸터앉아 속으로 고소해 하고 있었다. 그러나 이반은 금세 다시 벌떡 일어나 도끼를 쳐들어 나무를 반대쪽에서 냅다 내리쳤다. 나무는 별안간 뿌지직 빠개지면서 쓰러졌다. 워낙 갑작스런 일이라서 작은 악마는 미처 발을 뺄 겨를도 없이 그대로 나무와 함께 우지끈 하고 땅바닥에 곤두박질치고 말았다. 그 바람에 손이 나무에 깔리고 말았다.

"아이고, 나 죽네!"

이반은 악마가 질러대는 비명소리를 듣고 깜짝 놀랐다.

"아니, 요 망할 게, 너 이놈! 또 나왔구나?"

그러자 작은 악마는 말했다.

"제가 아닙니다. 저는 당신의 형님이신 탈라스한테 있었어요."

"네가 어떤 놈이건 내가 알 바 아니야."

이반은 도끼를 번쩍 치켜들어 도끼 등으로 내리쳐 죽이려고 했다.

작은 악마는 정신없이 싹싹 빌며 말했다.

"제발 살려주십시오. 원하시는 거라면 무엇이든 해드릴 테니."

"그래 도대체 네가 무엇을 할 수 있는데?"

"저는 얼마든지 당신이 원하는 만큼의 돈을 만들어 드릴 수 있습니다."

"정말? 그럼 어디 한번 만들어 보렴!"

이반이 미심쩍은 듯한 표정으로 말했다. 그러자 작은 악마는 이반에게 이렇게 말했다.

"이 떡갈나무 잎을 들고 두 손으로 비비세요. 그러면 황금 동전이 땅바닥에 떨어질 테니."

이반은 나뭇잎을 들고 비벼 보았다. 그랬더니 이럴 수가, 누런 금화가 우수수 쏟아지는 거였다.

"와, 정말이구나. 많이 만들어서 아이들과 함께 가지고 놀면 재미있겠는걸."

"자, 그럼 놔 주세요."

작은 악마가 말했다.

"그래, 놔 주지! 대신 다시는 나오지 마!"

이반은 지렛대를 들고 작은 악마를 빼내 주었다. 그리고 "잘 가거라" 하고 말을 시작하기가 무섭게 작은 악마는 물 속에 돌을 던지기라도 한 것처럼 금방 땅 속으로 기어들어가 버렸다. 이번에도 그저 구멍만 하나 뻥하니 남았을 뿐이었다.

6

이반은 집을 두 채 지어서 형들에게 주었다. 그리고 밭일을 다 끝낸 뒤에 술까지 빚어 놓고 두 형들을 초대했다. 그러나 형들은 빈정

대며 거절했다.

"지지분한 농사꾼의 초대는 달갑지 않아. 고약한 냄새나 풍기는 잔치일 텐데, 뭐."

이반은 어쩔 수 없이 형들 대신에 마을에 사는 농부며 아낙네들을 불러다가 음식을 대접했다. 술이 얼큰해지자 사람들은 춤판을 벌이기 시작했다. 이반도 즐거워서 춤추는 사람들에게 큰 소리로 자기를 칭찬해 달라고 했다.

"그러면 여러분들에게 선물을 주지요. 아직 한 번도 구경해 보지 못한 선물을 말이에요."

사람들은 바보 이반이 하는 말이 우스워 깔깔거리며 그를 칭찬해댔다. 이반은 기분이 좋아졌다.

"자, 이제 귀한 선물을 줘야지."

"알았어요. 곧 드릴 테니까 조금만 기다려요."

이반은 씨앗 상자를 안고 숲 속으로 뛰어갔다. 그러자 사람들은,

"아니, 선물을 준다더니 왜 숲으로 가지? 바보 이반이 무슨 생각을 하는지 모르겠네."

사람들은 껄껄 웃어대며 다시 춤을 추며 놀았다. 이반이 한 말은 곧 잊어버렸다. 그런데 한참 후에 이반은 무엇인가를 가득 채워 넣은 씨앗 상자를 낑낑대며 들고 돌아왔다. 이반은 상자를 열며 소리쳤다.

"자, 선물이 왔으니 모두들 받아요."

이반이 상자 속에서 금화를 한 주먹 꺼내 뿌리자, 갑자기 큰 소란이 일어났다. 흥겹게 추던 춤은 팽개쳐지고 모두들 바닥에 엎드려 서로 금화를 더 주우려고 아우성이었다. 어느 한 노파는 하마터면 짓눌려 죽을 뻔했다. 이반은 껄껄 웃어댔다.

"어이쿠 이런, 다치겠어요. 서로 밀치지는 말아요. 금화는 이렇게 많으니까."

이렇게 말하고 그는 다시 금화를 뿌리기 시작했다. 많은 사람들이 잇따라 떼지어 왔다. 이반은 상자에 있는 대로 전부 뿌려 버렸다. 사람들은 더 달라고 이반을 졸라대며 야단이었다.

"이제 다 털어 버렸어. 이 다음 번에 또 주지. 자, 이젠 춤을 추어 볼까, 좋은 노래나 불러 봐."

그러나 사람들은 자기들이 주운 돈을 세느라고 정신이 없었다. 이반은 시무룩한 표정으로 그 모습을 바라보았다. 이반이 재미없어 하는 걸 눈치 챈 사람들은 다시 춤을 추며, 노래를 부르기 시작했다.

"왜 재미가 없지? 아까 같지 않은걸."

하고 이반이 말하자, 마을 사람 중 한 사람이 말했다.

"아까 부른 노래하고 똑같은 건데, 왜 이렇지?"

"나한테 좋은 생각이 있어요. 잠깐들 기다려요."

이반은 헛간으로 가 귀리단을 한 움큼 뽑아낸 다음 낟알을 떨어내고는 반듯이 세워 놓더니 툭 치며 말했다.

"자, 내 하인에게 명령하노니, 귀리단이 아니라 귀리짚의 수만큼 군사가 되어라."

그러자 귀리단이 산산이 흩어져 군사가 되더니 북과 나팔을 쿵작거리기 시작했다. 이반은 신나는 음악 소리를 앞세우고, 마을 사람들에게로 갔다.

사람들은 깜짝 놀랐다. 수많은 군인들이 음악을 연주하며 이반이 시키는 대로 일사불란하게 움직이는 것이 아닌가.

"자, 여러분. 어때요? 흥이 절로 나지 않습니까? 여러분, 이제 신나게 놀아 봅시다."

사람들은 뭐가 뭔지 모르겠다는 표정으로 다시 춤을 추며 놀기 시작했다. 이반도 함께 어울려 춤을 추었다. 군인들은 이반이 명령하면, 즉시 다른 곡을 연주했다. 사람들은 더욱 흥이 나서 덩실덩실 춤을 추었다. 그렇게 정신없이 놀다 보니, 어느새 밤이 깊었다. 이반은 사람들에게 말했다.

"이제 밤이 깊었으니, 오늘 잔치는 이것으로 마치도록 합시다."

사람들이 모두 돌아가고 나자, 이반은 군인들을 도로 헛간으로 데리고 가 다시 본래의 귀리짚으로 만들어 마른 풀더미 위에 내던졌다. 그리고는 언제나처럼 집 안 곳곳을 살피고 나서야 잠자리에 들었다.

7

이튿날 동이 트자마자, 맏형인 세미욘이 이반을 찾아왔다.

"이반, 네가 어제 수많은 군사를 부렸다는 게 사실이냐? 도대체 그 많은 군사를 어디서 데려온 거지? 지금은 모두 어디로 갔니? 정말 믿기지가 않는구나. 어떻게 그렇게 할 수 있는 거냐?"

"그거야, 뭐 간단하죠."

"뭐, 간단하다고? 나도 너처럼 어디서 군사를 불러올 수 있으면 오죽 좋으랴만."

세미욘은 한숨을 푹푹 내쉬었다.

"형님, 군인들이 그렇게도 필요하세요?"

"그걸 말해 뭐하니, 군사만 있으면 무엇이든 다 할 수 있어. 나라를 통째로 얻을 수도 있단 말야."

그러자 이반은 전혀 몰랐다는 듯 깜짝 놀라며 말했다.

"군사가 그렇게 큰 일도 한단 말이에요? 그럼 진작 말씀하지 그랬어요? 얼마든지 원하시는 대로 만들어 드릴 게요. 귀리단이야 얼마든지 있으니까 문제없어요."

"뭐, 귀리로 군사를 만든단 말야?"

이반은 세미욘을 헛간으로 데리고 가서 이렇게 말했다.

"형님, 군사를 만들어 드리는 대신 꼭 다른 곳으로 군사를 데리고 가셔야 해요. 그들이 하루만 여기에 머물러도 온 마을 식량이 동이 나 버릴 테니까요."

"곧바로 전쟁터로 떠날 테니 걱정마라. 어서 군인이나 만들어 보렴."

세미욘은 이렇게 말하면서 이반을 졸라댔다. 이반은 곧 군사를 만들어내기 시작했다. 귀리단을 세워 놓고 주문을 외우자, 금세 일 개 중대의 군사가 되었다. 자꾸만 귀리단으로 군사를 만들어내니, 온 들판 가득히 군인들로 꽉 들어찼다.

"어떻습니까, 이제 그만 됐어요?"

"오, 그래 그래. 이제 그만 됐어. 고맙다, 이반. 정말 고마워."

세미욘은 너무 기뻐하며 어쩔 줄 몰라 했다.

"형님, 군인이 더 필요하시거든 언제든지 말씀하세요. 얼마든지 더 만들어 드릴 테니. 요새는 귀리짚이 잔뜩 있으니까요."

세미욘은 곧 군대를 지휘하여 대오를 갖추게 하고 전쟁터로 나갔다.

세미욘이 떠나고 나자, 이번에는 배불뚝이 탈라스가 헐레벌떡 달려왔다. 마을 사람들이 하는 얘길 듣고 이반을 찾아온 것이다.

"이반, 내게 숨기지 말고 말해 보렴. 어디서 그 많은 금화를 얻었지? 만일 나한테 그렇게 많은 돈이 있다면 온 세상의 돈을 다 긁어모을 텐데 말이야."

이반은 깜짝 놀라 말했다.

"그래요! 아, 그렇다면 진작 말씀하실 일이지. 형님께서 원하시는 대로 만들어 드리죠."

탈라스는 기뻐서 춤이라도 추고 싶었다.

"기왕 만들어 주는 김에 씨앗 상자로 세 상자쯤 만들어 주렴."

"그 정도야 아무 일도 아니죠. 세 상자만큼 만들면 꽤 무거울 테니 마차를 끌고 가야겠군요."

두 사람은 마차를 타고 숲 속으로 갔다. 이반은 떡갈나무 잎을 훑어 손바닥으로 비비면서 주문을 외웠다. 그러자 금화가 마구 쏟아져 수북이 쌓였다. 탈라스는 넋을 잃고 그 광경을 바라보았다.

"어때요, 이만하면?"

이반이 묻는 말에 정신을 차린 탈라스는 말도 못 하고 고개만 끄덕일 수 있었다.

"더 필요하시거든 언제든지 만들어 드릴 게요. 나뭇잎은 얼마든지 있으니까 말이에요."

"굉장한 돈이구나. 당장은 이만큼만 있어도 충분하다. 고맙다, 이반."

배불뚝이 탈라스는 너무 좋아 입을 다물지 못한 채 마차를 끌고 갔다.

그후, 세미욘은 전쟁에서 이겨 여러 나라를 손아귀에 넣었고, 배불뚝이 탈라스도 장사를 벌여 큰 돈을 벌었다.

어느 날 세미욘과 탈라스는 오랜만에 만나서 이야기를 나누었다. 세미욘이 탈라스에게 말했다.

"나는 말이야, 여러 나라를 정복해 잘 지내고 있다. 한데 돈이 넉넉지 못해 큰일이야. 군인이 너무 많다 보니 비용이 많이 들거든."

탈라스도 자기 사정을 말했다.

"나는 돈은 어지간히 모았는데 그걸 지키게 할 사람이 한 명도 없다는 게 골칫거리예요."

그러자 세미욘이 다시 입을 열었다.

"탈라스, 이반에게 찾아가서 부탁을 하자. 나는 군대를 더 만들어 달라고 해서 네 돈을 지키게 할 테니까, 너는 돈을 더 만들어 달라고 해서 나에게 다오. 그 돈으로 군대를 먹여 살리게 말이야."

세미욘과 탈라스는 곧바로 이반을 찾아갔다. 이반의 집에 도착하자마자 세미욘이 먼저 말문을 열었다.

"이봐, 이반. 내겐 아무래도 군사가 좀 모자라. 군사를 좀더 만들어 다오. 한 두어 짚 정도면 된다."

그러나 이반은 고개를 살래살래 내저었다.

"이제 더 이상 군대를 만들어 드릴 수 없습니다."

"그게 무슨 소리냐? 지난번에는 필요하면 언제든지 더 만들어 준 다고 했었잖아?"

"그때는 그랬죠. 이제는 더 만들 수 없습니다."

"아니, 어째서 만들지 않겠다는 거야, 이 바보 녀석아!"

"왜냐하면 형님의 군사가 사람을 죽였기 때문이에요. 얼마 전의 일 인데요. 길가의 밭을 갈고 있다가 한 아낙네가 슬프게 울면서 관을 지 고 가는 것을 보았어요. 내가 다가가서 누가 죽었느냐고 물어 봤죠. 아낙네는 무섭게 노려보면서, '세미욘이 전쟁을 일으켜 싸움터에 불 려간 내 남편이 세미욘의 군사에게 죽은 거요' 하고 말하더군요. 나는 형님이 군사들을 데리고 다니면서 노래나 부르게 할 줄 알았는데 사 람을 죽이다니. 나는 그런 군사는 더 이상 만들지 않을 거예요."

세미욘은 변명도 하고 달래기도 했지만, 이반은 끝내 거절을 했다.

배불뚝이 탈라스도 이반에게 금화를 더 만들어 달라고 부탁했다. 이반은 그것도 거절을 했다.

"이반, 지난번에는 얼마든지 더 만들어 주겠다고 약속했잖아?"

"그야 약속은 했죠. 하지만 이제 더는 만들지 않겠어요."

"어째서 만들지 않겠다는 거냐, 이 바보 녀석아!"

"어째서가 아니라 형님의 금화가 미하일로비치의 암소를 빼앗아 갔기 때문입죠."

"돈을 주고 산 건데, 그게 왜 빼앗은 거냐?"

"미하일로비치는 암소를 길러서 가족들을 먹여 살리고 있었어요. 젖을 짜서 어린애들을 먹이고 있었거든요. 그런데 하루는 그 집 애들이 우리 집에 우유를 얻으러 왔더군요. 내가 애들한테 물어 봤죠. '너희 집 암소는 병이라도 났니?' 하고. 그랬더니 애들이 울면서 '아니에요. 배불뚝이 탈라스 아저씨네 하인이 찾아와 금화 세 닢을 던져 주고는 끌고 가 버렸어요' 하더군요. 나는 형님이 금화를 노리개로 삼을 줄로만 알았는데 어린애들한테서 암소를 빼앗아 가 버리다니. 이제 더 이상은 형님에게 금화 따위를 만들어 드리지 않겠습니다!"

바보 이반은 형들의 부탁을 끝내 들어주지 않았다. 아무리 협박을 하고 사정을 해도 소용 없었다.

세미욘과 탈라스는 허탕만 친 채 별수없이 이반의 집을 나왔다. 돌아가는 길에 어떻게 이 곤경을 해결할지에 대해서 상의했다. 세미욘이 말했다.

"어쩔 수가 없으니, 이렇게 하자꾸나. 너에게는 돈이 많으니 네 돈으로 내 군대를 먹여다오. 그러면 내가 너의 돈을 지킬 군대를 보내주마."

"아, 그렇지. 그럼 나도 군대와 돈을 가진 임금님이 되는 거네요."

이렇게 해서 세미욘과 탈라스는 서로의 걱정거리를 해결하게 되었다. 두 형제는 군사와 돈을 서로 나누어 갖고 둘은 모두 돈 많은 나라의 임금님이 되었다.

8

이반은 계속 부모를 모시면서 말라냐와 함께 열심히 농사를 지었다.

한번은 이런 일이 있었다. 이반네 집에서 기르는 개가 한 마리 있었는데 그만 늙고 병이 들었다. 죽을 날만 기다리는 늙은 개가 가여워 이반은 정성껏 돌보아 주었다. 그날도 말라냐가 준 빵을 모자 속에 넣고는 개에게 갔다. 이반은 가까이 다가가 모자에 담긴 빵을 꺼내 던져 주었다. 그때 빵에 풀뿌리 하나가 묻어 나왔다. 이반이 풀뿌리를 떼어내기도 전에 늙은 개는 빵을 날름 주워 먹어 버렸다. 그런데 신기하게도 빵을 먹은 개가 갑자기 생기가 돌며 힘찬 소리로 컹컹 짖어댔다. 꼬리를 치며 이반에게 뛰어오르기도 했다. 병이 말끔히 나은 것이었다.

그제서야 이반은 그 풀뿌리에 대한 생각이 났다. 모자 속을 뒤집어 살펴보니, 남은 풀뿌리 하나가 나왔다. 이반은 풀뿌리를 들고 빙긋이 웃었다.

오랜만에 개 짖는 소리를 들은 부모들은 깜짝 놀라 밖으로 나왔다. 이반이 큰 소리로 말했다.

"이리 와 보세요. 이 녀석이 다 나았어요."

"아니, 이게 어떻게 된 거냐? 이놈이 어떻게 기운을 차렸지?"

아버지가 놀라워하며 묻자, 이반이 말했다.

"아버지, 저한테 무슨 병이든 낫게 하는 풀뿌리가 두 개 있었는데 그만 모자 속에 넣어 두고는 깜빡 잊고 있었지 뭐예요. 오늘 이 녀석을 주려고 모자 속에 빵을 넣어 왔는데, 풀뿌리 하나가 빵에 묻어 나와서 이 녀석이 먹게 된 거예요."

이반의 설명을 듣고 아버지는 무척 기뻐했다.

그 무렵, 임금의 딸이 병을 앓고 있었다. 좋다고 하는 약은 다 써 보고 유명한 의사들을 다 불러 보아도 병은 낫지 않았다. 임금은 마침내 공주의 병을 낫게 하는 자에게는 크게 포상을 할 것이며, 만일 그가 독신이라면 공주를 아내로 주겠다는 방을 전국 방방곡곡에 써 붙이게 하였다. 이 소문을 들은 이반의 아버지와 어머니는 그에게 이렇게 말했다.

"이반, 너도 소문을 들었지? 네가 가진 풀뿌리라면 공주님의 병을 고칠 수 있을 게다. 어서 궁궐로 가서 공주님의 병을 낫게 하렴. 이제 큰 상을 받고 공주님과 결혼도 하게 될 테니 얼마나 좋은 일이냐."

"그럼, 그렇게 하죠."

이반이 떠날 채비를 하고 있는데, 대문 앞에 팔이 굽은 여자 거지가 서 있었다.

"듣자니까 당신은 무슨 병이든 다 낫게 한다면서요? 어디 내 팔도 좀 낫게 해주시오. 이대로는 내 손으로 신발도 신을 수 없다오."

그 여자 거지가 이반에게 말했다.

"저런 걱정 말아요. 내가 도와드리지요."

이반은 풀뿌리를 꺼내어 여자 거지에게 주었다. 그러자 그것을 삼킨 여자 거지는 금세 병이 나아 그 자리에서 팔을 마음대로 움직이게 됐다. 이 광경을 본 아버지와 어머니는 이반이 한 가닥밖에 남지 않은 풀뿌리를 여자 거지에게 주었으니, 이제 공주를 낫게 할 방도가 없게 되었음을 알고 몹시 화가 났다.

"이 바보 녀석아, 그걸 거지에게 주면 공주님 병은 무엇으로 낫게 할 셈이냐?"

"공주님 병은 다른 훌륭한 사람이 고쳐 줄 거예요. 하지만 저 거지는 누가 고쳐 주겠어요?"

그러자 거지 여자가 이반을 부르더니 귀에 대고 뭐라고 하는 거였다. 이반은 고개를 갸우뚱거리며 마차에 올라탔다. 이를 본 아버지가 소리를 지르며 이반을 나무랐다.

"이제 풀뿌리도 없으면서 어쩌려는 거냐, 이 바보 녀석아?"

"공주님의 병을 고치려고요. 대궐에 다녀오겠습니다."

"네가 무슨 수로 공주님의 병을 고친다는 게야?"

"걱정마세요."

이렇게 말하고 이반은 마차를 몰았다.

한참 후, 이반의 마차는 궁궐 가까이 다다랐다. 이반은 더욱 급하
게 마차를 몰았다. 거지 여자가 일러준 대로라면 시간이 얼마 남지
않았기 때문이다. 거지는 이반이 정오가 되기 전에 궁궐에 들어서게
되면 공주의 병이 저절로 낫게 될 것이라고 했었다. 땀을 뻘뻘 흘리
며 말을 몰아 궁궐에 도착하니 아직 점심때가 안 된 시간이었다. 대
궐 문에 들어서자마자, 이반은 신하를 불러 말하였다.

"이제 공주님의 병은 다 나았습니다. 어서 임금님께 아뢰시오."

"뭐, 뭐라고. 아니 이 사람이 지금 제정신인가. 여기가 어디라고 함
부로 지껄이는 거야."

"지금 당장 가서 확인을 해보면 되지 않습니까?"

나이 든 신하는 이반의 말을 믿지 않았다. 하지만 이반의 태도가
너무도 당당해 임금에게 아뢰지 않을 수 없었다.

신하의 말을 들은 임금은 혹시나 하는 마음에서 신하를 공주의 방
으로 보내 봤다. 그랬더니 신기하게도 공주의 방에 다녀온 신하는 공
주의 병이 다 나았다고 하는 것이 아닌가. 임금은 크게 기뻐했다. 신
하에게 이반을 불러오라고 이르고, 그에게 훌륭한 옷을 차려 입혔다.
약속했던 상금도 내렸다. 그리고 이반에게 말했다.

"이제부터 그대는 짐의 부마로다."

"황공합니다."

하고 이반은 말했다.

얼마 후, 이반과 공주의 결혼식이 성대하게 치뤄졌다. 나라 안의 모
든 사람들이 결혼을 축하했다. 그러나 임금은 오래지 않아 병이 들어
죽게 되었다. 자식이라고는 공주뿐이었기 때문에 다음 임금자리는 자
연히 이반에게 돌아가게 되었다. 이리하여 세 형제가 모두 임금이 된
것이다.

9

한편, 맏형인 세미욘은 더욱더 군대를 강력하게 키웠다. 세미욘은 나라의 모든 일을 군대의 힘으로 해결했다. 그는 짚으로 만든 군사만으로도 모자라 나라 안의 젊고 튼튼한 젊은이들을 모두 군인으로 뽑아 훈련시켜 놓았다. 그리고는 자기에게 거스르는 자가 있으면 군대를 동원해서 자기 뜻대로 어떠한 짓도 감행하곤 했다. 그의 머리에 떠오르는 것, 눈에 띄는 것은 당장 모두 그의 것이 되었다. 군대만 풀어 놓으면 그가 필요로 하는 것은 무엇이건 빼앗아 날라 오기 때문이었다. 그러자 모든 사람들이 그를 두려워하게 되었다.

배불뚝이 탈라스는 호화스럽고 사치스러운 생활을 했다. 그는 이반에게서 얻은 돈을 낭비하지 않고 그것을 밑천 삼아 거액의 돈을 모았다. 그러나 욕심이 많은 그는 제 돈은 금고 속에 딱 집어넣어 두고 자기 멋대로 법을 만들어 백성들로부터 엄청나게 많은 세금을 거두어들였다. 그 돈으로 다시 물건을 사들였다. 사람들은 아예 물건을 빼앗기기 전에 먼저 궁전으로 가져와서 탈라스에게 팔아 버리는 편이 나을 정도였다.

바보 이반은 임금이 되어서도 전과 다름없이 검소하고 부지런한 생활을 했다. 장인의 장례를 치르기가 바쁘게 그는 임금 옷을 벗어 던지고 예전의 농부 차림을 하고 지냈다.

하루는 이반이 왕비에게 말했다.

"나는 도무지 답답해 못 견디겠어. 배만 자꾸 나오는 데다 밥맛도 없고, 밤에는 잠도 오지 않으니 말이야. 아무리 내가 임금이라지만 나는 일을 해야만 살 것 같소."

다음날부터 이반은 아버지와 어머니, 말라냐를 불러와 궁전 뜰에 밭을 만들고 함께 일을 하기 시작했다. 왕비와 신하들은 그가 밭일하는 것을 말렸다.

"임금님, 이렇게 궂은 일을 하시면 백성들이 임금님을 우러러보지 않게 됩니다."

"임금도 먹어야 사니 일을 하는 건 당연한데 왜들 이러시오?"

이반은 신하들의 말을 듣지 않았다.

어느 날은 신하가 이반에게 달려와 말했다.

"임금님, 관리들에게 녹을 주어야 하는데 국고가 비었습니다. 어찌하면 좋을까요?"

"돈이 없으면 주지 않으면 되지."

"그럼 어떻게 그들에게 일을 시키겠습니까? 아무도 나랏일을 하지 않을 것입니다."

"그럼 그렇게 하라고 해. 일하지 않으면 돈 걱정하지 않아도 되니 다행이군. 다들 자유롭게 일들을 해서 먹고 살면 되니 잘된 일이지."

이반이 이렇게 말하자, 신하는 놀란 눈으로 임금을 쳐다보다가 그냥 돌아갔다. 이반은 다른 일들도 이런 식으로 처리했다.

한번은 사람들이 이반에게 재판을 받으려고 왔다. 자기 돈을 훔쳐간 사람을 벌하여 달라고 한 사나이가 이반에게 간청했다.

"임금님, 제가 애써 모은 돈을 훔쳐간 이 자를 벌하여 주십시오."

그러나 이반은,

"남의 돈을 훔치기까지 하다니, 돈이 몹시 필요했던 모양이지. 그런 일로 나를 찾아오지 말고 둘이서 알아서 하도록 해."

하고 결론을 내려 버렸다.

이반이 나랏일을 매양 이런 식으로 처리하자, 나라 안에는 이반이 바보라는 소문이 퍼지기 시작했다. 왕비가 걱정이 되어 그에게 말했다.

"사람들이 당신을 바보라고 하니 일을 좀더 신중하게 처리하세요."

"사람들이 뭐라고 하든 그게 무슨 상관이 있겠소."

이반의 대답은 단순하기 그지없었다. 왕비는 어떻게 해야 할까 하고 곰곰이 생각했다.

"내가 대신 나랏일을 맡아볼 수도 없고 걱정이구나. 하지만 어찌하랴. 사람들이 뭐라 해도 내 남편이고 임금님인걸. 나도 남편처럼 바보가 되어 사는 수밖에. 나만이라도 남편을 보호해 주어야 할 테니."

왕비는 이렇게 결심을 했다. 비단옷을 벗어 던지고 농부 아내 차림으로 갈아 입었다. 시누이 말라냐에게 농사일도 배워 남편과 함께 열심히 농사를 지었다.

결국 똑똑한 사람은 모두 이반처럼 어리석은 임금은 싫다면서 이반의 나라를 떠나 버리고 바보들만 남게 되었다. 그들은 이반처럼 자기가 먹을 채소와 곡식을 자기 스스로 가꾸며 살았다. 그러자 돈이라는 것도 차츰 사라져 버리게 되었다. 필요한 것은 이웃끼리 서로 바꾸거나 나누어 가지면 되었기 때문이다. 이반의 나라에는 바보들만 남았지만 모두 일을 해 자기 스스로 살아감은 물론 어려운 사람들을 도와주면서 살아가는 평화로운 나라가 된 것이다.

10

한편, 이반의 형제들에게 부하를 보낸 큰 악마는 돌아오지 않는 작은 악마들을 애타게 기다리고 있었다. 그러나 부하들은 아무런 소식도 없이 돌아오지 않았다. 기다리다 못 해 큰 악마는 사정을 살펴볼 양으로 직접 나가 여기저기 부하들을 찾아다녔다. 끝내 그가 찾아낸 것이라고는 그저 세 구멍뿐이었다.

"이 멍청한 녀석들이 아무래도 일을 그르친 모양이야. 이젠 내가 직접 손을 쓸 수밖에 도리가 없겠군."

그는 이반의 형제들을 찾으러 갔으나 이미 그들은 그전에 살던 곳에 없었다. 각각 다른 나라에 흩어져 살고 있는 삼형제를 찾느라 큰 악마는 무척이나 고생을 했다. 셋이 다 말짱한 데다 나라를 다스리고 있었다. 그는 분통이 터져 어쩔 줄 몰라 했다.

"아니, 이것들이 일을 이렇게 망쳐 놓았어. 서로 싸우고 미워해서 밥도 못 먹을 정도로 만들어 놓으라고 했더니, 세 놈 모두 임금이 되어 있다니. 으, 분해라. 어디 두고 보자, 내가 그냥 놔둘 줄 알아!"

큰 악마는 먼저 세미욘을 혼내 주기로 했다. 세미욘이 군인을 좋아하는 걸 알고 있는 그는 씩씩하고 늠름한 장군으로 변장하고 세미욘을 찾아갔다.

"세미욘 임금님, 저는 전쟁에서 한 번도 패한 적이 없는 장군입니다. 잘 아시겠지만 군대는 더욱 강하게 만들어야 합니다. 임금님을 도와 최강의 군대를 만들어 드리려고 이렇게 찾아왔습니다. 저를 부하로 삼아 주십시오."

세미욘은 그가 아주 맘에 들었다. 이것저것 물어보고 나서 그가 매우 현명한 사람이라고 생각한 세미욘은 그를 장군으로 임명했다.

장군이 된 큰 악마는 강력한 군대를 만드는 방법을 세미욘에게 아뢰었다.

"우선 첫째로 이 나라에는 군대가 더 필요합니다. 제가 오면서 보니까 멀쩡한 사람들이 군대에 오지 않고 빈둥거리고 있더군요. 그들을 모조리 징집하셔야 합니다. 둘째로 무기가 더 많이 필요합니다. 새로운 총과 대포를 만들어야 합니다. 제가 마치 콩알을 흩뿌리는 것처럼 단번에 백 발의 총알이 나가는 총을 만들어 올리겠습니다. 그리고 성벽이든 다른 무엇이든 간에 단방에 부수어 버릴 수 있는 대포도 만들어 올리겠습니다."

154

세미욘은 그의 말을 듣고 좋아서 어쩔 줄을 몰랐다. 그의 말대로 모든 것을 다 하기로 했다. 젊은이는 모조리 군대에 징집할 것을 명령하고 새로운 무기 공장을 지어 많은 총과 대포를 만들어냈다.

그러자 큰 악마는 세미욘을 꼬득여 이웃 나라를 쳐들어가게 했다. 갑자기 전쟁이 나자, 이웃 나라의 군대는 제대로 대항도 한번 못 해 보고 무너져 갔다. 살기 등등해진 세미욘은 군사들에게 총알과 포탄을 마구 퍼부으라고 명령하였다. 전쟁터에는 이웃 나라 군인들의 시체가 산더미처럼 쌓이고 세미욘의 군대는 큰 승리를 거두었다. 이웃 나라의 왕은 마침내 항복을 하고 자기 나라를 바쳤다.

세미욘은 한번 싸움에서 이기고 나자, 두려운 것이 없었다.

"이번에는 인디아를 정복하고 말 테다."

그는 겁도 없이 인디아로 군대를 몰고 쳐들어갔다. 그런데 인디아 왕은 세미욘이 군대를 키워 이웃 나라를 침범하려 한다는 소문을 듣고 이미 전쟁에 대비를 해둔 상태였다. 인디아 왕은 젊은이들을 군대에 징집해 잘 훈련시키고, 새로운 무기도 개발하여 군사력을 키웠다. 더욱이 인디아 왕이 만들어낸 하늘을 날아다니며 포탄을 떨어뜨리는 무기는 세미욘의 군대에서는 상상도 못 하는 것일 정도로 준비를 해 놓았던 것이다.

이런 사실을 전혀 모르는 세미욘은 인디아 왕에게 싸움을 걸었다. 그의 지난번 전쟁처럼 쉽게 이길 수 있으리라 믿고 있었다. 그러나 날카로운 낫도 언제까지나 잘 드는 것은 아니다. 인디아에 도착한 세미욘의 군대가 궁궐을 향해 진격을 시작하자마자 하늘에서 포탄이 마구 떨어지는 거였다. 세미욘의 군대는 모두 혼비백산하여 여기저기로 어지럽게 달아나고 세미욘 혼자만이 남았을 뿐이었다.

포탄 세례만으로도 적군을 제압한 인디아 왕은 곧이어 군사들을 진격시켜 세미욘의 나라마저 점령하고 말았다. 졸지에 나라를 빼앗긴 세미욘은 간신히 목숨만 건진 채 정신없이 도망을 가 버렸다.

세미욘을 혼내 준 큰 악마는 이번에는 탈라스의 나라로 갔다. 장사꾼으로 둔갑한 그는 탈라스의 나라에 큰 가게를 열고 무슨 물건이든 사들이기 시작했다. 가져오는 물건마다 비싼 값을 쳐 주니 사람들은 모두 그 가게로 물건을 팔기 위해 몰려들었다. 물건을 팔고 많은 돈을 얻게 된 사람들은 호주머니가 아주 두둑해졌으므로 그 동안 밀린 세금을 모두 말끔히 내게 되고 어떤 세금이건 기한 안에 딱딱 바치게 되었다.

"하하, 그 장사꾼 덕분에 백성들이 잘 살게 되었구나."

탈라스는 크게 기뻐했다. 사람들이 물건을 팔아 돈을 많이 얻을수록 자기도 세금을 더 많이 거둘 수 있어 자꾸자꾸 돈이 많아지고 나라 재정이 더욱 튼튼해져 갔다. 탈라스는 거두어들인 많은 돈으로 새 궁전을 짓기로 했다. 그는 사람들에게 궁전을 지을 재목이나 돌을 날라오게 하고 일을 할 인부도 모집했다. 다른 때보다도 나무나 돌의 값과 품삯을 넉넉히 주겠다고 했다. 이렇게 하면 당연히 사람들이 몰려올 줄 알았다.

그러나 이상하게도 사람들은 콧방귀도 뀌지 않았다. 재목이든 돌이든, 심지어는 인부 한 사람도 오지 않는 거였다. 알고 보니, 나라 안의 재목이며 돌은 모두 그 장사꾼에게 실려가고 있는 데다 일꾼들도 모두 그에게로 몰려가고 있는 것이 아닌가. 그가 탈라스보다도 값을 후하게 쳐 주었기 때문이다. 이에 탈라스는 그보다도 더 비싸게 품삯을 올렸다. 그러자 장사꾼은 더 많은 돈을 주겠다고 했다. 이런 식으로 계속 장사꾼은 탈라스의 품삯을 누르고 값을 올렸기 때문에 탈라스에겐 아무도 일을 하러 오지 않고 재료도 구할 수 없었다. 결국 탈라스는 궁전을 지을 수 없었다.

가을이 오자, 탈라스는 궁전 뜰에 정원을 만들려고 했다. 그러나 역시 일하러 오는 사람은 아무도 없고 모두 장사꾼네 집에 연못을 파러 가 버렸다. 그가 일꾼들에게 비싼 품삯을 주었기 때문이다.

겨울이 되었다. 탈라스는 신하에게 새 털외투가 필요하니 검은 담비의 가죽을 구해 오라고 시켰다. 그러나 가죽을 구하러 간 신하가 돌아와 이렇게 말하였다.

"그 장사꾼이 담비 가죽을 모조리 사들였기 때문에 구해 올 수가 없습니다. 비싼 값으로 가죽을 모두 사들이고는 달라는 대로 준다고 해도 팔지를 않습니다."

탈라스는 그가 괘씸했지만 어쩔 도리가 없었다. 장사꾼은 법도 어기지 않을 뿐더러 세금도 꼬박꼬박 잘 내고 있었기 때문이다. 백성들도 나랏일에는 아무도 오지 않는 대신 장사꾼한테서 번 돈으로 세금은 잘 냈다. 하지만 탈라스는 갈수록 궁핍해져만 갔다. 돈만 산더미처럼 쌓일 뿐 그 돈으로 아무것도 살 수 없었기 때문이다.

날이 갈수록 탈라스의 생활은 옹색해져 갔다. 사치스럽고 호화로운 생활은커녕 먹고 살기도 힘들 지경이 되고 말았다. 궁전에 식량까지 바닥이 나자, 신하에서부터 하물며 궁전에서 일하던 요리사, 마부, 심부름꾼 등에 이르기까지 모두들 탈라스의 곁을 떠나 장사꾼한테 가기 시작했다. 시장으로 물건을 사러 가 보아도 아무것도 없었다. 그것은 장사꾼이 모두 사들여 버렸기 때문이다.

탈라스는 잔뜩 화가 나 장사꾼을 국외로 추방해 버렸다. 그랬더니 장사꾼은 국경 부근에다 다시 상점을 열고 역시 똑같은 짓을 했다. 사람들은 먼길도 마다 않고 여전히 장사꾼을 찾아가 물건을 팔았다.

탈라스의 사정은 완전히 악화되고 말았다. 며칠씩 먹지도 못할 적이 있는가 하면 그 장사꾼이 탈라스의 나라를 통째로 사려 한다는 소문까지 들려 왔다. 탈라스는 이제 주눅이 들어 어떻게 해야 할지도 모른 채 하루하루 두려운 나날을 보내게 되었다.

그 무렵, 세미욘이 그를 찾아왔다.

"탈라스, 나 좀 도와줘. 인디아와 전쟁을 벌였다가 또 크게 지고 이렇게 망해 버렸어."

그러나 배불뚝이 탈라스도 지금은 뱃가죽이 등뼈까지 붙어 있는 지경이었다.

"난 벌써 꼬박 이틀이나 아무것도 먹지 못한 걸요."

탈라스는 형 세미욘에게 그 동안의 일을 얘기하며 서럽게 울었다.

11

큰 악마는 두 형제를 거덜나게 하고 이번에는 이반의 나라로 갔다. 장군의 행색으로 변장을 한 큰 악마는 이반을 찾아가 군대를 만들 것을 권했다.

"임금님, 이 나라에는 군대가 없더군요. 만약 적이 쳐들어오면 어쩌시렵니까? 미리 대비를 해 군대를 만들어야 합니다. 저에게 명령을 내리시면 백성 가운데서 군사를 모아 훌륭한 군대를 만들어 드리겠습니다."

이반은 그의 말을 듣고 나서 말했다.

"음, 그것 좋은 생각이오. 어디 한번 만들어 보오. 그런데 노래를 잘 부르는 군대를 만들어야 하오. 나는 그게 좋으니까."

큰 악마는 이반의 나라를 돌아다니면서 지원병을 모집하기 시작했다. 군대에 지원하는 자는 누구나 보드카 한 병과 빨간 모자를 타게 될 거라고 설명했다. 그러나 아무도 오지 않았다.

"술은 집에서 우리들이 얼마든지 빚어 먹을 수 있어. 모자도 집에서 여자들이 어떤 것이건 갖고 싶은 걸로 예쁘게 만들어 준단 말이야. 얼룩덜룩한 것이나 여러 가지 치장이 너슬너슬 달린 것까지도."

사람들은 이렇게 코웃음을 쳤다. 안되겠다고 생각한 큰 악마는 다시 이반을 찾아왔다.

"임금님 나라의 바보들은 자진해서 군사가 되려고 하질 않사옵니다. 그러니 그들을 강제로라도 모집을 해야겠습니다."

"음, 그렇다면 별 수 없지. 그렇게 해보시오."

큰 악마는 나라 안 곳곳을 다니면서, 군대에 오지 않는 자는 이반 왕께서 참형을 내릴 것이라고 선전했다. 그러자 사람들이 장군을 찾아와 물었다.

"당신은 우리들이 만일 군인이 되지 않으면 임금님께서 참형을 내리신다고 말씀하시는데 군대가 되면 어떻게 된다는 건 한마디도 해주지 않았습니다. 군대에 나가면 목숨을 잃는다는 말이 있던데 정말인가요?"

"그렇지, 그런 일이 없는 것도 아니지."

그 말을 듣고 사람들은 질색을 하고 말았다.

"그럼 우리들은 절대로 군대에 나가지 않겠습니다. 어차피 죽어야하는 거라면 차라리 집에서 죽는 게 더 낫지 뭡니까."

"너희들은 정말 바보로군, 이 바보들아! 군인이 됐다고 해서 꼭 죽는 건 아니야. 그렇지만 군인이 되지 않으면 그건 영락없이 이반 왕에게 죽임을 당하고 만단 말이야."

사람들은 곰곰이 생각하다가 임금인 바보 이반에게 물어보러 갔다.

"임금님, 임금님이 보낸 장군이 저희에게 모두 군인이 되라고 합니다. 군대에 나가면 목숨을 잃는 일이 있는지 없는지 모르겠지만, 나가지 않으면 임금님께서 저희들에게 참형을 내리실 거라는데, 그게 정말입니까?"

그러자 이반은 껄껄 웃었다.

"허허, 짐이 어떻게 그대들을 모두 참형할 수 있으리오? 짐이 바보가 아니었던들 그대들이 잘 알아듣도록 설명하겠지만, 나도 뭐가 뭔지 통 모르겠으니 말이오."

"그러시다면 저희들은 군대에 나가지 않겠습니다."

"걱정할 것 없네. 나가지 않아도 좋아."

사람들은 장군에게 가서 군인이 되는 걸 거절했다. 일이 잘 되지 않자, 큰 악마는 이웃 나라 타라칸 왕에게 가서 알랑알랑 비위를 맞추면서 부추겼다.

"싸움을 걸어서 한번 이반 왕의 나라를 치십시오. 그 나라에는 비록 돈은 없을지라도 곡식이며 가축이며 그 밖의 온갖 것이 풍부히 있으니까요."

타라칸 왕은 이반의 나라에게 싸움을 걸기로 했다. 먼저 군대를 모으고 총이며 대포를 갖추자 국경으로 나가 이반의 나라로 진격하기 시작했다. 사람들은 이반에게 달려와 이렇게 아뢰었다.

"임금님, 큰일났습니다. 타라칸 왕이 우리들에게 싸움을 걸어 왔습니다."

"뭐 어떨려구. 싸움을 걸어 올 테면 걸어 오라지."

타라칸 왕은 국경을 넘자마자 척후병을 보내어 이반 군대의 동정을 살피게 했다. 그들은 여기저기 찾아다녔지만 군대 같은 것은 어디에도 보이지 않았다. 어디서 갑자기 나타나 기습을 할지도 모를 일이라 잠복하고 오랫동안 기다려 봤지만 군대라는 말조차도 들을 수 없었다. 누구와 싸우려고 해도 싸울 상대가 없었다. 타라칸 왕은 군사를 보내어 마을들을 점령하게 했다.

군인들이 한 마을에 들이닥치자 사람들이 뛰어나와 군인들을 바라볼 뿐이었다. 군사들은 마을에서 곡식이며 가축을 약탈했다. 이반의 백성들은 무엇이건 선선히 내주었고 어느 누구도 자기 것을 지키려

160

하지 않았다. 군사들은 딴 마을로 가 보았으나 거기도 역시 마찬가지였다. 어디에서나 있는 대로 다 내주었다. 그들은 사방팔방으로 헤매고 돌아다녔지만 어디에도 군대 같은 건 없었다. 백성들은 모두 자기 스스로 일을 해 살아가는 한편, 서로 도와주고 있었는데, 꼭 제 한 몸만을 지키려고 버둥대기는커녕 오히려 여기 와서 살라고 권유할 따름이었다.

"얼마나 살기가 어려우면 여기까지 얻으러 왔을까. 그러지 말고 당신네 나라에서 살기가 어렵거든 모두 우리 나라에 와서 사세요."

군사들은 지루해졌다. 그리하여 타라칸 왕에게 돌아갔다.

"저희들은 전쟁을 할 수가 없습니다. 저희들을 다른 나라로 보내주십시오. 전쟁이 있으면 좀 좋겠습니까만 이건 마치 유약한 사람을 괴롭히는 것 같아 이 나라에서는 더 이상 싸울 수 없습니다."

타라칸 왕은 화가 머리끝까지 치밀었다. 그는 온 나라의 마을을 어질러 놓고 집과 곡식을 불사르며 가축을 죽여 버리라고 군사들에게 명령했다.

"만일 어명에 따르지 않는 자가 있으면 누구든지 가차없이 처벌하리라."

군사들은 깜짝 놀라 임금의 명령대로 실행하기 시작했다. 그들은 집이며 곡식을 불태우고 가축을 죽이기 시작했다. 그런데도 사람들은 모두 자기 것을 지키려고 하기는커녕 그저 울 뿐이었다. 노인도 젊은이도 조그마한 어린 아이들도 모두 울었다.

"어쩌자고 너희들은 우리를 괴롭히는 거냐? 왜 불을 지르고 저 불쌍한 가축을 죽이는 거냐? 필요하거든 차라리 가져가는 게 더 나을 것 아니냐."

군사들은 왠지 침울해졌다. 더 이상 돌아다니며 마을을 파괴할 수 없었다. 이윽고 군대는 뿔뿔이 흩어지고 말았다.

12

타라칸 왕이 실패하자 큰 악마도 이반의 나라를 떠나 버렸다. 군대의 힘으로도 이반을 꿇리지 못한 그는 머리를 짜내 다른 계획을 세워야 했다.

얼마 후, 큰 악마는 말쑥한 신사로 둔갑하여 이반의 나라에 다시 들어왔다. 배불뚝이 탈라스처럼 돈으로 꿇려 줄 계획이었다.

"저는 훌륭한 지식을 전달함으로써 당신네에게 좋은 일을 하려 합니다. 저는 먼저 당신네 나라에서 집을 짓고 장사를 하려 합니다."

"거 좋은 일이오. 그러시다면 여기서 사시죠."

한 벼슬아치가 신사에게 숙소를 빌려 주었다. 이윽고 신사는 잠자리에 들었다.

하룻밤을 지내고 난 이튿날 아침, 그는 금화가 들어 있는 커다란 자루와 종이 조각을 가지고 나와 사람들에게 이렇게 말했다.

"여러분, 저는 여러분에게 유익한 일을 하려고 합니다. 우선 이곳에 집을 짓고 공장을 세울 생각인데 어떻습니까? 먼저 재료를 가져와 이 도면처럼 집을 지어 주십시오. 대신 여러분에게 이 금화를 드리겠습니다."

그는 사람들에게 번쩍번쩍 빛나는 금화를 보여주었다. 이반의 백성들은 금화를 보자 무척 놀랐다. 그들 나라에는 돈이라는 것이 없고, 서로 물건과 물건을 바꾸기도 하고 품앗이를 하기도 하였기 때문에 처음 본 금화가 신기했던 것이다.

"거참, 반짝반짝 빛나는 게 아주 예쁜걸. 그런데 이걸로 뭐하지?"

"노리갯감이나 하면 좋겠는데."

큰 악마는 탈라스의 나라에서 했던 것처럼 싯누런 금화를 마구 뿌려대기 시작했다. 사람들은 금화와 물건을 바꾸기도 하고, 일을 해주고 금화를 품삯으로 얻으려고 그에게 드나들기 시작했다. 큰 악마는 속으로 고소해 하면서 이렇게 생각했다.

'이거 이쯤 되면 일이 순조롭게 되어 가는 것이렷다! 이번에야말로 그 바보 녀석을 탈라스처럼 엉망진창이 되게 해주리라. 다시는 일어나지 못하게 해주어야지.'

그런데 금화를 가져간 이반의 백성들은 금화로 목걸이도 만들고 장식품도 만들었다. 이제는 어린애들까지도 길가에서 금화를 노리갯감으로 가지고 놀게 됐다. 모든 사람들에게 많은 금화가 생기게 되자 이제는 더 얻으려고 하지 않게 됐다. 아까운 곡식을 갖다 주고 금화를 바꿔 오지도 않게 되었고, 일을 하고 금화를 받아가는 사람도 없었다.

결국 큰 악마의 집은 아직 절반도 채 지어지지 않았다. 곡식이며 가축도 아직 한 해 치도 비축돼 있지 않았다. 큰 악마는 금화를 더 많이 주겠다고 사람들을 꾀었다. 하지만 어느 누구 한 사람 일하러 가는 자도, 무엇 하나 팔려고 가는 사람도 없었다. 이따금 사내애며 계집애가 뛰어와서 달걀과 금화를 바꾸거나, 혹은 금화를 받고 물건을 날라다 주는 정도가 고작일 뿐이었다.

큰 악마는 이제 몹시 굶주리고 지쳤다. 하는 수 없이 그는 무엇이든 먹을 것을 사려고 마을 안을 서성거렸다. 어느 한 집에 들어간 큰 악마는 금화를 한 움큼 내밀며 말했다.

"돼지를 나한테 파시오. 이 금화를 다 드리겠소."

주인은 고개를 가로저으며 말했다.

"그런 건 우리 집에도 많이 있어요."

악마는 또 다른 집을 찾아갔다.

"이 금화를 다 줄 테니, 닭 한 마리만 파시오."

"우리 집엔 그런 거 필요 없어요. 어린애들이 없어서 아무도 가지고 놀 사람이 없어요. 게다가 또 하도 신기해서 나도 세 닢 가져다 놨거든요."

가는 집마다 금화를 불필요하고 귀찮은 물건으로 여기고 있었다. 배가 너무 고픈 나머지 큰 악마는 옆집에 들어가 빵을 주면 금화를 잔뜩 주겠다고 했다. 그러나 그 집에서도 금화를 좋아하지 않았다.

"우리 집에선 그런 게 필요 없어요. 그렇지만 무척 배가 고픈 모양이니 하나님의 사랑으로 빵을 나누어 드리겠어요."

큰 악마는 주인의 말에 얼굴이 하얗게 질렸다. 이내 허둥지둥 그 집에서 나와 줄행랑을 놓았다. 하나님이 어쩌고저쩌고 하는 말에 등골이 오싹해진 것이다. 그는 이런 말을 듣는 것이 칼보다도 더 무서웠기 때문이다.

이래서 빵도 얻지 못하고 말았다. 큰 악마가 어디를 가나 어느 누구 한 사람 돈을 보고는 어떠한 것도 주려고 하지 않았다. 모두들 이렇게 말하는 것이었다.

"무엇인가 딴 것을 가지고 오거나, 일을 하러 오거나, 그렇지 않으면 적선을 바라고 동냥을 하러 오거나 하구료."

악마는 돈밖에는 아무것도 가진 것이라곤 없는 데다 일을 하기는 싫었고 그렇다고 또 적선을 바라고 동냥을 할 수도 없었다. 큰 악마는 잔뜩 화가 났다.

"어떻게 된 거야. 당신네는 금화가 더 필요한 텐데 말이야. 언제 당신네들에게 돈을 주어야 하나? 돈만 가지면 무엇이든지 사고 어떤 일꾼이든지 들여놓을 텐데 말이야."

백성들은 그의 말을 듣는 둥 마는 둥 했다.

"아니죠. 그런 건 필요없습죠. 여기선 지불이라든가 세금이라든가 하는 건 하나도 없으니까요. 그러니까 그까짓 돈 따위는 아무리 많이 가져도 쓸 데가 없어요."

큰 악마는 저녁도 먹지 못한 채 잠자리에 들었다.

이 일이 바보 이반의 귀에까지 들어가게 되었다. 백성들이 그에게로 찾아와 이렇게 물었기 때문이었다.

"도대체 저희들이 어찌해야 할까요? 저희들한테 말쑥한 신사분이 나타났습니다. 그는 맛있는 음식이나 좋은 술만을 좋아하고 깨끗한 옷이나 입기 좋아하면서 일은 숫제 하려고 들지도 않는가 하면 동냥을 하지도 않고 그저 금화라는 것만 내밀 뿐이니 말입니다. 처음에 금화를 봤을 때는 신기해서 모두들 그분에게 무엇이나 다 주고 금화를 얻었는데, 이제는 금화도 싫증이 나서 그 어떤 것과도 바꾸어 주는 사람이 없습니다. 이분을 어떻게 해야 합니까? 굶어서 죽지나 않아야 할 텐데 말입니다."

이반은 다 듣고 나서 이렇게 말했다.

"아무렴, 그렇고말고. 굶어 죽게 내버려 둘 수야 없지. 사람들에게 매일 한 집씩 돌아가면서 그 신사를 보살펴 주라고 해라. 나도 차례가 되면 보살필 테니."

큰 악마는 날마다 사람들의 집을 돌아다니며 끼니를 때우게 되었다. 그러는 동안 이반의 궁궐에서 얻어먹을 차례가 돌아왔다. 큰 악마가 점심을 먹으러 갔을 때 이반네 집에서는 벙어리 여동생 말라냐가 점심을 차리고 있었다. 그녀에게 가장 큰 골칫거리는 게으름뱅이였다. 게으름뱅이는 일을 하지도 않는 주제에 꼭 맨 먼저 밥을 먹으러 와서는 장만해 놓은 음식을 싹싹 먹어 치우는 것이었다. 말라냐는 그런 게으름뱅이들이 못마땅했다. 땀흘려 일한 사람들은 찌꺼기 음식밖에 먹지 못하기 때문이었다.

그래서 말라냐는 한 가지 방법을 생각해냈다. 일을 많이 해 손바닥에 못이 박힌 사람은 먼저 식탁에 앉히지만 못이 박히지 않은 사람은 맨 나중에 먹게 하는 거였다. 큰 악마가 식탁머리에 앉자 말라냐는 얼른 그의 손바닥을 살짝 들여다보았다. 못이 박히지 않았다. 손은 깨끗하고 매끈하며 손톱이 길게 자라나 있었다. 벙어리 말라냐는 무어라고 외쳐대더니 악마를 식탁에서 끌어냈다. 그러자 이반의 아내가 그에게 말했다.

"너무 기분 나빠하지 마세요. 우리 시누이는 손에 못이 박히지 않은 사람은 식탁에 앉히지 않는답니다. 잠깐만 기다리세요. 곧 다들 자실 테니까, 그 다음에 남은 것을 잡수세요."

큰 악마는 잔뜩 짜증이 났다. 궁궐에서 하는 식사는 꽤나 훌륭할 거라고 기대를 했었는데 남들이 먹다 남긴 것을 먹으라니 은근히 화가 났다. 큰 악마는 이반에게 성난 목소리로 말했다.

"임금님 나라에는 모든 사람에게 손으로 일을 하도록 하는 어리석은 법률이 있는가 봅니다. 그건 여러분들이 어리석기 때문에 그런 겁니다. 영리한 사람은 무엇으로 일을 하는지 아십니까?"

"바보인 우리가 어찌 그런 걸 다 알겠는가. 우리들은 그저 손과 몸을 움직여 일을 하고 있지."

"그러니 여러분을 어리석다고 하지요. 똑똑한 사람들은 손과 몸은 가만 놔두고 머리로 일을 한답니다. 이 머리로 말입니다."

악마는 손으로 자기 머리를 꾹꾹 누르면서 말했다. 이반은 고개를 갸우뚱하면서 물었다.

"어떻게 머리로 일을 한다는 건가?"

"그럼 제가 어떻게 머리로 일을 하는 것인지 가르쳐 드리지요. 내 말대로 하면 여러분도 사람답게 살게 될 겁니다. 자, 이제 손보다 머리로 일을 하는 게 훨씬 이롭다는 것을 알려 드리죠."

"좋아. 한번 배워 보지. 어떻게 머리로 일을 한다는 거지?"

그러자 큰 악마가 말하기 시작했다.

"결코 수월하지는 않습니다, 머리로 일을 한다는 것도. 저의 손에 못이 박히지 않았다고 일을 하지 않는 사람으로 취급하고 먹을 것도 주지 않지만, 실제로 나는 여러분보다 더 많은 일을 했습니다. 때로는 머리를 너무 많이 써서 머리가 쪼개지는 것 같은 고통을 느낄 정도였죠."

이반은 생각에 잠겼다.

"한데 어찌 그대는 그렇게 자신을 괴롭히는가? 머리가 쪼개지는 것 같다니, 과연 수월한 일은 아니로군. 그럴 바에야 차라리 그냥 손을 써서 일을 하는 게 더 수월하지 않은가?"

"그게 아니랍니다. 그 고통을 참고 제가 머리를 쓴 것은 여러분 같은 바보들이 불쌍해서지요. 제가 아니었다면 여러분은 한평생 바보로 살아갈 텐데 이제 머리로 일을 하는 방법을 가르쳐 줄 테니 여러분은 운이 좋은 줄이나 아세요."

"그렇다면 어디 한번 들어봐야겠군. 나중에 손이 지쳤을 때 머리로 대신 일을 하게 말이야."

악마는 그것을 가르쳐 주겠다고 약속했다. 이반은 온 나라 백성들에게 이 소식을 알렸다.

"훌륭한 신사가 나타나 여러분들에게 머리로 일하는 법을 가르쳐 준다. 머리로는 손보다도 훨씬 더 많은 벌이를 할 수 있다. 모두들 배우러 나오라."

이반의 나라에는 높은 망대가 세워지고 그 위에 단상이 마련되었다. 신사의 모습이 많은 사람에게 잘 보이도록 하기 위해 새로 마련한 것이다. 신사는 망대 위에 서서 지껄이기 시작했다. 바보 백성들은 구경을 하러 꾸역꾸역 모여들었다. 사람들은 손을 쓰지 않고 머리로 일을 한다면 어떻게 해야 하는지를 신사가 실지로 보여주려니 하고 생각하고 있었다. 그런데 큰 악마는 단지 말로만 어떻게 하면 일을 하지 않고도 살아갈 수 있는지를 가르칠 뿐이었다. 바보들에게는 뭐가 뭔지 통 납득이 가지 않았다. 그래서 잠시 바라보고 있다가 이윽고 저마다 제 일들을 하러 뿔뿔이 흩어져 버렸다.

큰 악마는 진종일 망대 위에 서 있었다. 다음날도 내내 서 있었다. 그는 그 위에서 줄곧 지껄여댔다. 그는 무엇이라도 좀 먹었으면 싶었다. 하지만 사람들은 만일 저 사람이 손보다 머리로 훨씬 더 일을 잘할 수 있다면, 제 빵쯤은 머리로 실컷 만들려니 생각했다. 그래서 아무도 그에게 빵을 가져다 줄 생각은 전혀 하지 못했다. 큰 악마는 그이튿날도 단 위에서 줄곧 지껄여댔다. 사람들은 가까이 다가와 잠시 바라보고는 이내 또 이리저리 흩어져 갈 뿐이었다. 이반은 이따금 신하에게 물어 보았다.

"그래 어떤가, 그 신사는 머리로 일을 하기 시작했나?"

"아니옵니다. 여전히 지껄여대고만 있습니다."

큰 악마는 차츰 쇠약해지기 시작하여 이제는 비틀거리기 시작했다. 한 차례 비틀거리다가 그만 기둥에 머리를 부딪혔다. 한 바보가 이것을 보고 이반의 아내에게 알리자, 이반의 아내는 들에 나가 있는 남편에게로 달려갔다.

"여보, 신사가 드디어 머리로 일을 하기 시작한 모양입니다."

"그게 정말이오? 어디, 가서 자세히 봅시다."

이반은 서둘러 망대로 갔다. 악마는 굶주리다 못해 이제 완전히 쇠약할 대로 쇠약해져 비틀거리면서 머리를 기둥에 박고 있었다. 그러다가 이반이 도착한 순간, 악마는 쿡 거꾸러지더니 우당탕 요란스런 소리를 내면서 망대에서 거꾸로 떨어져 내렸다. 그제서야 이반은 머리를 끄덕이며 말했다.

"아하, 머리가 쪼개지는 수도 있다고 하더니 아닌게아니라 정말인걸. 이건 정말 못이 문제가 아니다. 저렇게 일을 하다가는 머리가 부지를 못할 게 아닌가."

168

큰 악마는 망대에서 떨어지자 땅 속에 대가리를 처박고 말았다. 신사가 얼마나 많은 일을 했는지를 볼 양으로 이반이 다가가는데 별안간 땅바닥이 쫙 갈라지더니 큰 악마는 땅 사이로 빨려 들어가는 게 아닌가. 나중에는 그저 구멍이 하나 남았을 뿐이다. 이반은 머리를 긁적긁적 긁었다.

"아, 이런 빌어먹을 게 다 있나! 또 그놈이었단 말인가! 그놈들의 애비가 틀림없으렷다. 별별 지독한 놈도 다 있구나!"

● 톨스토이와 함께하는 성경 이야기

신화는 없다

누구든지 일하기 싫어하거든
먹지도 말게 하라(살후 3 : 10)

이명박의 『신화는 없다』라는 자서전은 일에 관한 자기 철학의 이야기이다. 그는 책머리에서 이렇게 술회한다.

"현대라는 기업에서 나는 여한이 없이 일했다. 일하고 또 일했다. 현대에서의 27년, 20대 이사, 30대 사장, 40대 회장. 사람들은 나를 '신화의 주인공'이라고 말한다. 그러나 신화는 그것을 신화라고 명명하는 사람들, 즉 밖에서 보는 사람들에게만 신화일 뿐이다. 그 안에 있는 사람에게 그것은 겹겹의 위기와 안팎의 도전으로 둘러싸인 냉혹한 현실이다. 나는 나를 가로막던 위기와 도전 앞에서 우회하지 않고 정면 돌파했다. 이 돌파력을 사람들은 신화라고 부르는 것 같다."

대체로 탁월하다는 평가를 받고 있는 그의 일에 관한 소신과 체험을 몇 가지로 간추려 들어보자.

그는 늘 긍정적인 사고를 가지고 있다. 그는 "어떤 일을 대할 때 이건 된다고 생각하는 것과 이건 안 된다고 생각하는 것 사이에는 엄청난 차이가 있다. 안 된 그 뒤로 이반의 나라에는 온갖 사람들이 몰려왔다. 두 형들도 그에게로 찾아와 그의 도움을 받게 되었다. 그 밖에도 누군가가 찾아와서, "우리도 여기서 살게 해주시구료" 하면 "그렇게 하지. 와서 살게나. 여기엔 없는 것 없이 얼마든지 있으니까" 하고 말했다. 하지만 이 나라에는 꼭 하나의 습관이 있다. 손에 못이 박힌 자는 식탁에 앉게 되지만 못이 박히지 않은 자는 먹다 남은 찌꺼기를 먹어야 하는 것이다.

다고 생각하는 사람의 머릿속에는 안 될 가능성, 그럴 수밖에 없는 이유만 들어찬다. 그러나 된다고 생각하는 사람은 설령 1%의 가능성밖에 없다 해도 붙잡고 늘어진다'라고 말한다.

그는 고등학교에 들어간 이후 지금까지 5시간 이상 자 본 적이 없다고 한다. 그것은 어려서부터 5시만 되면 깨워서 가족 기도회를 갖던 어머니 덕분이라고 한다. 사람들은 그가 일찍 일어나는 데 천부적인 능력을 타고났다고 하지만, 그는 노력, 반복된 노력 외에 다른 비결은 없다고 말한다. 그는 2년 전부터 주일마다 새벽기도회가 끝나면 교회 주차장에서 상쾌한 기분으로 차량을 안내하며 봉사하고 있다.

그의 일을 대하는 적극적인 자세가 특이하다. 그는 신입사원들에게 "이 일이 내 적성에 맞다 안 맞다 판단하지 말고 여러분의 적성을 일에 맞추십시오"라고 말한다. 이것을 혹자는 권위주의적 발상이라고 비판할지 모르지만 그는 자신의 방법이 보다 현실적이라고 체험을 통해 역설한다.

이 세상은 한 개인에게 그의 적성에 맞는 일만을 안겨주지 않는다. 자신의 적성에 맞는 일만 찾다 보면 결국 아무것도 못 하게 된다. 하고 싶은 일과 싫은 일과의 사이에서 그 넓은 간격을 메우려는 고통스런 노력보다는 차라리 자신의 적성을 앞에 주어진 일에 맞게 바꾸는 것이 훨씬 효율적이다.

현실이 그렇다. 세상에는 "여기 당신에게 딱 맞는 일이 준비되어 있습니다. 어서 오십시오"라고 써 놓은 표지판은 결코 없다.

그는 어린 시절 술찌끼로 하루 두 끼를 때우면서 벌겋게 취해 밖에 나가기를 꺼렸고, 몸도 약하여 누구보다도 내성적인 사람이었다. 그러나 스스로 노력하면서 학생회장에 출마하고, 학생운동을 하고, 건설판에 뛰어들면서 외향적이고 적극적인 성격으로 변화되었다고 말한다.

그는 사람이 어떤 일에 임하는 자세를 매우 중요시한다. 그는 사원들 특히 중역들마저 토요일에 캐주얼이나 콤비를 입고 오는 것을 철저히 단속했다. 그들은 토요일 오전 내내 퇴근 후 놀러갈 생각에 사로잡혀 들떠 있기 때문이다. 이를 느낀 그는 "토요일일수록 더욱 정장을 입어라" 하고 강력히 지시했다고 한다.

미국과 일본의 자동차 산업은 좋은 비교가 된다. 미국 자동차 공장에서는 금요일에 만든 제품에서 불량이 가장 많이 나온다. 금요일 오전부터 주말 기분에 들떠 있기 때문이다. 그러나 일본 자동차 공장에서는 월요일에서 토요일 오전까지 6일 동안 자동차가 생산되지만 제품의 질이 항상 똑같다. 사람의 마음 자세가 그만큼 매사에 중요한 결과를 낳는다는 것이다.

그는 일을 두려워하지 않는다. B형 간염에 걸렸으나 기적적인 치유를 받은 그는 이렇게 말한다.

"나는 일 때문에 살기도 했지만 그 일이 내 목숨을 살려 주기도 했다."

● 다시 읽는 하나님 말씀

술 취하고 탐식하는 자는 가난하여질 것이요, 잠자기를 즐겨하는 자는 해어진 옷을 입을 것임이니라 (잠언 23장 21절)

예수께서 저희에게 이르시되 내 아버지께서 이제까지 일하시니 나도 일한다 하시매
(요한복음 5장 17절)

우리가 너희와 함께 있을 때에도 너희에게 명하기를 누구든지 일하기 싫어하거든 먹지도 말게 하라 하였더니
(데살로니가후서 3장 10절)

172

세 사람의 수도사

신실한 기도는 어떤 기도일까?

또한 기도를 할 때에 이방인들처럼 빈말을 되풀이하지 마라. 그들은 말을 많이 해야만 들어주실 줄 알고 있다. 그러니 그들을 본받지 마라. 너희의 아버지 하나님은 구하기 전에 먼저 너희에게 무엇이 필요한지 알고 계시니라.(마태복음 제6장 7, 8절)

세 사람의 수도사

어떤 주교가 도시 아르항겔스크에서 뱃길로 소로프키 섬을 향해 가고 있었다. 그 배에는 성지를 찾아가는 순례자들도 타고 있었다.

돛은 순풍을 가득 안고 순조롭게 달리고 있었으며, 날씨는 몹시 화창하고 맑았다. 순례자들은 갑판 위로 올라와 음식을 먹기도 하고, 여럿이 모여 앉아 이야기를 나누기도 하였다. 주교도 갑판 위로 올라가서 여기저기 기웃거리고 있었다.

'날씨가 좋아서 참 다행이로군. 고마운 일이야.'

이런 생각을 하면서 천천히 뱃머리 쪽으로 걸어갔다. 뱃전 가까이 가 보니, 한 무리의 사람들이 몰려 서서 어느 사나이의 이야기에 귀를 기울이고 있었다. 사나이는 멀리 바다를 가리키며 한창 이야기에 열을 올리고 있었다.

주교도 걸음을 멈추고 사나이가 가리키는 곳을 바라보았다. 그러나 햇빛에 반짝이는 바다에 눈이 부실 뿐, 딱히 눈에 띄는 것은 없었다. 주교는 사나이의 말을 자세히 들어보려고 가까이 다가갔다. 그러자 주교를 본 사나이는 모자를 벗고 인사를 하더니 입을 다물고 말았다. 다른 사람들도 돌아보고 인사를 했다.

주교는 웃으면서 말했다.

"여러분! 저에게 신경쓰지 마십시오. 저도 이야기를 듣고 싶군요."

그러자 바로 옆에 서 있던 장사꾼이 말했다.

"사실은 지금 저 어부에게서 수도사 이야기를 듣고 있던 참입니다."

"수도사 이야기라고요?"

주교는 뱃전으로 가서 상자 위에 걸터앉으며 말했다.

"저도 좀 듣게 해주시오. 듣고 싶군요. 그런데 아까 어딜 가리켰나요?"

"저기, 저기 조그만 섬이 보이지요?"

어부는 오른쪽 방향을 가리키며 말했다.

"저 섬에 세 사람의 수도사가 영혼의 구원을 빌며 살고 있습니다."

"그 섬이 어디 있나요? 제 눈엔 아무것도 보이지 않는데요."

주교가 물었다.

"제 손끝을 보십시오. 저어기 조그만 구름 조각이 보이지요? 그 구름 아래에서 약간 왼편을 보면, 희미한 줄 같은 게 보일 겁니다. 거기가 바로 그 섬이지요."

주교는 망망한 바다를 향해 눈길을 보냈다. 그러나 눈부신 태양 아래 반짝반짝 빛나고 있는 바다말고는 여전히 아무것도 보이지 않았다.

"내 눈에는 잘 보이지 않는군요. 그런데 그런 작은 섬에 살고 있는 수도사들은 어떤 사람입니까?"

"세상하고는 인연이 없는 사람들이지요. 저도 오래 전부터 소문으로만 듣다가, 재작년에야 우연히 직접 뵐 수 있었습니다."

어부는 고기잡이를 갔다가 심한 폭풍 때문에 그 섬으로 가게 된 연

176

유를 말하기 시작했다. 처음에 어부는 한밤중이라 그 섬이 어떤 곳인지도 몰랐었다. 날이 밝은 다음, 섬 안을 돌아보다가 흙으로 만든 움막집 한 채를 발견했는데 그 근처에 수도사 한 사람이 서 있었다고 했다. 곧 다른 두 명의 수도사가 움막집 안에서 나오더니 그에게 먹을 것을 주고 젖은 옷을 말리게 했다. 그리고 배 고치는 일도 거들어 주었다는 것이다.

"어떻게 생긴 사람들인가요?"

주교가 물었다.

"한 분은 몸집이 자그마한 분으로 나이가 들었고 허리가 굽어져 있더군요. 낡은 평복을 입고 계셨는데 얼른 보기에 나이가 백 살 이상은 돼 보였습니다. 수염이 희다 못 해 푸르기까지 했으니까요. 늘 미소를 머금은 그 얼굴은 마치 천사를 만나는 기분이었습니다.

또 한 분은 나이가 많고 키가 좀 큰 편인데, 찢어진 긴 겉옷을 입고 있었습니다. 아직도 검은 머리털이 드문드문 섞여 있는 그 수도사님은 힘이 굉장히 세었습니다. 제가 타고 갔던 작은 배를 조그만 통이라도 뒤집듯이 가볍게 뒤엎곤 하셨지요. 그러니 얼마만큼 힘이 센지 알 수가 있지요. 그분 역시 밝고 인자하신 표정이었습니다.

세 번째 수도사님은 매우 키가 큰 분이었습니다. 그리고 역시 긴 수염을 늘어뜨리고 있었는데 얼마나 긴지 무릎에 닿을 정도였습니다. 하지만 눈썹이 눈을 덮을 정도로 길었기 때문에 어쩐지 음산한 인상이었습니다. 그런데 이 분은 어찌된 셈인지, 아마 옷가지가 없어서 그렇겠지만 발가벗고 계셨습니다. 그렇다고 홀랑 벗은 채 있는 게 아니고, 거적대기 같은 것을 걸치고 계시기는 했지만 보기 흉한 모습이었습니다."

"그분들하곤 어떤 이야기를 주고받았나요?"

주교는 다시 물었다. 어부의 이야기가 이상하게도 마음을 끌었다.

"네, 별로 말은 하지 않고 일만 했습니다. 그분들도 오랫동안 말을 하지 않고 살았는지, 한 분이 눈짓만 해도 서로 무슨 뜻인지 알아들을 정도였으니까요. 제가 키가 큰 분에게 오랫동안 이 섬에서 사셨느냐고 물었더니, 그분은 얼굴을 찌푸리고 화가 난 표정을 지으면서 뭐라고 이야기를 시작하더군요. 그러자 제일 작고 나이가 많은 분이 그 사람의 손을 잡고 벙긋 웃어 보였습니다. 그런 몸짓 하나로 키가 큰 수도사님은 금방 잔잔한 얼굴이 되었습니다. 그러니까 늙은 수도사님이 저를 보고 '죄송합니다' 하고 말하더군요."

어부가 말을 계속하는 동안 배는 어느덧 그 섬 가까이 다가가 있었다. 그러자 어부는 다시 손으로 섬을 가리키면서 말했다.

"이젠 확실히 보이는군요. 주교님, 저기를 보세요."

옆에 서 있던 장사꾼도 그쪽을 쳐다보았다. 섬의 모습이 저 멀리에 분명하게 보였다. 주교는 가만히 그 섬을 바라보고 있더니, 곧 뱃머리를 떠나 배 꼬리 쪽으로 걸어갔다. 그리고 키를 잡은 사람에게 물었다.

"여보시오, 혹시 저기 보이는 섬의 이름을 아시오?"

그러자 선원은 섬을 힐끗 쳐다보고는 고개를 저었다.

"저 섬은 이름이 없습니다. 저 근방에는 작은 섬들이 많으니까요."

"저 섬에서 수도를 하는 사람이 있다는데 그게 정말인가요?"

선원은 다시 고개를 저었다.

"그런 소문이 있기는 하지만 사실인지 아닌지 모릅니다. 어부들은 더러 보았다는 사람이 있습니다만…… 그 친구들은 말도 안 되는 소리를 자주 하니까요. ……왜 그러십니까?"

"그게 사실이라면 저 섬에 잠시 들러서 그 수도사들을 좀 만나고 싶은데…… 어떻게 하면 좋을까요?"

주교는 어부가 말한 수도사들을 만나고 싶었다. 그러자 키를 잡은 선원은 또다시 고개를 저었다.

"안 됩니다. 암초가 있어서 배를 가까이 댈 수가 없습니다. 하지만 선장님께서 허락하시면 보트를 타고 내려가실 수는 있을 겁니다."

배를 멈추거나 보트를 내리는 권한은 선장에게 있었다. 주교는 선장을 데려오라고 했다.

"저 섬에 살고 있다는 수도사들을 만나고 싶은데 좀 다녀올 수 없을까요?"

그러나 선장은 고개를 가로저으며 말했다.

"갈 수 없는 건 아니지만 시간이 너무 많이 걸립니다. 배가 가야 할 시간도 정해져 있고 또…… 감히 말씀드리자면, 그들은 주교님이 그런 어려움을 감내하며 만나볼 만한 가치도 없습니다. 사람들이 하는 말을 들으니까, 저기 사는 사람들은 모두 바보 늙은이들이랍니다. 바닷속에 사는 물고기나 다를 바 없어요."

"하지만 나는 꼭 만나고 싶소. 따로 사례를 할 테니 보트를 좀 내주시오."

주교는 모든 사람에게 존경을 받는 사람이었다. 꼭 가고 싶다니까 선장으로서도 거절을 할 수가 없었다. 선장은 방향을 바꾸어 섬으로 뱃머리를 돌렸다.

선장은 주교를 위해서 뱃머리에 편한 걸상을 한 개 갖다 놓았다. 거기 앉아 바라보니, 가까워지는 섬의 모습이 더욱 또렷하게 잘 보였다. 다른 승객들도 어부에게 들은 이야기도 있고 해서 뱃머리에 모여들었다.

눈이 좋은 사람들은 벌써 작은 섬의 바위틈에 있는 움막집이 보이는지 손짓을 하면서 신기해 했다.

"아, 저기 있군. 괴상한 집인데……."

잠시 후, 한 남자 승객이 수도사들의 모습을 발견했다. 선장은 망원경을 가지고 와서 잠시 살펴본 후에 주교에게 넘겨주면서 말했다.

"맞습니다. 바닷가 큰 바위 오른편에 사람 셋이 서 있습니다. 괴상한 꼴이군요."

주교는 망원경을 눈으로 가져갔다. 선장이 말한 대로 바라다보니, 정말 망측스런 꼴로 서 있는 늙은이들이 보였다. 한 사람은 키가 후리후리하게 크고, 또 한 사람은 조금 작고 세 번째 사람은 더 작았다. 세 사람은 손을 잡은 채 바닷가에 서 있었다.

배가 조금 더 가까워지자 선장이 말했다.

"주교님, 여기서부터는 보트를 타야 합니다. 바다 밑에 암초가 있으니까요. 배를 멈추고 기다리고 있을 테니까 잠시 다녀오십시오."

"고맙소!"

곧 닻줄을 내려 배를 정박시키고 돛도 내렸다. 그러자 배는 물결 위에 넘실거리면서 흔들리기 시작했다. 보트가 내려졌다. 선원 두 사람이 먼저 내리고, 주교도 사다리를 타고 내려가 보트에 올라탔다.

주교가 의자에 앉자 보트는 전속력으로 작은 섬을 향해 갔다. 이윽고 돌을 던지면 닿을 만한 거리까지 다가가자 나란히 서 있는 수도사들을 확실히 볼 수가 있었다.

키가 제일 큰 수도사는 벌거벗은 몸에 거적대기 같은 것을 감고 있었고, 그보다 조금 작은 수도사는 찢어진 웃옷을 걸치고 있었다. 그리고 제일 나이가 들어 보이는 노인은 낡은 신부의 평복을 입고 있었다. 서로 손을 꼭 잡고 있는 모습이 다정한 형제처럼 보였다. 선원들은 보트를 기슭에 갖다 대었다. 주교는 섬에 올라섰다.

수도사들은 고개를 숙여 주교를 맞이했다. 주교는 손을 들어 그들에게 인사를 한 다음, 그들에게 말했다.

"여러분이 여기서 자기 영혼의 구제를 위해 수도를 하면서 다른 사람들을 위해서도 주 예수 그리스도께 기도를 드리며 사신다는 말을

180

들었습니다. 저는 그리스도의 어리석은 종에 지나지 않습니다마는 자비롭게도 그리스도의 어린 양을 지키고 가르치라는 소명을 받고 있는 사람입니다. 그래서 하나님의 종이신 여러분을 만나 말씀이라도 나누었으면 해서 이렇게 왔습니다."

수도사들은 아무 대답도 하지 않았으나 그 말을 알아들었다는 듯 싱긋 웃으며 서로 자기들끼리 얼굴을 쳐다보았다.

주교는 다시 말을 이었다.

"여러분이 영혼의 구제를 위해 어떻게 하고 계신지, 또 하나님을 어떻게 섬기고 계신지 들려주십시오."

그러자 중간키의 수도사가 한숨을 내쉬면서 제일 늙은 수도사를 쳐다보았다. 제일 큰 수도사는 얼굴을 찌푸리고 나이 든 수도사를 쳐다보았다. 그러자 제일 늙은 수도사가 싱긋 웃으면서 대답했다.

"저희들은 하나님을 섬기느니 하는 일은 도저히 하지 못하는 사람들입니다. 그저 우리 자신을 섬기고 부양할 따름입니다."

"그럼 여러분은 도대체 어떤 식으로 하나님께 기도를 드리고 있나요?"

주교는 부드럽게 물었다.

"하나님도 셋, 우리들도 셋, 우리를 불쌍히 여기소서, 하고 기도를 드리고 있습니다."

나이 많은 수도사가 그 말을 끝내자 세 사람은 다같이 소리를 합쳐서 기도를 올렸다.

"하나님도 셋, 우리들도 셋, 우리를 불쌍히 여기소서."

이 기도의 말을 듣자 주교는 어이가 없었다.

"여러분은 성 삼위일체(교회에서 말하는 하나님의 세 성격—성부, 성자, 성신)에 대해서 들어 보긴 한 것 같군요. 그러나 여러분들의 기도는 잘못되어 있습니다. 수도사님들, 나는 여러분이 참 마음에 들었습니다. 하나님의 뜻을 받들고 수도하겠다는 당신들의 뜻을 잘 알겠습니다. 그런데 여러분은 하나님을 모시는 방법을 잘 모르고들 계시는 군요. 자, 제 말을 좀 들어 보세요. 이것도 내 마음 내키는 대로 가르치는 것이 아닙니다. 성경 속에서 하나님이 이렇게 하라고 가르치신 대로 말씀드리는 것입니다."

그런 다음 주교는 수도사들에게 하나님이 사람에게 나타나신 일이며 또 예수님의 이야기도 들려주고, 또 아버지인 하나님과 아들인 하나님과 성신인 하나님에 대해서 설명해 주고 다음과 같은 말을 했다.

"하나님의 아들 예수님은 사람들을 구원하기 위해서 모든 사람들에게 이렇게 빌라고 가르쳐 주셨습니다. 자, 잘 듣고 따라해 보십시오."

주교는 '하늘에 계신'(교회에서 쓰는 주기도문의 첫마디) 하고 먼저 주기도문을 외웠다. 세 사람의 수도사도 '하늘에 계신' 하고 소리를 내 외웠다. '우리 아버지시여' 하고 주교가 말하자, 수도사들도 '우리 아버지시여' 하고 따라했지만 중간 키의 수도사는 잘하지 못했다. 키가 큰 수도사도 마찬가지였다. 수염이 입을 다 가려서 잘되지가 않았다. 제일 나이 많고 이도 없는 수도사만 듣기 힘든 목소리로 중얼거렸다.

주교는 그 뒤를 계속 외웠다. 주교는 계속 되풀이해서 주기도문을 가르쳤다. 수도사들은 조금씩 익숙해졌으나 좀처럼 다 외우지 못했다. 주교는 가만히 그 자리에 앉은 채 일어나지도 않고 이들을 상대로 주기도문 연습만 시켰다.

열 번, 스무 번, 아니 백 번도 넘게 자꾸만 계속했다. 틀리면 또 고치고 또 고쳐서 해가 질 무렵까지 계속되었다.

주교는 그들이 주기도문을 다 외울 때까지 그 자리에서 움직이지 않았다.

수도사들은 이제 거의 혼자서 외울 수 있을 정도가 되었다. 중간 키의 수도사가 제일 먼저 성공했다. 그는 혼자서 모두 줄줄 외울 수가 있게 되었다. 주교는 그에게 몇 번이나 반복시켜 본 다음 틀림이 없자, 다른 수도사들에게도 혼자서 외우도록 가르쳐 주었다.

이젠 모두가 외울 수 있게 되었다. 그러나 사방이 점점 어두워지더니 벌써 해가 서쪽 바다에 지고 바다 위에는 달이 떠오르고 있었다. 주교는 수도사들과 헤어져야 했다.

"그럼 안녕히들 계십시오."

세 수도사들은 주교에게 고개를 숙였다. 주교는 그들의 머리를 들게 한 다음, 한 사람 한 사람에게 입을 맞추고 가르쳐 준 그대로 기도를 하라고 이른 다음에야 보트를 타고 배로 올라갔다.

배로 돌아가고 주교의 등 뒤로 열심히 주기도문을 외우는 세 수도사의 목소리가 들려 왔다. 보트가 배에 가까워질수록 그들의 목소리도 차츰 작아지고 이윽고는 들리지 않았지만 달빛을 받으며 바닷가에 우뚝 서 있는 세 사람의 모습은 어렴풋하게나마 여전히 보였다. 키가 가장 작은 노인이 가운데, 오른편엔 키 큰 수도사, 왼편에 중간 키의 수도사가 서 있었다.

주교는 배로 돌아왔다. 배에서는 주교를 지루하게 기다리고 있었다. 그러나 아무도 불평을 늘어놓는 사람은 없었다. 선장은 곧 돛을 올리고 닻을 거두어 배를 움직였다.

돛은 바람을 듬뿍 안고 움직이기 시작했다. 주교는 배 뒷전으로 가서 가물가물 보이는 세 수도사들을 언제까지나 바라보고 있었다. 그 모습은 차츰 멀어지고 이윽고 아무것도 보이지 않게 되었다. 나중에는 섬도 없어지고 망망한 바다뿐이었다.

밤이 되어 순례자들은 모두 선실로 들어가 잠이 들었다. 그러나 주교는 좀처럼 잠이 오지 않았다. 그는 배 뒷전에 앉아서 더 이상 보이지 않는 섬 쪽을 향해 시선을 둔 채 착하기만 한 수도사들을 계속 생각하고 있었다. 기도문을 정확하게 외우고 기뻐하던 이들을 생각하니, 자기 마음도 어느새 기쁨에 차 있는 것을 느꼈다. 우연한 인연으로 그들에게 하나님의 올바른 기도를 가르칠 수 있게 된 것을 감사하게 생각했다.

주교는 이미 사라져 보이지 않는 섬 쪽을 바라보며 생각에 잠겨 있었다. 바다 위에 달빛이 가득히 반사되어 눈이 부실 때도 있었다. 그때, 갑자기 이상한 것이 보이기 시작했다.

달빛이 환한 바다 위에 뭔지 희끗희끗한 것이 보이기 시작했다. '갈매기인가, 혹은 작은 배의 돛이 반짝이며 내는 빛인가?' 잘 알 수는 없었으나, 그것은 배를 향해 빠른 속도로 다가오고 있었다.

주교는 정신을 바짝 차리고 그것을 뚫어져라 바라보았다.

'돛단배가 이 배를 향해 달려오고 있는 모양이군. 한데 빠르기도 하다. 그렇게 멀리 보이던 것이 어찌 저렇게 빠를 수가 있을까? 조금만 더 가까이 오면 확실히 볼 수가 있겠군. ……아니, 저게 뭐야? 돛단배는 아닌데…… 뭘까? 막 달려오고 있구나.'

도대체 그것이 무엇인지 주교는 분간해낼 수가 없었다. 배도, 새도, 물고기도 아니었다. 사람으로 보기엔 너무 커 보였다. 게다가 사람이라면, 도대체 사람이 어떻게 바다 위를 가로질러 달려올 수 있단 말인가! 그러나 굉장한 속도로 이 배를 향해 달려오고 있는 것은 분명했다. 주교는 자리에서 벌떡 일어나 키를 잡고 있는 선원에게로 달려갔다.

"이보시오, 저길 좀 보시오. 저게 도대체 무엇일까요? 당신 눈에는 무엇처럼 보이시오?"

선원이 그쪽으로 고개를 돌렸을 때 그 모습은 이제 뚜렷이 보였다. 선원은 깜짝 놀랐다.

그것은 바다 위를 달려오는 사람의 모습이었다. 한 사람이 아닌 세 사람. 그들은 오늘 주교가 주기도문을 가르쳐 준 세 사람의 수도사들이었다. 그들은 무서운 속도로 바로 배 뒤까지 다가왔다.

그들의 모습을 알아본 선원들은 깜짝 놀라 큰 소리로 외쳤다.

"와! 여보게들, 이상한 일이 생겼어. 수도사 셋이 바다 위로 우리를 쫓아오고 있어. 물 위를 달리면서 우리 배를 쫓아오고 있단 말이야!"

승객들도 이 소리를 듣고 뛰어올라왔다. 선원들도 배 뒷전으로 달려왔다.

"아! 저게 뭐야?"

"귀신이 아닐까?"

모두들 놀라, 나란히 손을 잡은 채 바다 위를 미끌어져 오는 세 늙은이를 바라보고 한마디씩 했다.

세 수도사는 모두 발가락 하나 움직이지 않고도 미끄러지듯 부드럽게 물 위를 달려오고 있었다. 수도사들은 어서 배를 멈추라는 듯 계속 손짓을 보내고 있었다.

주교는 마음속으로 이 신기한 일들이 하나님의 힘으로 일어난 것이라고 생각했다.

배가 서기도 전에 수도사들은 배 뒷전 바로 밑에까지 왔다. 그리고 주교를 보고 함께 인사하며 부탁을 했다.

"주교님, 아까 가르쳐 주신 기도문을 다 잊어버렸습니다. 외우고 있는 동안은 알고 있었는데, 한 시간쯤 그만두었더니 그 사이에 한마디를 잊어버렸습니다. 그리고는 전부 다 잊어버렸습니다. 이젠 아무것도 모르니까 다시 한 번 가르쳐 주십시오."

주교는 십자를 그은 다음 수도사들을 쳐다보고 말했다.

"여러분, 여러분의 기도는 벌써 하나님이 다 들으셨습니다. 저는

186

당신들을 가르칠 자격이 없습니다. 부디 죄 많은 이 몸을 위해서 기도해 주십시오."

주교는 이렇게 말하고 세 수도사들에게 절을 했다. 그러자 세 수도사들은 아무 말 없이 돌아서더니 다시 바다를 가로질러 달려가기 시작했다. 그들이 사라져 간 뒷자리에는 날이 밝을 때까지 한 줄기 빛이 밝게 빛나고 있었다.

● 톨스토이와 함께하는 성경 이야기

삶을 위한 기도

어느 독일인 교수 한 분이 우리나라에 방문을 해서 몇몇 대학에서 강연을 한 적이 있다. 그는 기독교인이었다.

어느 날 한 대학에서 강연을 마친 후였다. 그날 강연에 참석했던 사람들 중에서 한 학생이 그 교수에게 질문을 했다.

"교수님은 기독교인이라고 했는데 하루에 기도를 얼마나 하십니까?"

"짧게는 10분, 좀 길어질 때에는 30분 정도 합니다."

그러자 학생이 다시 물었다.

"어떤 내용으로 기도하시기에 그렇게 시간이 걸립니까?"

교수는 대답하기를,

"주님께서 가르쳐 주신 주기도문으로 합니다. 어떤 때는 30분도 짧을 때가 있습니다."

라고 하였다.

　우리들이 사용하는 주기도문은 그 내용이 매우 짧다. 그것을 외우는 데 불과 2～3분이면 충분하다. 그러나 그 내용 안에 머물고자할 때에는 30분이라는 시간도 짧은 것이다. 주기도문은 잠자는 신을 깨워 우리 앞에 불러내는 주문이 아니다. 우리가 구체적으로 회복해 가야 할 삶의 내용들이다.

　누가복음 11장에는 예수님께서 제자들에게 기도를 가르치시게된 동기가 기록되어 있다. 예수님의 제자 중 한 사람이 그에게 기도를 가르쳐 달라고 요청했던 것이다. 그때 예수님께서 이 기도를 가르치셨다.

　예수님께서 이 기도를 통해서 제자들에게 가르치려고 하셨던 것은 그 당시 이방인들이 그들의 신 앞에 나아가 중언부언, 뜻도 모르고 주문을 외웠던 것과 같은 주문을 가르치려고 했던 것이 아니다.

　예수님의 의도는 이 기도를 통해서 온전한 삶을 가르치려고 했던 것이다.

● 다시 읽는 하나님 말씀

정직하게 행하며 공의(公義)를 일삼으며 그 마음에 진실을 말하며 (시편 15장 2절)

마음이 청결한 자는 복이 있나니 저희가 하나님을 볼 것임이요 (마태복음 5장 8절)

여호와의 산에 오를 자 누구며 그 거룩한 곳에 설 자가 누군고 / 곧 손이 깨끗하며 마음이 청결하며 뜻을 허탄(虛誕)한 데 두지 아니하며 거짓 맹세치 아니하는 자로다

(시편 24장 3절～4절)

두 친구

천사가 된 농사꾼

두 친구

어느 마을에 호로쇼프와 이아네스키라는 두 사람이 살고 있었다. 이들은 어릴 때부터 한 마을에서 자란 소꿉 친구로 아주 사이가 좋았다. 같이 성장하여 청년이 되었을 때는 결혼도 비슷하게 했고, 이제는 똑같이 아들 셋을 가진 아버지가 되었다.

호로쇼프도 아들이 셋, 이아네스키도 아들이 셋, 모두들 고만고만하게 비슷했다. 아이들끼리도 매우 사이좋게 지내면서 자랐다. 게다가 두 친구는 재산도 비슷해서 살림 형편이 크게 차이 나지 않아 서로 흉허물 없이 더욱 잘 어울릴 수 있었다. 마을 사람들은 이들을 퍽 부러워했다.

이렇게 사이좋게 지내던 어느 날, 갑자기 호로쇼프가 병이 들었다. 식구들은 물론, 친구 이아네스키도 무척 걱정을 했다. 그는 매일같이 친구의 문병을 다녔다. 그러나 무슨 병인지 호로쇼프는 쉽게 일어나지 못했다. 병마와 싸우던 그는 결국 어이없게도 세상을 뜨게 되었다.

그때, 마지막 숨이 경각에 달려 있던 호로쇼프의 마음은 너무도 안

타까웠다. 아직 아무것도 모르는 어린 자식들을 그냥 두고 죽다 니……. 그는 안타까운 마음에 친구 이아네스키를 찾았다. 그래도 믿을 만한 사람은 어릴 때부터 함께 자라 온 이아네스키뿐이었기 때문이다.

이아네스키는 곧 달려왔다. 이미 친구 호로쇼프는 다 죽어 가고 있었다. 호로쇼프는 마지막 남은 힘을 모아 친구의 손을 덥석 잡았다. 그리고는 눈물을 주르르 흘리면서 가녀린 목소리로 간신히 말을 하였다.

"여보게, 난 이 세상에서 믿을 사람이라고는 자네밖에 없네. 그래서 부탁이네만 우리 집 아이들을 좀 맡아 주게. 내게도 모아 놓은 돈이 좀 있고 땅도 있으니, 자네가 좀 보살펴만 준다면 내 아내와 아이들은 별 탈 없이 살아갈 수 있을 걸세. 자네가 그렇게만 해준다면 나는 편히 눈을 감을 수 있겠네만……."

"염려 말게. 내게 모든 걸 맡겨 주게."

이 말을 듣자, 호로쇼프는 그제서야 안심이 된다는 듯 빙그레 웃으며 친구의 손을 꼭 잡은 채 눈을 감았다.

호로쇼프가 죽은 뒤, 얼마 동안은 별일 없이 순조롭게 지냈다. 그러나 시간이 지남에 따라 이아네스키의 태도가 차츰 달라지기 시작했다. 친구 호로쇼프가 남긴 재산이 탐이 났던 것이다. 그는 어떻게 해서든지 그들의 재산을 뺏으려고 했다. 마침내 생각끝에 그는 음흉한 꾀를 내었다.

"옳지, 그렇게 하면 인심도 잃지 않고 재산은 저절로 내게 굴러 들어오겠구나."

그는 무릎을 탁 쳤다.

다음날 아침, 그는 호로쇼프네 집으로 갔다. 집에는 그의 아내와 어린 아들들만이 아버지가 없는 텅 빈 집에 쓸쓸히 앉아 있었다. 호로쇼프의 아내는 이아네스키를 보자 반색을 하며 맞았다. 남편이 죽어 외롭기만 한 이들 가족에겐 오직 이아네스키의 방문만이 큰 위안이었기 때문이었다.

"어서 오세요. 왜 안 오시나 하고 그 동안 몹시 기다렸답니다."

"네, 좀 바쁜 일이 있어서 그만 오지 못했습니다. 그것보다 오늘은 긴히 상의할 일도 있고 해서 찾아왔는데 아이들도 다 부르시죠."

호로쇼프의 아내는 아들들을 모두 불렀다. 호로쇼프의 온 가족이 모인 자리에서 이아네스키는 입을 열었다.

"내가 그 동안 여러 모로 생각해 보았는데, 아무래도 아주머니나 아이들이 모두 우리 집에 와서 함께 사는 것이 좋을 것 같아요. 호로쇼프의 유언도 있고 해서 어차피 이 집 식구들은 내가 돌봐야 할 텐데 이렇게 따로따로 떨어져 있으니 보살펴 드리기도 힘이 들고, 또 신경을 이중으로 써야 하니까요. 그러니 모두들 우리 집에 와서 함께 살도록 합시다."

호로쇼프의 아내와 아들들은 이 말을 듣고 매우 기뻐했다. 그렇지 않아도 쓸쓸하고 외로워 매일매일을 눈물로 보내다시피 하던 터라, 그 말을 기쁘게 받아들였다. 그들은 이아네스키의 호의를 매우 고맙게 생각했다.

그날로 호로쇼프의 가족은 모두 이아네스키 집으로 옮겼다. 호로쇼프가 남기고 간 돈도 모두 이아네스키에게 기꺼이 맡겼다. 이아네스키는 기분이 매우 좋았다. 모든 일이 계획대로 척척 들어맞고 있었기 때문이었다. 이아네스키는 서둘러 호로쇼프의 집도 마저 팔아 버렸다. 그 돈도 물론 자기가 가졌다.

이제 남은 것은 그들이 가지고 있는 땅이었다. 그것을 빼앗는 일도 그다지 어려운 것은 아니었다. 이미 호로쇼프의 가족들은 이아네스키의 집으로 모두 합쳐 버렸으니, 그들의 땅에서 나온 곡식도 모두 이아네스키가 관리하게 되는 것은 뻔한 일이었으니까. 마침내 이아네스키는 친구 호로쇼프의 재산을 모두 다 차지한 셈이었다. 단지 호로쇼프의 식구들을 먹여 살릴 생각을 하니 그것이 좀 마음에 걸릴 뿐이었다.

'아무래도 그놈들을 그냥 먹일 수는 없지. 종들을 다 내보내고 대신 그놈들을 부려 먹으면 어떨까. 호로쇼프의 아내도 하녀 대신 써 먹으면 아까울 게 없지.'

이렇게 생각한 이아네스키는, 며칠 후 하녀와 하인들을 모두 내보냈다. 식구들이 많이 늘었으니 양식도 많이 들고, 다른 생활비도 많이 늘어날 테니까 절약을 하기 위해서 어쩔 수 없다고 했다. 주인의 말을 가만히 들어 보니, 그것도 그럴 듯했다. 하인과 하녀들은 아무 불평 없이 모두 그 집을 나갔다. 이아네스키의 꿍꿍이 속을 모르는 그들이고 보니 그럴 수밖에 다른 도리가 없었다. 아무것도 모르는 사람들은 오히려 이아네스키를 칭찬하며 지난날 호로쇼프와의 우정을 몹시 부러워했다.

"참, 이아네스키는 훌륭한 사람이야. 어쩌면 네 식구씩이나 전부 데려다가 그렇게 보살피지?"

"그게 다 호로쇼프와의 우정을 못 잊어서 그러는 거지 뭐요. 이아네스키와 호로쇼프의 정이 좀 두터웠우!"

사람들은 모두 자기 나름대로 이런 말들을 주고받았다.

드디어 농사철이 되었다. 이아네스키는 호로쇼프의 아이들에게 이렇게 말했다.

"너희들도 이제부턴 일을 좀 해야 되겠다. 이 바쁜 농사철에 일손도 모자라는데 가만히 앉아서 놀고 먹을 수만은 없지 않니? 오늘부터 모두 밭에 나가 밭을 갈도록 해라!"

그의 말에 호로쇼프의 아들들은 당연하다는 듯이 고개를 끄덕였다.

"네, 물론 해야죠. 먹고 놀다니, 그건 사람의 도리가 아닙니다."

호로쇼프의 아내도 그의 말을 달갑게 받아들였다. 자기도 하녀 대신 열심히 일을 했다.

이렇게 해서 호로쇼프의 식구들이 모두 열심히 일을 하게 되자, 이아네스키 가족들은 편안히 놀며 지낼 수 있었다. 옛날에는 서로 친구였던 아이들도 이제는 마치 종을 부리듯 호로쇼프의 아들들을 마구 부려 먹게 되었다. 그래도 그들은 아무런 불평 없이 꾀도 부리지 않고 부지런히 일을 했다.

이아네스키는 점점 부자가 되어 갔다. 두 집의 재산을 모두 합쳐 자기 혼자 가졌으니 재산이 늘어난 건 당연한 일이었고, 호로쇼프의 식구들이 꾀 부리지 않고 부지런히 일했기 때문에 수확은 점점 더 많아졌다.

그런데 문제는 이아네스키였다. 모든 일이 잘되면 잘될수록 그의 욕심은 점점 더 불어나 호로쇼프의 아들들에게 이일 저일 눈코 뜰 새 없이 마구 일을 시켰다. 밭에 나가서 일하고 돌아오면, 말을 먹이는 등 이것저것 집안일을 돌봐야 했다. 호로쇼프의 아내도 역시 마찬가지였다. 빨래하고, 청소하고, 또 바느질을 하느라고 하루 종일 쉴 틈이 없었다.

날이 갈수록 호로쇼프의 식구들이 해야 할 일은 늘어만 갔다. 심한 노동에 지칠 대로 지치게 되자, 착한 호로쇼프네 식구들의 마음속에도 서서히 이아네스키에 대한 원망이 움트기 시작했다. 그것을 모를 리 없는 이아네스키는 어느 날 마구 화를 내면서 악을 썼다.

"이 공도 모르는 놈들아! 그래, 아무도 의지할 데 없는 너희들을 데려다가 밥 먹여 주고, 옷 입혀 주고, 잠 재워 주니까 고맙다는 말은 못할망정 나를 원망해! 그럴 거면 썩 나가 버려, 이놈들아!"

너무도 펄펄 뛰고 화를 내는 바람에
호로쇼프의 아들들은 그만 아무 소리도
못 하고 다시 일을 해야만 했다.

그러던 어느 날이었다. 그날도 호로쇼
프의 아들들은 새벽부터 들에
나가 밭일을 하고 있었다. 땀을
뻘뻘 흘리며 밭을 갈고 있는데
어느덧 해가 중천에 떠 있었다.
배가 고파진 막내동생이 형에게
몹시 지친 기색으로,

"형, 배가 고픈데 뭐 먹을 것 좀
없어?"

"응, 싸 가지고 온 빵이 조금 있긴 하지만 벌써 먹어
버리면 이따 저녁 나절엔 더 배가 고플 거야. 조금만 더 참았다가 저
밭두렁 하나만 다 갈아 놓고 먹도록 하자."

마음 착한 이 형제들은, 형의 말에 따라 고픈 배를 움켜쥐고 열심
히 일을 했다.

이윽고 밭두렁 하나를 다 갈았다. 형제들은 풀밭에 나와 앉아 맛있
게 빵을 나누어 먹었다. 워낙 배가 고팠던 그들이었기에 번갯불에 콩
구워 먹듯 순식간에 빵을 다 먹어 치웠다.

빵을 다 먹고 나자, 식곤증인지 너무 지친 탓인지 졸음이 스르르
몰려왔다. 형제들은 잠시 쉬었다 다시 일을 시작하기로 하고 풀밭에
드러누웠다. 그런데 공교롭게도 그때 이아네스키가 밭으로 나왔다가
이 광경을 본 것이다. 그는 얼굴을 붉으락푸르락 하며 노발대발했다.

"아니, 이놈들이! 누가 이렇게 빈둥빈둥 놀고 있으라고 먹여서 키
운 줄 알아? 이놈들, 어디 두고 보자."

196

하더니 긴 채찍으로 마구 때렸다.

끔찍할 정도로 매를 맞은 호로쇼프의 아들들은 거의 죽을 지경이 되어 축 늘어졌다. 그래도 성이 풀리지 않았는지, 이아네스키는 몸도 제대로 가누지 못하는 그들에게 다시 채찍을 휘둘러대면서 빨리 일을 하라고 소리질렀다. 마치 미친 사람처럼 날뛰었다. 겁에 질린 형제들은 초죽음이 된 몸을 이끌고 다시 일을 해야만 했다.

그런 일이 있은 날 밤, 이아네스키는 이상한 일을 겪게 되었다.

이아네스키는 땀을 뻘뻘 흘리면서 신음소리를 내며 끙끙 앓고 있었다. 왜냐하면 자기의 세 아들이 모두 호로쇼프의 세 아들에게 호되게 당하고 있었기 때문이었다.

자기의 첫째아들은 호로쇼프의 첫째아들 앞에서 무릎을 꿇고 빌고 있었는데, 그곳은 한참 전투가 벌어지고 있는 전선이었다. 군복을 입은 호로쇼프의 아들과 자기의 첫째아들, 그들은 모두 군인이었는데, 자기 아들이 비겁한 짓을 했다는 것이었다. 계급장을 보니, 분명히 호로쇼프의 아들이 상관이었고 자기 아들은 그 부하였다.

상관은 무서운 얼굴로 총을 들고 있었다. 첫째아들은 벌벌 떨면서 자꾸만 호로쇼프의 아들을 붙들고 애원을 하고 있었다. 하지만 호로쇼프의 첫째아들은 막무가내였다. 노기가 가득한 얼굴로 마구 성을 내더니, 마침내는 벌벌 떨고 있는 자기 큰아들을 발길로 걷어차고 총살을 시켜 버렸다. 이아네스키는 너무나 끔찍하여 그만 악! 하고 소리를 지르고 말았다.

그런데 이번엔 호로쇼프의 둘째아들이 경찰관이 되어 나타났다. 손에는 수갑을 들고 있었다. 그는 엄숙한 얼굴로 도박판을 막 벌이고 있는 자기 둘째아들 곁으로 다가가더니, 다짜고짜로 손목을 휘어잡아 수갑을 채우고는 무조건 끌고 나갔다.

이아네스키는 너무나 어이가 없었다. 그만 그 자리에 털썩 주저앉아 부들부들 떨고 있었다. 그러다가 이래선 안 되겠다는 생각이 들어 급히 호로쇼프의 둘째아들을 쫓아갔다. 그리고는 그를 붙들고 애원을 해보았다.

"얘, 이번 한 번만 용서를 해다오. 너희들은 옛날부터 친구가 아니었더냐? 옛정을 생각해서라도 어찌 친구를 잡아다 가둘 수 있겠느냐! 그러니 좀 놓아 주렴."

그러나 호로쇼프의 둘째아들은 들은 체도 않고 쌀쌀맞은 얼굴로 그냥 자기의 둘째아들을 끌고 가 버렸다.

당황한 이아네스키는 이번에는 셋째아들을 찾아가 보았다. 셋째아들 역시 호로쇼프의 셋째아들에게 호되게 매를 맞고 있었다.

호로쇼프의 셋째아들은 어느새 큰 부자가 되었다. 성공을 해서 큰 장사꾼이 된 모양이었다. 그는 자기들이 잃었던 땅도 모두 되찾고, 이아네스키의 땅마저 모두 사들일 정도로 돈을 많이 벌었던 것이다. 게다가 자기의 셋째아들까지 종으로 부리고 있었다.

이아네스키의 셋째아들이 게으름을 피우고 일을 안 한다는 이유로 그에게 매를 맞고 있었다. 긴 채찍 끝은 마치 칼날처럼 날카로웠다. 채찍 끝이 자기의 셋째아들 등으로 떨어질 때마다 검붉은 상처가 뱀이 지나간 자국처럼 생겼고, 그 자리에서는 곧 붉은 피가 줄줄 흘러내렸다.

그것을 본 이아네스키는 너무나 끔찍하여 그만 머리를 막 쥐어뜯다가 눈을 번쩍 떴다. 꿈이었다. 잠에서 깨어난 이아네스키의 온몸에서는 식은땀이 줄줄 흐르고 있었다. 너무나 끔찍한, 소름끼치는 악몽이었다.

이아네스키는 깊은 생각에 잠겼다. 왜 이토록 끔찍하고 이상한 꿈을 꾸게 되었는지를 생각하다가 그만 자신의 두 눈에서 눈물이 주르르 흘러내리는 것을 느꼈다. 그 동안 자신이 호로쇼프의 가족들에게 큰 잘못을 저질렀다는 것을 깨달은 것이다. 오직 자신의 욕심만을 위해 자신의 가족과도 같은 친구의 가족을 너무 힘들게 했다는 생각이 들자 폐부에서 울컥 설음이 밀려왔던 것이다.

그날부터 이아네스키는 아주 다른 사람이 되었다. 호로쇼프의 식구들을 불러 사죄를 했다. 그들에게서 빼앗았던 땅과 재산도 모두 돌려주고, 아주 친절하고 알뜰하게 호로쇼프의 식구들을 보살폈다.

갑자기 변한 이아네스키의 태도에 호로쇼프네 식구들은 잠시 어리둥절해 했다.

'웬일일까? 왜 이아네스키 아저씨가 갑자기 저러시지?'

이상하게 생각하면서도 마음 착한 호로쇼프의 식구들은 더 깊이 생각하지 않기로 했다. 그 동안 원망스럽게 생각하던 마음도 싹 없애버리고 전보다 더욱 열심히 일해서 훌륭한 농사꾼이 되었다. 얼마 후 따로 살림을 나가서 아주 풍요롭게 살았다.

아버지의 본을 받아 반성을 한 이아네스키의 아들들도 전과 같이 절친한 친구가 되어 사이좋게 지냈다.

어느덧 세월이 흘러 이아네스키도 이제 늙어 죽을 때가 되었다. 어느 날, 이아네스키는 또 이상한 꿈을 꾸었다. 그 꿈 속에 호로쇼프의 천사가 나타났다. 그 천사는 아주 흐뭇한 웃음을 띠면서 이렇게 말하였다.

"이아네스키, 너는 참 좋은 일을 했다. 너에게 하나님의 큰 축복이 있을 거야."

이아네스키는 그 천사 앞에 무릎을 꿇고,

"나는 한 일이 없소. 다만 내 죄를 깨달았을 뿐이오."

라고 말하였다. 그리고는 평온한 웃음을 띤 채 눈을 감았다.

마지막 한마디

인도의 유명한 기독교 성자 가운데 썬다씽이란 분이 있었다. 어느 날 그는 친구와 함께 네팔에서 전도를 하기 위해 히말라야 산맥을 넘어가게 되었다. 산에 내린 눈은 허리까지 차 올라서 걸어서 넘어가기가 무척이나 힘들었다. 그리고 바람마저 불어 용신조차 하기 힘들었다. 그런데 그 험한 산중에 어떤 사람이 쓰러져 있는 거였다. 썬다씽과 친구는 이 사람을 어떻게 해야 할지 고민이었다. 혼자의 몸으로도 산을 넘기가 힘든데, 이 사람을 업고 가기에는 도저히 불가능하다고 생각했다.

썬다씽의 친구는 고민끝에 홀로 떠나고 말았다. 그러나 썬다씽은 그 사람을 등에 업고 혼자서도 넘기 힘든 눈 덮인 산길을 땀을 뻘뻘 흘리며 넘어갔다. 썬다씽이 그렇게 한참을 가던 도중에 또한 사람이 눈 위에 쓰러져 있는 것을 보았다. 썬다씽은 그를 보고 깜짝 놀랐다. 왜냐하면 그 사람이 바로 저 혼자 살겠다고 먼저 떠난 자신의 친구였기 때문이었다. 그는 이미 죽은 몸이었다.

생명의 위협을 느끼고 도움을 청하는 이웃의 갈증을 외면하지 아니하고 도와준 썬다씽의 이야기는 목마른 여인의 영혼을 구해준 예수님의 이야기를 깨닫게 해준다.

● 다시 읽는 하나님 말씀

오직 예수 그리스도를 옷 입고 정욕을 위하여 육신의 일을 도모하지 말라

(로마서 13장 14절)

내가 이르노니 너희는 성령을 쫓아 행하라. 그리하면 욕심을 이루지 아니하리라 (갈라디아서 5장 16절)

욕심을 잉태한즉 죄를 낳고 죄가 장성한즉 사망을 낳느니라 (야고보서 1장 15절)

내가 이르노니 너희는 성령을 쫓아 행하라. 그리하면 육체의 욕심을 이루지 아니하리라. 육체의 소욕은 성령을 거스리고 성령의 소욕은 육체를 거스나니 이 둘이 서로 대적함으로 너희의 원하는 것을 하지 못하게 하려 함이니라 (갈라디아서 5장 16절, 17절)

세 아들

남에게 좋은 일을 하라

세아들

어느 아버지가 첫째아들에게 자기 몫의 재산과 토지를 떼어 주면서 말했다.

"나처럼 살아가도록 하여라. 그렇게 하면 행복하게 될 테니까."

몫을 나누어 받은 아들은 아버지의 곁을 떠나 자기 멋대로 살기 시작했다.

"아버지께선 자기처럼 살라고 하셨어. 아버지는 유쾌하게 살았으니까 나도 그렇게 해야지."

이렇게 일 년을 살고 이 년을 살고 십 년, 이십 년이 지나자, 마침내 나누어 받은 재산을 모두 탕진해 버리고 빈털터리가 되었다. 아들은 아버지에게 돌아가,

"제발 도와주십시오."

하고 애원했으나 아버지는 아들의 청을 물리쳤다. 아들은 아버지에게 환심을 사려고 자기가 가지고 있는 물건 중에서 가장 좋은 것을 선물로 드리고,

"제발 도와주세요, 아버지."

하고 빌다시피 하면서까지 애원했다. 그래도 아버지는 끝내 아들의 애원을 들어주지 않았다. 아들은 자신이 무슨 잘못을 저질러 아버지를 화나게 했는지를 생각해 봤지만 도통 알 도리가 없었다. 행여 무슨 잘못이 있다면 용서해 달라고 사죄도 했지만, 아버지는 여전히 아들의 청을 들어주지 않았다.

마침내 화가 난 아들은 참다못해 아버지에게 이렇게 대들었다.

"아버지는 지금 제게 아무것도 주시지 못할 거라면 왜 그때 제 몫을 나눠 주시면서 그것으로 한평생 넉넉히 살 것이라고 했습니까? 이제까지 제가 맛본 기쁨과 즐거움은 지금 겪고 있는 고통과 비교하면 아무것도 아닙니다. 저는 금방 죽을 것 같은 절박한 심정입니다. 하루하루 죽음의 나락으로 조금씩조금씩 떨어져 내리는 걸 확연히 느낄 수 있습니다. 그런데 제 불행의 원인은 누굽니까? 그건 다름 아닌 아버지예요. ……제 행복이 결국에 가서 제게 해를 끼친다는 것을 누구보다도 아버지께선 잘 알고 계셨을 것입니다. 그런데도 그 위험을 제게 주의시켜 주시지 않고 그냥 '나처럼 살아라, 그러면 만사 잘될 터이니'라고 방관만 하셨습니다. 저는 아버지가 하시던 대로 살면서 세상 온갖 즐거움에 몸을 맡겼습니다. 저는 아버지의 몸짓, 표정 하나까지 놓치지 않고 그대로 따랐습니다. 그런데 아버지께서는 그렇게 살아도 될 만큼 충분한 돈이 있었지만 저는 그게 모자랐던 거지요. 아버지는 거짓말쟁이입니다. 제게 아버진 원수나 다름없습니다……. 홍! 될 대로 되라지! 저는 저를 속인 아버지를 저주할 것입니다. 아버지 얼굴은 보고 싶지도 않아요. 앞으로 영원히 아버지를 증오할 겁니다……!"

그후 둘째아들에게도 자기 몫의 재산을 물려주어야 할 때가 되었다. 아버지는 첫째에게 물려준 것과 똑같은 몫을 둘째아들에게 나누어 주었다. 그때도 다만 '나처럼 살도록 해라. 그렇게 하면 너도 행

복하게 될 테니까'라고 했을 뿐이다.

둘째아들은 자기 몫을 나누어 받았는데도 그다지 기뻐하지 않았다. 형에게서 어떤 일들이 일어났는지를 이미 알고 있었기 때문이다.

'무슨 짓을 해서라도 형처럼 거지나 다름없는 신세는 되지 말아야지.'

형이 '나처럼 살아라'라고 하신 아버지의 말씀을 잘못 받아들이고는 쾌락만을 좇는 생활을 했기 때문에 결국 불쌍한 신세가 되었다는 것을 둘째아들은 분명히 알고 있었다. 그는 어떻게 하면 물려받은 재산을 더 늘릴 수 있을까, 하고 밤낮으로 고심을 했다. 하지만 쉽게 결론이 나지 않았다.

하루는 둘째아들이 아버지에게 의논을 하러 갔다. 그러나 아버지는 아들에게 아무 말도 해주지 않았다. 아들은 어쩌면 아버지가 행복의 비밀을 자식들에게 가르쳐 주기를 두려워하는지도 모르겠다고 생각했다. 아버지가 어떻게 재산을 모았고 어떻게 불렸는지 그 방법을 알아내려고 갖은 애를 썼지만 모두 허사였다. 아들은 돈을 모아야겠다고 마음먹었으나 아무리 모아도 모자랄 것 같은 생각이 들었다. 그리고 자신의 탐욕을 인정하고 싶지 않았던 그는 한평생을 옹색하게 살면서 재산을 모아온 아버지가 아들한테까지 무엇 하나 나누어 주지 않았으며, 재산은 모두 다 아버지 손으로 악착같이 모았지만, 다른 사람들 같았으면 더 많은 재산을 모았을 것이라고 떠벌이고 다니는 것이었다.

이렇게 한탄하며 지내는 동안 아버지에게서 물려받은 재산은 다 없어졌다. 완전히 바닥이 났을 때 둘째아들은 이제 남은 일은 죽는 일밖에 없다고 체념해 버리고는 자살해 버렸다.

마침내 셋째아들 차례가 되었다. 아버지는 셋째아들에게도 다른 두 아들에게 준 것만큼 똑같이 재산을 나누어 주고 언제나처럼 그 말을 되풀이했다.

"나처럼 살아라. 그러면 너도 행복하게 될 것이니."

몫을 나누어 받은 셋째아들은 기뻐하면서 아버지 집을 나섰다. 그러나 두 형의 말로(末路)를 보아서 잘 아는 그는 아버지의 말을 곰곰이 생각해 보았다. 큰형님은……, 하고 셋째아들은 이 궁리 저 궁리하는 것이었다.

'아버지처럼 산다는 것이 자신의 쾌락을 좇는 일이라고 잘못 생각했기 때문에 가지고 있던 돈을 모조리 탕진해 버린 거야. 둘째형님은 아버지의 말씀을 아버지를 본보기로 삼아 악착같이 재산을 모으라는 것인 줄 알고 역시 파멸의 구렁텅이에 빠져 버렸어. 그러고 보니 '나처럼 살아라'라는 아버지의 뜻은 뭐지? 도대체 모르겠단 말이야.'

셋째아들은 아버지의 생활에 대해서 자기가 알고 있는 한 모든 일

208

을 생각해 보았다. 여러 가지 일을 생각해내는 동안 셋째아들의 뇌리에 무언가 섬광처럼 스쳐 지나가는 것이 있었다. 그것은 바로 자기가 태어나기까지 아버지는 자기를 위해 아무것도 준비한 것이 없었으며 또 자기라는 존재도 없었다는 점이다. 아버지는 자기라는 것을 낳고 키우고 이 세상 모든 행복을 맛보게 하고 '나처럼 살아라, 그렇게 하면 너는 행복해진다'고 말했던 것이다. 이는 두 형에게 있어서도 마찬가지일 거라고 단정했다. 자신이 아버지에 대해서 알고 있는 모든 것은 자기와 두 형에게 좋은 일을 베풀어 주었다는 것뿐이었다. 이제서야 셋째아들은 '나처럼 살아라'고 한 아버지의 말씀이 무엇을 의미하는지 깨달을 수 있을 것 같았다. 그것은 남에게 좋은 일을 하라는 것이었다.

이렇게 결론을 내린 아들은 아버지를 찾아가 자신의 뜻을 말했다. 그러자 아버지는 드디어 밝게 웃으면서 말했다.

"이제야 비로소 우리가 다시 모두 함께 살면서 행복을 누릴 수가 있게 되었구나. 어서 내가 사랑하는 젊은이들에게 가서 나를 본받는 자는 정말로 행복하게 된다는 것을 일러주고 오너라."

셋째아들은 자기와 같은 젊은이들을 찾아가 아버지에게서 들은 이야기를 해주었다.

그후 자식들은 자기의 몫을 나누어 받았을 때 많이 받았는지 적게 받았는지가 아니라 아버지처럼 살고 행복하게 된다는 것 때문에 기뻐하게 되었다.

이 이야기에서 아버지라고 말한 것은 하나님이고 아들들은 인간, 행복은 우리들의 생활이다. 인간은 하나님 따위는 없어도 자기 힘으로 살아갈 수 있다고 생각한다. 어떤 자는 인생이란 끊이지 않는 쾌락의 연속이라고 생각하고 들뜬 생활을 즐기고 있으나, 마침내 죽을 때가 오면 무엇 때문에 이 세상을 살아왔는지, 죽음의 고통으로 끝나는 행복이란 무엇인지 전혀 알지 못한다.

이와 같은 사람은 하나님을 저주하면서 죽어 가고, 신을 부정한다. 이런 사람이 바로 맏아들인 것이다.

또 어떤 사람은 이 생의 목적은 자아 의식이고 자기 완성이라고 믿어 자신을 위해 새롭고 보다 좋은 생활을 만들기에 전력을 다하지만 지상의 생활을 완성시키고 있는 동안 자신의 자아를 잃어버리고 차차 그것에서 멀어져 간다.

마지막으로 셋째아들과 같은 사람들은 이렇게 말한다.

"우리가 신에 대해 알고 있는 일체의 것은, 신은 인간에게 선을 베풀고 남에게도 그같이 하라고 명령하신다는 것뿐이다. 그러므로 우리는 신을 본받아 우리의 이웃에게 선을 베풀어야만 진정한 행복을 얻을 수 있을 것이다."

인간이 이런 생각에까지 이르면 신께서는 그들을 찾아와 이렇게 말씀하신다.

"이것이야말로 내가 너희에게 바랐던 것이다. 내가 하는 대로 하여라. 너희도 나처럼 살게 될 터이니."

최귀동 할아버지

충 청북도 음성에는 거지 동상이 하나 세워져 있다. '최귀동' 할 아버지의 동상이다.

할아버지는 오갈 데 없는 거지였다. 그런데 할아버지는 항상 혼자 먹기에는 지나칠 정도로 많은 밥을 얻어 갔다. 나중에 알고 보니 할아버지는 다리 밑에 불구 걸인들을 18명이나 모아 놓고 그들을 먹이고 있었다. 불구의 몸으로는 동냥조차 할 수 없는 거지들을 한 사람, 두 사람 데려다가 돌보기 시작한 것이 이제는 18명이나 된 것 이다. 할아버지 자신도 다리 밑에서 사는 거지임에도 자신보다도 더 처지가 안된 불구 거지들을 보다 못하여 데리고 와서 밥을 거둬 먹였던 것이다.

이에 감동한 사람들이 모여 불구 걸인들을 위한 마을을 세워 주게 되었다. 그것이 바로 그 유명한 '꽃동네'이다. 그후 사람들은 할 아버지가 돌아가신 지 일 년이 되는 날에 할아버지의 동상을 세워 그 뜻을 오래도록 간직하고자 하였다. 그 동상 밑에는 평소에 할아 버지가 늘 했던 말을 새겨 넣었다.

'구걸할 수 있는 힘만 있어도 하나님의 은총입니다.'

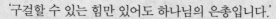

● 다시 읽는 하나님 말씀

선한 일을 행하고 선한 사업에 부하고 나눠 주기를 좋아하며 동정하는 자가 되게 하라 (디모데전서 6장 18절)

대답하여 가로되, 옷 두 벌 있는 자는 옷 없는 자에게 나눠 줄 것이요, 먹을 것이 있는 자도 그렇게 할 것이니라 (누가복음 3장 11절)

느헤미야가 또 이르기를 너희는 가서 살진 것을 먹고 단 것을 마시되 예비치 못한 자에게 너희가 나누어 주라. 이날은 우리 주의 성일이니 근심하지 말라. 여호와를 기뻐하는 것이 너희의 힘이니라 하고 (느헤미야 8장 10절)

충성되고 지혜 있는 종이 되어 주인에게 그 집 사람들을 맡아 때를 따라 양식을 나눠 줄 자가 누구뇨 (마태복음 24장 25절)

잘못을 뉘우친 죄인

죄를 미워하되 사람은 미워하지 말라

그리고 말했다. '예수여, 당신이 저 나라에 가실 때는 저를 생각해 주십시오.' 예수는 말씀하셨다. '잘 말했다. 너는 오늘 나와 함께 천국에 가 있을 것이다.' (누가복음, 제23장 42, 43절)

잘못을 뉘우친 죄인

나이가 일흔이나 된 노인이 있었다. 일 평생 동안 좋은 일보다는 나쁜 짓만 일삼으며 살아온 사내다. 그는 병에 걸려 괴로워하면서도 회개하는 비적(세례를 받고 죄를 용서받는 의식)도 받지 않았다. 그러나 마침내 죽을 때가 가까워 오자, 그제서야 눈물을 흘리면서 말했다.

"주여, 십자가에 매달린 강도처럼 저를 용서하여 주십시오."

그는 계속 똑같은 말을 되풀이하면서 하늘을 쳐다보고 눈물을 흘렸다. 그리고 얼마 후, 기도를 하다가 죽고 말았다.

생전에 죄를 많이 지었던 이 죄인의 영혼은 하나님의 은총을 믿으면서 천국의 문 앞까지 이르렀다. 죄인은 천국으로 들어가는 문을 두드리며 그 안으로 들어갈 수 있게 해달라고 부탁했다. 이윽고 문 저쪽에서 누군가가 근엄하게 말하는 목소리가 들려 왔다.

"누가 천국의 문을 두드리는가? 세상에서 사는 동안 어떤 일을 한 사람인가?"

그러자 어디서 나왔는지 사람이 하나 나타나더니, 그가 세상에서 저지른 죄를 하나하나 대면서 천국의 문을 향해 소리쳤다.

"이 사람은 이렇게 나쁜 짓만 하고 착한 일이라곤 한 번도 한 적이 없습니다."

그러자 문 저쪽에서 엄하게 꾸짖는 듯한 말소리가 들려 왔다.

"죄를 지은 사람은 천국에 들어올 수 없다. 이 문 앞에서 떠나라."

그 말을 듣고 노인은 서러워 울먹이면서 말했다.

"말소리는 들리지만 제게는 당신 얼굴도 보이지 않고 이름도 모릅니다. 제게 이름만이라도 가르쳐 줄 수 없나요?"

잠시 후, 안쪽에 있는 이가 자신의 이름을 말해 주었다.

"나는 사도 베드로다."

많은 죄를 지은 노인은 그의 이름을 듣자, 저도 모르게 어깨가 움찔해지면서 주춤 뒤로 물러서고 말았다. 그리고는 다급한 마음이 들었는지 서두르는 말투로 애원을 했다.

"사도 베드로님! 저를 불쌍히 여겨 주십시오. 사람이란 원래 약하고 하나님의 은총 없이는 살 수가 없다는 사실을 기억해 주십시오. 당신은 예수님의 제자입니다. 예수님의 가르침을 많이 받고 그 훌륭한 모범을 많이 보시지 않았습니까. 그런데 베드로님, 당신은 예수님이 슬픈 처지에 놓이고 또 괴로워하실 때에, 잠들지 말고 기도하라는 부탁을 세 번이나 했지만 졸음을 참지 못해 매번 졸다가 예수님의 꾸중을 들은 적이 있었습니다(마태복음 제26장 36~46절). 그때 일을 생각하실 수 없습니까? 저 역시 그때의 베드로님이나 마찬가지로 약한 인간입니다."

문 안쪽에서 들려 오던 베드로의 말은 이제 그만 입을 다물었는지 아무 소리도 들려 오지 않았다. 죄인은 이상하다는 듯이 고개를 갸웃거리면서 다시 말을 이었다.

"그리고 베드로님은 예수님에게 죽는 한이 있더라도 예수님을 모른다는 소리를 안 하겠습니다 하고 약속을 했으면서도 막상 예수님이 가야바 앞에 끌려가서 재판을 받을 때는 사람들에게 뭐라 대답했나요? 그때 일을 잊지는 않았을 것입니다.

사람들이 '당신은 예수의 제자지요?' 라고 물었을 때 뭐라고 말했습니까? 세 번이나 모른다고 하셨습니다(마태복음 제26장 34, 35절). 그때 일을 생각해 보십시오. 그후 당신은 어떻게 되었나요? 저도 역시 당신이나 마찬가지로 연약한 사람입니다."

노인은 잠시 말을 멈추었다. 베드로가 뭐라고 할지 그의 말을 기다렸다. 그러나 노인의 말을 들었는지 안 들었는지 안쪽에서는 아무런 기척도 없었다. 노인은 잠시 생각하다가 다시 말을 이었다.

"또 한 가지 생각해 보십시오. 당신은 한밤중이 지나자 첫닭 우는 소리를 듣고 예수님이 재판 받는 뜰에서 달려나가 몹시 울었습니다(마태복음 제26장 74, 75절). 저도 제 잘못을 깨닫고 이렇게 우는 것입니다. 그때의 베드로님이나 저나 죄인인 것은 마찬가지입니다. 그때 일을 생각해서라도 저를 천국의 문 안에 넣어 주십시오.

이 말이 끝나도 문 안에서는 여전히 아무 말이 없었다. 노인은 한동안 그 자리에 그냥 서 있었다. 한참이 지나도록 아무 소리도 들리지 않자, 노인은 또다시 문을 두드리며 사정을 하기 시작했다. 그러자 대답이 들려 왔다.

이번에는 베드로의 목소리가 아닌 다른 목소리였다.

"도대체 밖에 있는 사람은 누구요? 세상에 살고 있을 때 어떻게 살았는가?"

고발하는 사람이 그 말에 대답을 했다. 어쩌면 그렇게도 잘 아는지 노인이 잊고 있던 오래 전의 잘못도 낱낱이 알고 있었다. 좋은 일을 한 거라고는 눈을 씻고 봐도 변변찮으니 좋은 말이 나올 턱이 없었다. 그러자 문 안에서 화난 목소리가 들려 왔다.

"여기서 썩 떠나거라. 그렇게 나쁜 죄인은 우리들과 함께 천국에서 살 자격이 없다. 빨리 떠나라."

그러자 죄인이 다시 물었다.

"누구신지 말소리는 잘 들립니다마는 내게는 당신 얼굴도 보이지 않고 이름도 전혀 알 길이 없습니다."

그랬더니 그 목소리는 다음과 같은 놀라운 이름을 댔다.

"내가 누구냐고? 똑똑히 들어라. 나는 예언자 다윗 왕이다."

그는 옛날 이스라엘의 씩씩하고 용감했던 왕이었다. 그러나 죄인은 그 이름을 듣고도 단념하지 않았다. 문 앞에 선 채 다시 애원하기 시작했다.

"다윗 왕이시여, 이 죄인을 불쌍히 여겨 주십시오. 사람은 연약하고 하나님의 은혜와 도우심 없이는 살 수 없다는 것을 생각해 주십시오. 하나님은 당신을 지극히 사랑하셔서 모든 사람 위에 높이 세우셨습니다. 당신에게는 나라도 주셨고 명예와 재산과 아내와 자식······ 이 모든 것을 넘칠 만큼이나 많이 마련해 주셨습니다.

그런데 아마 다윗 왕께서도 생각나실 것입니다. 지붕 위에서 남의 아내, 그것도 자기를 위해 용감하게 싸우는 대장의 아내를 보았을 때 그만 당신의 마음에도 죄가 찾아왔습니다. 당신은 우리아 장군의 아내를 빼앗고 그를 죽이기 위해 암몬 사람 앞에 내세웠습니다. 우리아는 당신 때문에 죽은 것입니다(구약성서 사무엘하 제11, 제12장 9절). 당신은 높은 자리에 있으면서도 가난한 자에게서 암양을 빼앗았고 결국엔 그 주인인 사내까지 멸망시켰습니다(구약성서 사무엘하 제12장 1절~7절). 내가 한 행동도 다 당신이 한 짓과 마찬가지였습니다."

이런 말을 하자 다윗 왕도 아무런 대답이 없었다. 죄인은 계속 큰 소리로 말을 했다.

"또 한 가지 생각해 보십시오. 당신은 자기 잘못을 깨닫고 '나는 나의 잘못을 알고 나의 죄를 슬퍼하노라' 하는 노래를 읊었습니다. 저나 당신이나 역시 마찬가지로 사람이 아니었던가요. 그러니까 이 불쌍한 죄인을 거두시어 안으로 들어갈 수 있게 해주십시오."

여전히 문 안에서는 아무 대답이 없었다. 죄인은 끈질기게 버티고 서 있었다. 그러나 문 안에서는 여전히 아무런 대답도 없고 대문이 열리는 기척도 없었다. 그는 또다시 문을 두드리면서 사정을 했다.

한참 후에야 안에서 다시 말소리가 들려 왔다.

"밖에서 문을 계속 두드리는 자는 누군가?"

"예, 죄를 많이 지어 이제 저 세상을 하직하고 여기로 온 불쌍한 사람입니다."

"저 세상에서 살고 있을 때 어떻게 살아왔는가?"

고발하는 사람은 또다시 이 죄인이 지은 여러 가지 죄를 빠짐없이 주워댔다. 그 말 속에는 한 번이라도 잘했다는 말이 들어 있을 리 만무했다. 그러자 이번에도 문 안에서 이런 말이 튀어나왔다.

"여기서 썩 물러가거라. 죄인은 천국에 들어올 수가 없다."

죄인은 또다시 문 안쪽에 대고 말했다. 말소리는 여전히 떨렸다.

"그 말소리는 잘 들립니다마는 제게는 당신 얼굴도 보이지 않고 또 누구신지 알 수도 없군요."

그러자 그 안에서 아까보다 조금 상냥한 소리가 들려 왔다.

"나는 예수님이 사랑하는 제자인 신학자 요한이다."

죄인은 그 소리를 듣자, 반가운 생각이 들어 문 앞 가까이 다가서서 말했다.

"아, 이번에는 저를 천국에 넣어 주실 분을 만났습니다. 베드로님과 다윗 왕은 사람이 연약하기 때문에 하나님의 은혜와 도우심으로 살아간다는 것을 잘 아시고, 또 당신은 넘치는 사랑을 지닌 분이시니까 저를 받아주시겠지요? 신학자 요한님, 당신은 성서 안에 이렇게 쓰셨지요. 하나님은 사랑이시다. 사랑을 하지 않는 자는 하나님을 알지 못한다고 적으셨습니다(요한1서 제4장 8절). 그리고 사람들에게 '형제들이여, 서로 사랑하라'고 하신 당신이십니다. 그런 당신께서 저를 미워하시고 지금 여기서 저를 내쫓을 리가 없습니다. 네, 저는 그 사랑을 믿습니다. 하나님은 분명 죄인을 사랑하셨습니다. 자, 이제 자신이 말씀하신 그대로 저를 천국에 넣어 주시던가, 아니면 자신의 말이 틀렸다고 하시던가 둘 중에 한 가지를 택하십시오."

죄인은 땀을 뻘뻘 흘리면서 열심히 말했다. 그러나 문 안에서는 역시 아무 말도 없었다. 크게 실망한 죄인은 너무도 많은 죄를 짓고 산 자신이 미워져 견딜 수가 없었다. 이젠 서서 버틸 힘도 없어진 그는 그만 그 자리에 철퍼덕 주저앉아 눈물을 흘리며 슬퍼했다.

그러자 잠시 후, 이상한 일이 일어났다. 굳게 닫혀 있던 천국의 문이 천천히 열리기 시작하는 것이었다. 이윽고 요한은 자기 죄를 회개하면서 눈물을 흘리고 있는 죄인을 데리고 문 안으로 들어갔다.

● 톨스토이와 함께하는 성경 이야기

사유의 은총

어느 한 소년이 집안의 귀중한 가보 항아리를 하나 깨고 말았다. 소년은 아버지에게 야단맞을 것이 두려웠다. 그래서 아버지에게 가서 이렇게 물었다.

"아버지, 하나님은 죄를 고백하고 회개하는 사람을 다 용서해 주신다고 하셨지요?"

그러자 아버지가 고개를 끄덕이면서 대답했다.

"물론이지. 누구든지 하나님 앞에 나아가 죄를 고백하면 죄사함을 받는 것이란다."

아들은 아버지에게 또 물었다.

"그러면 아버지도 죄를 고백하는 사람은 다 용서해 주시겠지요?"

아버지가 대답했다.

하나님이 구하시는 제사는 상한 심령(心靈)이라 하나님이여 상하고 통회(痛悔)하는 마음을 주께서 멸시치 아니하시리이다 (시편 51장 17절)

여호와는 마음이 상한 자에게 가까이 하시고 중심에 통회하는 자를 구원하시는도다 (시편 34장 18절)

내가 너희에게 이르노니 이와 같이 죄인 하나가 회개하면 하늘에서는 회개할 것 없는 의인 아흔아홉을 인하여 기뻐하는 것보다 더하리라 (누가복음 15장 7절)

"그래, 나도 누구든지 나에게 용서를 빌면 다 용서한단다."

아버지의 말에 용기를 얻은 소년은 가보를 깬 잘못을 고백했다. 아버지는 몹시 화가 났지만 이미 아들에게 한 말이 있어서 그의 잘못을 용서할 수밖에 없었다.

그런데 소년은 아버지의 용서가 불안하기만 했다. 그래서 저녁을 먹으면서도 다시 물어 보았고, 잠을 자기 전에도 물어 보고, 아침에 일어나자마자 아버지에게 달려가 또 물어 보았다.

"아버지, 저를 정말로 용서하신 거죠?"

그러자 마침내 아버지가 화를 내고 말았다.

"야, 이 녀석아! 내가 너를 용서한다고 했는데 왜 자꾸 확인을 하는 것이냐? 나를 못 믿는 거냐?"

마찬가지로 우리는 하나님께 우리의 죄에 대한 용서를 구하고도 늘 죄사함을 받았다는 것을 의심한다. 우리의 죄를 사하여 주시기 위하여 예수 그리스도를 이 땅에 보내신 아버지 하나님의 사랑을 조금도 의심치 않는 것이 바로 믿음이다.

마귀 속에서 홀로서기

매일 넘어가지 않도록 기도하는 자가 홀로 설 수 있다

마귀 속에서 홀로서기

1

그리스도가 사람들에게 가르침을 전하고 있던 때의 일이었다.

그 가르침은 너무도 명확한 것이어서 따르기가 지극히 쉬웠을 뿐
아니라, 사람들을 악에서 구한다는 명백한 사실로 인하여 어떤 사람
도 그것을 받아들이지 않을 수가 없었고, 또 누구도 그 복음이 전세
계에 전파되는 것을 막을 수 없었다. 그래서 모든 마귀의 아버지이자
명령자인 바알세불은 불안에 떨고 있었다.

만일 그리스도가 포교를 중지하지 않을 경우엔 세상 사람들에 대
한 자신의 권력이 영원히 사라져 버리고 말 거라는 걸 그는 분명히
알고 있었던 것이다.

그는 걱정이 되어서 어쩔 줄 몰랐다. 그러나 실망에 빠져 있을 수
만은 없었다. 그는 자기에게 순종적인 바리새인 과학자들을 충동질
하기로 마음먹었다. 가능한 모든 술수를 다 부려서라도 그리스도교
를 모독하고 괴롭혀 그리스도의 제자들이 그들의 스승 곁을 떠나게

함으로써 그를 혼자 남게 하려고 하였다. 치욕적인 형의 선고를 받고 모욕을 당해서 모든 제자들로부터 버림받고, 게다가 형벌의 고통까지 받게 된다면, 아무리 그리스도라 하더라도 마지막 순간에는 스스로 그 교리를 부정하게 되리라고 바알세불은 생각했던 것이다.

하지만 이 사건은 십자가 위에서 결판이 나고 말았다. 그리하여 그리스도가,

"하나님, 하나님, 어이하여 이 몸을 버리시나이까?"

하고 외쳤을 때 바알세불은 기쁨을 이기지 못해 춤까지 췄다. 그는 그리스도를 위해서 준비해 두었던 족쇄를 집어들고 그것을 자기 발에 맞춰 보았다. 그리스도에게 그것을 채웠을 때 풀어지는 일이 없도록 손질해 두기 위해서였다.

그때 갑자기 십자가 위에서 다음과 같은 말이 들려 왔다.

"하나님 아버지시여, 그들을 용서하여 주소서. 그들은 저희들이 하는 일이 무엇인지를 모르나이다."

그리스도는 계속해서 외쳤다.

"이제야 이룩하였도다!"

그리고 그리스도는 숨을 거두신 것이다.

그제서야 바알세불은 자신의 모든 것이 끝장났음을 깨달았다. 그는 자기 발의 족쇄를 풀고서 도망가려 했지만, 그 자리에서 조금도 움직일 수가 없었다. 족쇄가 꽉 달라붙어서 그의 다리를 놓아 주지 않는 것이었다. 그는 날개를 펼쳐서 날아오르려 했지만 날개를 펼칠 수조차 없었다. 그리고 바알세불은 그리스도가 찬란한 영광에 싸여서 지옥의 문 앞에 서 있는 것을 보았다. 아담에서 유다에 이르는 모든 죄인들이 지옥의 마귀들로부터 풀려 나오는 것을 보았고 지옥의 벽마저도 소리 없이 사방으로 무너지고 마는 것을 보았다.

그는 더 이상 보고 있을 수가 없었다. 날카로운 비명을 지르면서

마루 틈으로 빠져나가 땅 밑의 지옥으로 사라져 버리고 말았다.

2

그로부터 백 년, 이백 년, 삼백 년의 세월이 흘렀다. 하지만 바알세불은 시간의 흐름 따위를 생각하지 않았다. 그는 어둠과 죽음의 정적 속에서 꼼짝 않고 옆으로 누워만 있었다. 옛날에 있었던 끔찍한 일들을 생각하지 않으려 하면 할수록 오히려 생생하게 떠올랐기 때문이다. 다만 그는 자기를 멸망시킨 장본인을 무력하게나마 미워할 뿐이었다.

그런데 갑자기(그는 그로부터 몇백 년이 지났는지 전혀 기억도 없었던 것이다) 그는 자기 머리 위에서 발소리와 신음소리와 고함소리와 이를 가는 소리를 들었다. 바알세불은 머리를 들고 그 소리를 들어 보았다. 옛날의 일이 있고 난 이후로 지옥이 다시 일어서리라고는 바알세불조차도 결코 생각하지 못하고 있었다. 그런데 발소리와 신음소리와 고함소리, 그리고 이를 가는 소리는 더욱더 또렷하게 들려 오는 게 아닌가.

몸을 일으켜 세운 바알세불은 발톱이 삐져 나온 털투성이 다리를 꺾고 앉아서(족쇄는 그도 놀란 일이지만 어느새 풀려 없어졌다) 자유롭게 펼칠 수 있게 된 날개를 퍼드덕거리며 예의 그 휘파람, 즉 그가 옛날 자신의 부하나 하인들을 부를 때 쓰던 휘파람을 불기 시작했다. 그러자 빨간 불빛이 빛을 내는가 싶더니 마귀의 무리가 서로 밀어젖히면서 그 구멍 안으로 느닷없이 떨어져 내려왔다. 그들은 시체를 파먹으려는 까마귀의 무리처럼 바알세불의 주위에 모여들었다.

마귀들은 큰 놈, 작은 놈, 뚱뚱한 놈, 마른 놈, 꼬리가 긴 놈, 짧은 놈도 있었고, 또 뿔이 곧은 놈, 구부러진 놈도 있었다. 마귀 중의 한 놈은 번들번들 빛나는 까만 몸에다 조그마한 망토를 어깨에 걸치고, 턱수염이나 콧수염도 없는 동그란 얼굴에, 축 늘어진 커다란 배를 드러낸 채 바알세불의 코앞에 웅크리고 앉아 불덩이 같은 눈망울을 굴리면서 가늘고 긴 꼬리를 규칙적으로 좌우로 저으면서 싱글싱글 웃고 있었다.

3

"**이건** 도대체 무슨 소린가?"

바알세불이 위쪽을 가리키면서 물었다.

"저쪽 상황은 어떠한가?"

"모든 것이 옛날과 다름이 없습니다."

하고 망토를 걸친 검게 빛나는 마귀가 대답했다.

"그럼 진짜로 죄인이 있단 말이냐?"

바알세불은 다시 물었다. 그러자 까맣게 몸이 번들거리는 마귀는 매우 많다고 대답했다.

"그럼 그, 그 녀석의 이름은 입에 올리고 싶지도 않지만, 그놈이 가르친 종교라는 것은 도대체 어떻게 됐단 말이냐?"

무언가를 확인하려는 듯 바알세불이 묻자 망토를 입은 마귀는 날카로운 이를 드러내고 히죽 웃었다. 모여 앉았던 마귀들 사이에서도 비웃는 듯한 웃음소리가 곳곳에서 들려 왔다.

"그런 가르침이 우리들에게 무슨 지장을 준다는 겁니까? 지금은 아무도 그런 걸 믿지 않는단 말입니다!"

하고 망토를 입은 마귀가 말했다.

"그렇지만 그 가르침은 확실히 우리들로부터 그들을 구출하지 않았느냐 말이야. 그리고 그놈은 자신의 죽음을 통해서 그걸 증명하지 않았느냐 말야!"

"전 그것을 고쳐서 다시 만들었습니다."

바알세불이 의아한 질문을 할 때마다 망토를 입은 마귀는 마치 비웃듯이 꼬리로 마루를 재빨리 쳐대면서 자신 있게 대답했다.

"아니, 고치다니, 어떻게 말이냐?"

"말하자면, 인간들이 그놈의 가르침이 아니고, 그놈의 이름으로 부르고 있는 저의 가르침을 믿도록 근사하게 고쳐 놓았습니다."

"어떻게 해서 너 같은 놈이 그렇게 할 수 있었단 말이냐?"

"저절로 그렇게 되었습니다. 저는 단지 약간 도와주었을 뿐이지요."

"간단하게 말해 봐!"

바알세불의 명령에 망토 입은 마귀는 고개를 떨구고 천천히 사색에 잠기는 듯이 한참 동안 골똘히 생각하더니, 이윽고 이야기를 시작했다.

"그 무서운 일이 일어났을 때, 즉 지옥이 무너지고 저희들의 아버지시며 명령자이신 어르신네께서 우리들로부터 떠나가 버리고 말았을 때, 저는 자칫하면 우리들을 멸망시킬지도 모를 그 가르침이 널리 퍼져 있는 곳으로 갔습니다. 그 가르침을 실천하고 있는 인간들이 도대체 어떤 생활을 하고 있는지, 바로 그걸 알아보기 위해서였죠. 거기에서 저는 그 가르침대로 살고 있는 인간은 모두들 행복감에 차 있어서 도저히 저희들로서는 어떻게 해볼 수가 없다는 것을 알았습니다. 그 중에는 결혼하지 않은 놈도 있었고, 결혼한 놈들도 대부분 아내 한 사람만으로 생활하면서 재산 같은 것은 가지려 들지도 않고 모든 것을 공동의 재산으로 했으며, 공격하는 자가 있어도 그것을 힘으로 막으려 하지 않고 악에 대해서도 선으로 갚는다는 식이었습니다.

이같이 그들의 생활은 너무나 훌륭했기 때문에 다른 인간들도 차차 그쪽으로 이끌리고 있었단 말입니다. 이것을 보고 저는 이젠 다 끝났다고 생각한 채 모든 것을 단념하고 돌아서려고 했습니다. 한데 바로 그때 어떤 새로운 사태가 벌어졌습니다. 그건 별로 대수로운 건 아니었습니다만, 저로서는 어쩐지 주의해 볼 만한 일이라는 생각이 들었기 때문에 거기에 남아 보기로 했습니다. 그 사태라는 것은 다름이 아니라, 사람들 사이에 의견이 엇갈린 것입니다. 한 쪽에서는, 사람들 모두 영세를 받아야 하며 성상에 바쳤던 것은 먹어서는 안 된다고 했습니다. 또 다른 인간들은 이런 일은 불필요한 것이며 영세라는 것도 받을 필요가 없을 뿐더러 음식물은 무엇을 먹어도 괜찮다고 하는 것이었습니다.

그래서 저는 양쪽을 모두 충동질하기 시작했습니다. 서로 다른 의견들은 매우 중대한 일이다, 하나님과 관계되는 것이니만큼 어느 쪽도 양보해서는 절대로 안 된다, 이렇게 생각하도록 만들려고 말입니다. 내 말을 곧이들은 그들의 싸움은 더욱 거칠고 커지기 시작했습니다. 양쪽 모두 상대방에게 분노하기 시작했던 것입니다. 그래서 나는 양쪽 모두에게, 그들이 자기들 교리의 진실성을 기적으로 증명할 수 있는 것처럼 생각하도록 바람을 넣었습니다. 기적으로써 교리를 증명할 수 없다는 것은 알고도 남는 일인데도 그들은 자기네들 주장을 정당화하기에 급급해서 제 말을 전적으로 믿고 받아들였습니다. 저는 기회다 싶어 즉시 그들에게 기적을 베풀어 주었던 것입니다. 기적을 행하는 것쯤은 뭐 그리 대단한 것이 아니지 않습니까. 그들은 자기들만이 정당하다는 것을 증명하기 위해서는 무엇이든 경솔하게 믿어 버렸습니다.

그래서 말입니다. 한 쪽이 자기들 위에 불이 내렸다고 하면, 다른 한 쪽에서는 자기들에게는 죽은 교조가 나타났다고 하는 식으로 터무니없이 해괴한 말들을 하기 시작했습니다. 그들은 전혀 있을 수 없는 일들을 생각해내고는, 우리들을 거짓말쟁이라고 부른 그 사나이의 이름을 부르면서 우리들 이상으로 거짓말을 일삼으면서도, 자기들은 그런 거짓말을 하고 있다는 사실조차도 깨닫지 못한 채 날뛰고 있단 말입니다. 그래서 한 쪽은 이렇게 말하는 것입니다. '너희 놈들의 기적이란 진짜가 아니다. 우리 것이야말로 진짜다' 그러면 또 한편에서는, '아니야! 너희들이야말로 정말 가짜다. 우리 것은 정말로 진짜란 말이다' 이런 판국이었습니다. 이런 식으로 일은 제대로 되어 가고 있었습니다.

　그런데 저로서는 말입니다. 너무나 뻔한 저의 속임수를 그것들이 혹시나 눈치채지나 않을까 해서 이만저만 걱정되는 게 아니었습니다. 그래서 교회라는 것을 생각해냈지요. 그래서 그들이 교회만큼은 믿기 시작했을 때 전 비로소 안심할 수가 있었던 것입니다. 저는 이제 우리들이 구원되고 지옥이 다시 부흥되었음을 확실히 느낄 수 있습니다."

4

"그 교회라고 하는 것은 도대체 뭔가?"

　바알세불은 자기 부하가 자기보다 똑똑하다는 것을 믿고 싶지 않았기 때문에 짐짓 엄숙한 어조로 물었다.

　"교회라고 하는 것은 말입니다. 거짓말하는 인간들이 자기 말을 다른 사람들이 믿도록 하려고 할 때에는 언제든지 하나님을 방패막이로 삼아 '하나님의 이름으로 맹세코 제가 하는 말은 진실입니다' 라

고 하는 말을 잊지 않는 것입니다. 말하자면 이것이 교회라는 것입니다. 다만 이 경우 특별히 조심해야 할 것이 있습니다. 자기를 교회라고 믿고 있는 사람들은 이미 자기네들은 결코 잘못 생각하는 일이 없다고 확신하고 있다는 사실입니다. 그래서 그들은 아무리 어리석은 말을 할지라도 누구든 그것을 부정할 수 없다는 특수한 성질을 갖고 있습니다.

그런데 교회가 성립된다는 것은 다시 말해 이런 것이지요. 인간들의 아버지인 신은 그들에게 계시로 내려진 계율이 잘못 해석되는 것을 피하기 위해서 특별한 사람들을 선택하여 그 사람들이나 그 특권을 물려받은 사람들만이 신의 가르침을 바르게 해석할 수 있게 하였다고 믿게끔 하는 것입니다. 이렇게 해서 스스로 교회라고 자칭하고 있는 사람들은 그들만이 진리 속에 살고 있다고 생각하는 것입니다.

그러나 그건 그들이 포교하고 있는 것이 진리이기 때문이 아니라, 자기들만이 교조이신 신의 제자의 제자, 그 제자의 또 그 제자의 유일하고 정당한 후계자라고 생각하고 있기 때문입니다. 더구나 이런 방식에는 기적이 일어났을 때와 같이 불합리한 점이 있기도 했습니다. 그건 다름이 아니라, 인간이면 누구든 모두 자기 자신을, 오직 나만이 하나밖에 없는 진짜 교회의 역원이라고 동시에 단언할 수 있다는 것입니다(이것은 언제나 그랬습니다). 그리고 이 방법은 인간이 자신들이야말로 교회라고 하자마자, 또 그러한 말로써 교리를 정하자마자 그들 스스로 자기들이 말한 것을 부정할 수 없게끔 된다는 것입니다. 설사 그들이 아무리 터무니없는 소리를 할지라도, 혹 다른 것들이 무슨 소리를 한다고 하더라도 말입니다."

"그럼 어째서 교회는 그 가르침을 우리들에게 이익이 되도록 해석을 달리했단 말이냐?"

바알세불이 물었다.

"그들이 이런 짓을 한 것은 말입니다……."

하고 망토 입은 마귀는 대답했다.

"자신만이 신의 계율을 해석할 수 있는 유일한 해설자라고 혼자서 결정한 것을 사람들이 믿게 만들어서, 어느새 그들은 인간의 운명을 결정짓는 최고의 결재자가 되었기 때문입니다. 따라서 그들은 인간에 대한 최고의 권력을 가지게 된 것입니다. 그러나 이러한 권력을 손에 넣은 그들은 자연히 거만하게 되었고, 또 그 중의 대부분은 타락해 버리고 말았기 때문에 그들을 대하는 사람들로 하여금 증오와 적대감을 불러일으키게 했던 것입니다. 그리하여 그들은 폭력으로써, 자신들의 적이 되어 자신들의 권력을 인정하지 않으려는 모든 인간들을 박해하던가, 벌하던가, 불태워 죽이던가 하기 시작했습니다. 그래서 그들은 자신들의 지위를 위해서라면 신의 가르침조차 자신들의 나쁜 생활과 자신들의 적대자들에게 써오고 있던 악랄한 수단을 변호할 수 있도록 왜곡되게 설파하지 않을 수 없는 형편에 빠지고 말았고, 그들은 그대로 실행했던 것입니다."

5

"그렇지만 그 가르침이란 것은 매우 간단하고 명확한 것이었는
데……."

바알세불이 말했다. 그는 여전히 자기 부하가 자기도 미처 생각하
지 못하였던 것을 생각해서 이룩한 일을 믿고 싶지 않았던 것이다.

"왜곡되게 해석한다는 것은 도대체 할 수 있는 일이 못 되지 않는
가? '네가 사람들에게 그렇게 해주기를 원했던 것처럼 사람들이 원
하는 것을 주라!' 이런 말을 어떤 식으로 왜곡되게 설명할 수 있다는
말이냐?"

"그런 문제에 있어서도 그들은 내 충고에 따라서 여러 가지 방법을
썼지요."

망토 입은 마귀는 다시 말을 이었다.

"사람들간에 이런 이야기가 있더군요. '착한 마술사가 인간을 나
쁜 마술사로부터 구하기 위해서 인간을 기장떡으로 변하게 했더니
나쁜 마술사는 닭으로 변해서 그 기장떡을 쪼아먹으려고 했습니다.
그래서 착한 마술사는 그 기장떡에다가 기장 낟알을 잔뜩 묻혔다는
것입니다. 그 때문에 나쁜 마술사는 기장 낟알을 다 먹어치울 수 없
어서 그만 기장떡을 먹지 못하고 말았다는 것입니다.'

그들은 내 충고에 따라, 자신이 사람들에게 그렇게 해주기를 원했
던 것처럼 사람들을 대해 주는 것이야말로 계율의 전부라고 전파한
사람들 모두에 대해서 그렇게 했던 것입니다. 즉, 그들은 49권의 책
을 신의 계율을 설명한 신성한 책이라고 여기고 이 책들 속에 씌어진
모든 말씀을 신, 성령의 입에서 나온 것이라고 규정한 것입니다.

그들은 단순하고 알기 쉬운 진리 위에 거짓의 진리를 산더미처럼
쌓아올렸기 때문에 그것들을 모두 받아들일 수 없을 뿐더러, 사람들

에게 꼭 필요한 단 하나의 진리마저도 그 속에서 찾아낼 수 없게 되고 만 것입니다. 이것이 그들이 제일 먼저 행한 방법입니다.

두 번째 방법은 그들이 이미 천 년 이상이나 우려먹은 것입니다. 다름이 아니라 진리를 계승하려는 것은 모두 간단히 없애 버리던가 불태워 버리는 것입니다.

오늘날에는 이 방법이 쓰여지지 않습니다만, 그들이 이 방법을 아예 버린 것은 아닙니다. 진리를 계시하고자 하는 사람들을 태워 죽이는 일만은 하지 않습니다만, 적극적으로 그들을 비방해서 그 활동을 해치고 맙니다. 그 때문에 아주 적은 수의 사람들만이 그들의 비행을 폭로하는 데 그치고 마는 것입니다. 이것이 두 번째 방법입니다.

세 번째 방법은 이런 것입니다. 그들은 그들 자신을 교회라고 규정하고, 따라서 자신을 절대 선이라고 믿고 있습니다. 그래서 필요할 때는 성서에서 말하는 것과 모순되는 말도 태연하게 가르치고, 이 모순에서 벗어나는 것은 제자들의 자유이며 역량에 달린 것인만큼 그들에게 일임한다는 방식입니다.

예를 들면 성서에는 이렇게 씌어 있습니다. '그대들의 스승으로는 그리스도 한 분만이 있을 뿐 지상의 누구라도 아버지라고 불러서는 안 된다. 왜냐하면 그대들의 아버지는 오직 단 한 사람, 하늘에 계신 하나님 아버지 단 한 분뿐이시기 때문이다. 또 자신을 가르치는 사람이라고 이름하여도 못쓴다. 왜냐하면 너희들을 가르치는 분은 오직 한 분, 그리스도만이 있을 뿐이기 때문이다' 그런데 그들은 이렇게 말하고 있습니다. '우리들만이 교부이고, 우리들만이 인류를 가르치는 스승이다'라고. 또 성서에서는 이렇게 말하고 있습니다. '만일 기도하려면 혼자 남몰래 기도하라. 하나님께선 너의 기도를 들어주시리라' 하고. 그런데 그들은 교회 안에서 모두 함께 노래와 음악을 하면서 기도해야 한다고 가르치고 있습니다.

또 성서에서는 이렇게 말하고 있습니다. '절대로 맹세해서는 안 된다'라고. 그런데 그들은 사람들에게 '나라에서 그대들에게 무엇을 요구하든 나라에 대해서는 절대로 복종을 맹세하지 않으면 안 된다'라고 가르치고 있습니다. 또 '죽여서는 안 된다'라고 가르치고 있음에도 불구하고 그들은 '전쟁과 재판에서는 죽여도 괜찮고 또 죽일 필요가 있다'라고 가르치고 있습니다.

성서에서는 또한 '내 가르침은 영혼이요 생명이다. 이것을 영혼의 양식으로 할지어다'라고 씌어 있습니다만, 그들은 빵조각에 포도주를 묻혀 놓고서 그 빵조각을 향해서 어떤 문구를 외우면 빵은 몸이 되고, 포도주는 피가 된다라든가, 이 빵을 먹고 포도주를 마시는 것은 영혼을 구하는 데 꼭 필요한 일이라고 가르치고 있습니다. 사람들은 그것을 믿고 열심히 그 빵과 포도주를 먹고 난 이후에 우리들에게 떨어져 내려오면서 그 빵과 포도주가 아무런 도움이 되지 못한다는 사실에 매우 놀라고 있는 모양입니다."

망토 입은 마귀는 이렇게 말을 마치자 눈알을 데굴데굴 굴리면서 입을 귀밑까지 크게 벌리면서 이를 드러내고 웃었다.

"거참, 잘했다."

바알세불은 이렇게 말하고 만족한 듯이 웃었다. 그러자 마귀들도 모두 큰 소리로 웃었다.

6

망토 입은 부하 마귀의 설명을 듣고 갑자기 명랑해진 바알세불은 다시 질문했다.

"그렇다면 말이다. 정말, 너희들이 있는 곳엔 옛날과 다름없이 간

236

음한 자, 강도, 사람을 죽인 자들이 있단 말이냐?"

다른 마귀들도 모두 바알세불 앞에서 명랑하게 자신들의 의견을 말하려고 지껄이기 시작했다.

"옛날 같은 정도가 아닙니다. 전보다 훨씬 더 심한 상태입니다."

하고 어느 마귀 하나가 소리쳤다.

"간음한 자로 말하자면 전에 넣어 두었던 곳에 다 수용할 수 없을 정도입니다."

하고 또 다른 마귀가 날카로운 어조로 말했다.

"요즘 강도들은 전보다 훨씬 더 흉악합니다."

하고 세 번째 놈이 말했다.

"사람 죽인 놈들 불태우기에 장작이 모자랄 지경입니다."

하고 네 번째 놈이 말했다.

"그렇게 모두들 한꺼번에 떠들면 곤란하다. 내가 물을 테니까 차례로 대답해라. 우선 간음 담당자부터 앞으로 나와서 말해 봐라. 아내를 바꾸면 안 된다든가, 음란한 마음으로 여자를 보아서는 안 된다고 한 놈의 제자들을 지금 너는 어떻게 다루고 있는가? 간음 담당자는 누구지?"

"제가 바로 간음 담당입니다."

바알세불 쪽으로 꼬리를 흔들면서 엉금엉금 기어오는 갈색의 마귀는 피둥피둥한 얼굴로 입가에 침을 질질 흘리면서 입을 우물거리고 있어 흉물스러웠지만 생김새는 마치 여자처럼 보였다. 앞으로 나온 마귀는 자리를 잡고 앉아서 머리를 비스듬히 외로 꼬고는 끝이 귀얄처럼 생긴 꼬리를 두 다리 사이에 끼워 이리저리 흔들면서 노래를 부르는 듯한 말투로 다음과 같이 말했다.

"저희들도 말입니다, 아버지시며 명령자인 당신께서 하신 바와 같이 옛날 그대로의 방식, 즉 아직 세상이 낙원이었던 시대에 전 인류를 저희들에게 넘겨주었던 방식과 거기에 새로운 교회식 방법을 더 보태서 해나가고 있습니다. 새로운 교회식 방법이란, 말하자면 이런 거지요. 인간들 사이에서 실제로 성립될 수 있는 의식을 꾸며내 인간들을 현혹시키는 거죠. 이를테면 진짜 결혼식이라는 것은 그저 예전처럼 사내와 계집의 단순한 결합이 아니고, 그것을 치르기 위해 세워진 커다란 건물로 가서, 특별히 준비된 모자를 쓰고 예복을 입고 여러 가지 노랫소리에 맞추어서 작은 테이블의 둘레를 세 번 도는 것이라고 생각하게 만든 것입니다. 오로지 이것만이 진정한 결혼이라고 인간들의 생각 속에 불어넣었습니다. 그랬더니 인간들이 그걸 사실로 믿어 버리고는 자연히 이 의식을 치르지 않은 남녀 관계에 대해서는 서로에게 아무런 구속을 요하지 않는 단순한 향락이라든가, 생리적인 욕구의 만족에 불과하다고 생각하게 된 거지요. 그래서 인간들은 아무 거리낌 없이 이 의식을 선택하더군요."

여자같이 보이는 마귀는 피둥피둥한 얼굴을 다른 한쪽으로 기울인 채 잠시 입을 다물었다. 마치 자신의 이야기에 대한 바알세불의 감탄을 기다리기라도 하는 듯 그를 바라보았다.

바알세불은 묵묵히 고개를 끄덕여 보였다. 그러자 여자 같은 모습의 마귀는 이야기를 계속했다.

"이 방법 외에 또 하나는 말이지요, 이전에 천국에서 쓰이던 금단의 나무 열매와 호기심을 불러일으키는 방법도 잊지 말고 써먹도록 해서……."

하고 그는 겉으로 보기에도 바알세불에게 아양을 떠는 듯한 어조로 말을 이었다.

"우리들은 더할 나위 없는 성과를 거두고 있사옵니다. 남자들은 많은 여자와 관계를 맺고 난 후에도 훌륭한 교회에서 결혼을 할 수 있다고 생각하기 때문에, 태연하게 여자를 몇백 명이라도 갈아치울 수가 있지요. 그 때문에 아주 음탕한 생활에 빠져서는, 교회에서 결혼을 하고 난 다음에도 같은 행동을 되풀이하고 있는 형편입니다. 만약 이 교회 결혼의 조건 중 두서너 가지만이라도 거북하게 생각되는 것이 있다면 그들은 두 번째 테이블 둘레를 도는 걸로 최후의 조건을 말소한다는 속임수까지 쓰고 있습니다."

그 마귀는 입가에 가득히 고인 침을 꼬리 끝으로 훔치더니 또 다른 쪽으로 머리를 기울이면서 꼼짝 않고 바알세불을 바라보았다.

7

"거참 간단해서 좋다."

바알세불이 말했다.

"훌륭하구나. 다음…… 강도 담당자는 누구냐?"

"예, 바로 접니다."

위로는 커다랗고 구부러진 뿔이 돋고 삐죽 턱수염이 솟은, 그리고 두 다리가 구부정한 덩치 큰 마귀가 앞으로 내달으면서 대답했다. 앞으로 기어나온 이 마귀는 군인처럼 두 손으로 팔자수염을 비틀어 올리면서 마왕의 질문을 기다렸다.

"지옥을 파괴했던 그 사나이는……."

하고 바알세불은 말하기 시작했다.

"인간들에게 하늘의 새처럼 사는 방법을 가르치고, 바라는 자에겐 주고, 바지를 원하는 자에게는 겉옷까지 벗어 주라고 말하고, 구원을 받기 위해서는 재산을 나누어 주어야 한다고 말했다. 그런데 너희들은 도대체 어떻게 해서 그 가르침을 따르던 인간들에게 강도짓을 하도록 할 수 있었느냐?"

"저희들이 그렇게 한 것은 분명합니다."

콧수염이 뻗친 마귀는 당당한 태도로 몸을 뒤로 젖히면서 말하기 시작했다.

"저희들의 아버지시며 명령자이신 당신께서 사울 왕을 선출할 때 하신 것처럼 저희들도 그렇게 했던 것입니다. 마치 그때 당신께서 선동하신 것처럼, 우리는 인간들에게 서로 훔치는 일을 그만두게 하는 대신, 단 한 사람에게 모든 사람들에 대한 절대적인 권력을 갖게 하여 그 한 사람에게 자신들을 약탈하도록 허락하는 것이 유리한 것이라고 설득을 한 것입니다.

저희들이 하는 새로운 방식은 다름이 아니라, 이 한 사람만이 그 약탈권을 가지게 하기 위해서 이 인간을 성전으로 데리고 가서 그 머리에 특별한 모자를 씌우고 높은 팔걸이 의자에 앉히고 그 손에 막대기와 둥근 것을 쥐어 주고, 몸을 깨끗이 하고 마음을 가다듬는 기름을 바른 후에 성부와 성자의 이름으로, 이 성유로 칠해진 인간을 신성한 귀인이라고 선언하는 것입니다.

그 때문에 이 신성한 사람에 의해서 행해지는 약탈은 아무리 지나쳐도 제한할 수 없는 것입니다. 그래서 이 신성한 자와 그 제자, 그 제자의 또 그 제자라는 식으로 모두 태연하게 아무런 위험도 느끼지 않고, 또 지속적으로 사람들로부터 약탈을 일삼는 것입니다. 게다가 또 거기서는 기름 같은 것을 바르지 않아도, 아무것도 하는 일 없이 빈둥빈둥 놀고 있는 소수의 인간들이 언제나 노동 대중을 약탈할 수 있게끔 법률과 규칙을 마련해 놓고 있습니다.

그런 까닭에 근래에 와서는 두서너 나라에는 기름을 발라 놓은 사람이 없더라도 그런 사람이 있는 나라와 다름없이 약탈이 계속 자행되고 있는 것입니다. 사실 지금 저희들이 쓰고 있는 방법은 우리들의 아버지이시며 명령자이신 당신께서 보시는 바와 같이 오래된 옛날의

240

방법을 쓰고 있는 것이지요. 다만 새로운 점이 있다면 우리들은 이 방법을 보다 일반적으로, 보다 눈에 띄지 않도록, 보다 넓은 시간과 공간 속에 퍼뜨려서 보다 견고하게 했을 정도에 불과합니다.

저희들이 이런 방법을 보다 일반적으로 했다고 하는 것은, 전에는 인간이 자신의 의지로 자기들이 선출한 인사에게 복종하고 있었습니다만, 지금 저희들은 그들이 희망하는 것과는 전혀 관계없는, 자신이 선출한 사람이 아니라 닥치는 대로 아무 사람에게나 복종하게 만들었다는 점입니다. 또 이런 방법을 전보다 눈에 띄지 않게 했다고 하는 것은, 이젠 피약탈자들이 특별한 간접세라는 세금 제도의 덕분으로 자신의 약탈자들을 눈으로 확인할 길이 없다고 하는 것입니다. 또 이런 방법이 전보다 더 널리 세상에 퍼져 갔다고 하는 것은, 소위 그리스도교의 백성들이 자국의 약탈에만 만족하지 못하고, 온갖 잡다한 구실 아래, 특히 그리스도교의 보급과 전파를 구실로 다른 나라의 국민들 것까지도 약탈하고 있기 때문입니다.

시간적으로도 이 새로운 방법은 공채라든가 국채라든가 하는 제도의 덕분으로 전보다 더 널리 퍼져 있는 것입니다. 즉, 현재 살아 있는 것만이 아니고 후대의 사람들까지도 약탈을 받게 되는 것입니다. 게다가 이 방법을 우리들이 전보다도 더 견고하게 했다는 것은, 약탈자의 우두머리들이 신성한 인간으로 여겨져서, 사람들이 쉽사리 거기에 반항할 수 없게 되어 있기 때문입니다. 이름 있는 약탈자가 그 기름을 약간이라도 바르기만 하면, 그는 당장 누구에게서라도 원하는 만큼 태연하게 약탈할 수 있다는 것입니다. 시험 삼아 러시아에서 어리석고, 교육이 전무하며, 그들의 법률에 따라 아무런 권리도 없는 방탕녀를 차례차례 제왕의 위치에 올려놓아 본 적이 있었습니다.

그런데 마지막 여자는 단순한 음녀였을 뿐 아니라, 남편과 그의 후계자까지 죽인 범죄자였던 것입니다. 그러나 사람들은 그 여자가 기름을 바른 여자라는 단순한 이유만으로—그들이 그 동안 남편을 죽인 모든 여자에게 해왔듯이 콧구멍을 찢던가 채찍으로 치던가 하기는커녕—30년 동안이나 노예처럼 그녀에게 복종하고 그녀뿐만 아니라 수없이 많은 그녀의 정부까지도 국민의 재산과 자유까지 약탈하도록 내버려 두었던 것입니다.

그 때문에 오늘날에는 표면적으로 눈에 보이는 약탈, 즉 강제로 지갑이라든가 말이라든가 옷 같은 것을 빼앗는 일은 공공연하게 끊임없이 계속되고 있는 합법적인 약탈에 비하면 전체의 백분의 일도 될까말까 합니다. 그러다 보니 오늘날에는 벌을 받지 않는 숨은 약탈은 당연한 것처럼 되고 말았습니다. 약탈이 대부분 사람들에겐 자신들이 살아가는 주목적이 되어 버린 거죠. 단지 약탈자 상호간의 투쟁에 의해서만이 그런 현상이 어느 정도 완화된다고 생각할 정도입니다."

8

"**음**, 그것도 꽤 재미있는 이야기군."

바알세불이 말했다.

"그런데 살인에 관한 것은 어떤가? 살인을 담당한 자는 누구냐?"

"저입니다요."

이렇게 대답한 마귀가 앞니가 뻗고 날카로운 뿔이 솟아 있는 얼굴을 흔들며 무리 가운데서 앞으로 나왔다. 너무 무거워 움직이지 않는 꼬리를 왼쪽으로 쳐든, 핏빛으로 물든 끔찍한 놈이었다.

"너는 어떻게 해서 악을 악으로 갚지 마라, 원수를 사랑하라고 말한 사나이의 제자들을 살인자로 만들 수 있었는가? 도대체 그들을 어떻게 해서 그렇게 만들 수 있었지?"

"저희들 역시 옛날 방법을 그대로 쓰고 있을 뿐입니다."

빨간 마귀는 귀가 멍멍해질 정도로 쩡쩡 울리는 소리로 말했다.

"즉 사람의 마음속에 탐욕, 살의, 증오, 복수심, 거만 등등을 불러일으켜서 말입니다. 그리고 그것도 옛날 방식 그대로, 사람들의 지도자들에게 모든 사람이 살인을 못 하게 하는 가장 좋은 방법은 자신들의 손에 의해 공개적으로 살인자를 죽이는 것이라고 생각하게 만드는 것입니다.

이건 그들이 우리들을 위해서 살인자들을 마련해 주고 있는 거나 마찬가지입니다. 과거에 가장 많은 살인자를 우리들에게 넘겨주었고, 또 현재도 우리에게 넘겨주고 있는 것은 교회의 절대성과 그리스도교의 결혼과, 그리스도교적인 평등에 관한 새로운 가르침입니다. 교회가 절대적이라는 가르침은 이전보다 훨씬 더 많은 살인자를 우리들에게 보내 주고 있습니다.

무슨 짓을 해도 정당화되는 교회의 한 사람으로 자처하던 자들이, 그 교회에 반대하는 자들을 교리의 거짓 해설자로 규정하고 그들에게 인간을 타락시키도록 내버려둔다는 것은 범죄이며 신에게 맞서는 일이라고 생각하고 있었던 것입니다. 그래서 그들은 많은 사람을 죽이거나 벌하거나 또는 몇천만이나 되는 인간을 태워 죽이고 말았습니다.

게다가 참된 가르침을 알아듣기 시작했던 사람들을 벌하거나 불에 태워 죽인 자들은 우리에게 있어 가장 위험한 그들을, 우리들의 수하, 즉 마귀들의 제자들이라고 생각하고 있습니다. 그래서 실제로 우리들에게 순종하는 하인들이었던 인간들, 즉 사형을 일삼고 사람들을 불에 태워 죽였던 인간들은 자신들을 신성한 하나님의 뜻을 실행하는 집행자라고 생각하고 있었던 거지요. 옛날은 이와 같았습니다.

지금은 매우 많은 살인자를 우리들에게 내주고 있는 것은 그리스도교의 결혼과 평등에 관한 가르침입니다. 우리들의 결혼에 관한 가르침은 첫째로 부부는 서로를, 어머니는 갓난애를 죽이라고 권하는 것입니다. 남편과 아내는 교회 결혼의 규정과 관습의 어떤 의무가 그들에게 귀찮게 생각되면 서로를 죽이게 됩니다. 어머니가 애를 죽이는 것은 대부분 애를 낳게 된 근본인 결합이 결혼으로 인정되지 않는 경우입니다. 이런 살인은 끊임없이 균등하게 행해지고 있습니다.

평등에 관한 그리스도교의 가르침에서 생긴 살인은 주기적으로 행해지고 있습니다만, 그 대신 한번 행해질 때마다 대규모적입니다. 이 가르침을 통해서 사람들에게는 '법 앞에는 만인이 평등하다'는 것을 불어넣어 주는 것입니다. 그러면 약탈을 당한 사람들은 그것이 정당하지 않다고 느낍니다. 법 앞의 평등이란 다만 약탈자에게 약탈을 계속할 수 있도록 성립된 편리에 불과하다는 점을 그들이 알아차리게 되는 거지요. 결국 그들 자신에게는 그 논리가 적용되지 않기 때문에 분개한 나머지 약탈자들을 습격할 때도 있습니다. 거기서 '서로 죽이기'가 시작되어 우리들에게는 때때로 일순간에 몇만 명이라는 살인자를 넘겨주는 전쟁을 불러오기도 합니다."

9

"그 전쟁의 살인이라니? 모든 사람을 한 아버지의 자식으로 보고 적을 사랑하라고 가르친 사나이의 제자들을 너는 어떻게 해서 그쪽으로 끌고 갈 수 있었느냐?"

붉은 마귀는 이를 드러내고 히죽 웃으며 입에서 불과 연기를 내뿜더니, 굵은 꼬리로 즐거운 듯이 자기 등을 탁탁 두드려 보였다.

"저희들은 말입니다, 이렇게 하고들 있는 것입니다. ……여러 나라 국민에 대해서 말입니다, 우선 한 나라의 국민들을 꼽아 이렇게 바람을 넣는 거지요. 너희들이야말로 세계에서 제일 가는 국민이다, 다시 말해서 '독일 국민은 다른 모든 나라의 국민 위에 있다' 하는 식으로 프랑스, 영국, 러시아…… 너희 국민들은 모든 다른 나라보다 위에 있다, 그러니 너희들이야말로 모든 다른 국민들을 지배할 수가 있다고 바람을 넣는 것입니다.

이렇게 우리들이 모든 나라 국민들에게 같은 말을 불어넣었기 때문에 그들은 자연히 항상 인접한 국가로부터의 위협을 느끼면서, 일년 내내 방위에 신경을 쓰고 서로가 적대감을 가지지 않을 수 없게 되는 것입니다. 한쪽에서 방위 준비에 피를 흘리며 애쓰고, 그 때문에 자기 이웃 나라에 원한을 품으면 다른 나라들도 줄줄이 한층 더 방위에 부심하여 서로를 더욱 미워하는 것입니다. 우리들을 살인자라고 부른 사나이의 가르침을 따르는 사람들이 모두 언제나 살인 준비와 살인 그 자체를 위해 살고 있는 형편입니다."

10

"그렇구먼, 그것도 아주 근사한 방법이군그래!"

바알세불은 오랜 침묵끝에 말했다.

"그렇다면 거짓으로부터 해방되어 제정신으로 돌아와 있는 학자들은 어째서 교회가 교리를 왜곡되게 해석하고 있는 것을 알아내지 못하고, 또 그 진리를 부활시키려고 하지 않을까?"

"그건 그 학자들이란 것들이 그렇게 할 수 없기 때문입니다."

하고 앞으로 기어 나오면서 자신만만한 어조로 말하기 시작한 놈은 넓적한 판자쪽 같은 얼굴로 손발에 살집이라고는 전혀 찾아볼 수 없고 커다란 귀가 옆으로 삐죽이 나온 검은색의 마귀였다. 그도 망토를 걸치고 있었다.

"어째서 할 수 없단 말이지?"

바알세불은 망토 입은 마귀가 자신만만한 어조로 나오는 것이 못마땅한 듯이 따지는 어조로 반문했다. 그러나 망토 입은 마귀는 바알세불의 이런 태도에는 아랑곳하지도 않은 채 태연했다. 다른 마귀들처럼 꿇어앉지도 않고 살집이 없는 팔다리로 팔짱을 끼고 책상다리를 하더니 조용하고 담담한 어조로 거침없이 말하기 시작했다.

"그들에게 그것이 안 되는 것은 제가 항상 그들이 알 필요가 없는, 또 결코 알 수도 없는 것으로 관심을 기울게 하고 있기 때문입니다."

"너는 그걸 어떤 식으로 했지?"

"그것은 때에 따라 여러 가지 방법을 써 왔습니다."

하고 망토 입은 마귀는 대답하는 것이었다.

"옛날에 저는 그들에게 있어 가장 소중한 것, 예를 들면 삼위일체의 상호 관계라든가 그리스도의 출생과 그 자연성, 그리고 신의 특성이라는 것들을 그들이 보다 자세하게 알아야 한다고 바람을 불어넣었던 것입니다. 그래서 그들은 오랫동안 여러 가지로 그런 것들에 대해서 토론하거나 증명하면서 다투거나 화를 내곤 하였습니다.

그리고 토론에 정신을 뺏긴 나머지 자기들이 어떻게 살아야 하느냐는 것을 전혀 생각하지 않았던 것입니다. 그런 만큼 그들은 자신들의 스승이 인생에 관해서 이야기한 것조차도 아랑곳하지 않게 되고 말았던 것입니다.

그후 그들은 토론 속에 너무 깊이 빠져들어 자기가 무엇을 말하고 있는지조차 이해할 수 없게 되었을 무렵, 나는 일부 사람들을 향해서 그들에게 있어 가장 중요한 것은 이천 년 전 그리스에 살았던 아리스토텔레스라는 인간이 쓴 것을 전부 연구하고 해명하는 일이라고 불어넣었습니다.

또 다른 학자들에게도 그들에게 있어 가장 중요한 것은 그것을 이용하여 돈을 만들어내는 돌이라고 말한 데 이어, 모든 병을 치료하고 인간을 죽지 않게 할 수 있는 비약을 발견해내는 일이라고 불어넣어 주었던 것입니다. 그래서 그들 중에서 가장 현명한 학자들이 자기 지력의 전부를 거기에 쏟아붓기 시작하였던 것입니다.

그런데 말입니다. 여기에 흥미를 느끼지 못한 학자들에게는 지구가 태양의 주위를 돌고 있는가, 아니면 태양이 지구를 돌고 있는가를 알아야 한다고 불어넣었던 것입니다. 그리하여 태양이 아닌, 지구가 태양 주위를 돌고 있다는 것을 알았을 때, 태양에서 지구까지 몇백만 베르스따가 된다고 결정했을 때, 그들은 매우 기뻐하면서 그때 이후부터 오늘날까지 한층 더 열심히 별에서 지구까지의 거리를 연구하고 있습니다. 사실 그들도 이 거리에는 끝이 없다는 것과 또 그 계산이 불가능하다는 것, 그리고 별의 수효도 헤아릴 수 없이 많다는 것, 그래서 그것을 알 수조차도 없으며 또 알 필요도 없다는 것을 알고 있는 것입니다.

그뿐만 아니라, 저는 그들에게 또 모든 짐승, 모든 벌레, 모든 식물, 그 모든 무한히 작은 생물들이 어떻게 해서 생겨났는지, 그것을 아는 것도 매우 중요하고 필요한 일이라는 것을 불어넣어 주었던 것입니다. 하기는 이런 것들도 마찬가지로 그들에겐 전혀 알 필요도 없는 것이고 또 그것을 알 수 없다는 것은 다분히 명확한 사실입니다. 아무튼 생물의 수효는 별의 수효처럼 무한히 많기 때문에 당연한 노릇이지만, 그들은 어리석게도 그러한 물질 세계의 여러 가지 현상 연구에 자신들의 지력을 있는 대로 다 쏟아붓고 있지요. 결국 자신들이 알 필요가 없는 것을 알아내면 알아낼수록 오히려 자기들에게 알려져 있지 않은 것이 점점 더 많아지는 데에 놀라 정신을 차리지 못하고 있는 것입니다.

그리고 그들의 연구가 진행되어 가는 동안 그들이 알아야 할 미지의 영역이 더욱더 넓어지고, 연구의 대상 또한 더욱더 복잡해져서 그들에 의해서 획득된 지식도 점점 더 생활에 응용할 수 없는 것이 되어 버리고 말 것은 뻔한 일이지요. 그런데도 이런 것에는 조금도 개의치 않고 오직 자기가 하는 일만 중요하게 여기면서 여전히 연구하고 선전하고 쓰고 인쇄를 하거나, 또는 대부분의 것이 아무런 소용에도 닿지 않는 것들인 자신들의 연구와 논문을 다른 외국어로 번역하든지 하고 있습니다.

개중에는 혹 무엇엔가 소용이 닿는 것도 있지만, 그것은 다만 소수의 부자들에게 심심풀이에 불과할 뿐으로 도리어 수많은 가난한 사람들에게는 더욱더 나쁜 결과를 가져오기도 하는 것들입니다. 그래서 그들에게 가장 절실한 것 중 하나인 그리스도의 가르침에서 나오는 '생의 법칙'의 확립이라는 것을 결코 다시는 깨닫지 못하게 하기 위해 저는 그들에게 이렇게 바람을 넣었습니다. 그들에게 정신 생활의 법칙을 알 수 없는 것이다, 모든 종교적인 교리는—그 속에 그리스도의 교리까지도 포함해서 모두 망상이고 미신이다라고 말입니다. 그러나 어떻게 살아야 하느냐 하는 것을 알기 위해서 제가 생각해낸 사회학이라고 불리는 학문, 즉 옛날 사람들이 얼마나 그릇된 생활을 해왔던가를 연구하는 학문에 의해서만 이룩될 수 있다는 것을 불어넣어 주었습니다.

그래서 그들은 이렇게들 생각하기 시작했습니다. 그리스도의 가르침에 따르면서 좋은 인생을 살고자 노력하는 것은 불필요한 일이다, 오직 옛사람들의 생활을 연구하기만 하면 된다, 그 연구에서 생활의 일반적인 법칙을 끌어낼 수가 있고, 다만 잘 살기 위해서는 자기 생활을 이들 법칙에 순응하는 것만이 중요하다, 라는 생각을 하기에 이

248

른 것입니다. 그래서 저는 한층 더 그들을 허위에 붙들어매기 위해서
어느 정도 교회의 가르침과 비슷한 것, 다시 말해 세상에서는 과학이
라고 부르는 지식의 계승성이 존재하고 있어서 이 과학의 주장은 교
회의 주장과도 같이 완전 무결한 것이라고 불어넣었습니다. 그런데
과학의 사도라고 알려져 있는 사람들이 자신의 완전무결을 믿게 되
자마자 그들은 과학을, 자연의 이치에 있어서 불필요하고 때로는 어
리석기 그지없는 의견을 불변의 진리로 선언하게 되었습니다.

그리고 그것은 일단 그들이 입 밖에 낸 이상 두 번 다시 부정할 수
없는 것이 되고 말았습니다. 즉, 이것 때문이지요. 저는 이렇게 말하
기를 주저하지 않습니다. 제가 그들을 위해서 고안해낸, 예의 그 과
학에 대한 경의와 노예적인 굴종들을 제가 그들에게 불어넣고 있는
동안은, 더 이상 그들이 한때 위태롭게 우리들을 파멸시킬 뻔했던 그
가르침을 납득할 수가 없을 것이라고 말입니다."

11

"**아**, 그래그래. 정말 좋다. 수고했다."
하고 바알세불은 말했다. 그의 눈이 빛나기 시작했다.

"너희들에겐 상을 줄 만한 가치가 있다. 나는 충분히 너희들에게
상을 주겠다."

그러자 다른 마귀들이 항의하기 시작했다.

"아니, 이럴 수가. 저희들은 안중에도 없군요, 한마디 물어 보지도
않고⋯⋯"
하고 나머지 마귀들, 여러 가지 색의 작은 놈, 큰 놈, 다리가 굽은 놈,
뚱뚱한 놈, 비쩍 마른 놈들이 와글와글 떠들어대는 소리가 귀청을 찢

는 듯했다. 이에 바알세불이 물었다.

"너희들은 무엇을 했단 말이냐?"

"저는 기술 개선 담당입니다."

"저는 분업 담당입니다."

"저는 교통 담당입니다."

"아, 전 서적 출판 담당 아닙니까……."

"전 예술 담당."

"전 말입니다, 의술이지요."

"전 문화 담당입니다."

"저는 교육 담당이지요."

"저로 말하자면 인간 교정 담당……."

"전 마취 담당입니다."

"전 자선단체의……."

"저는 사회주의 쪽을 담당한……."

"저는 여권 신장 담당이에요."

그들은 너무나 한꺼번에 바알세불의 코앞으로 다가가서 서로 밀치고 수선을 피우면서 지껄이기 시작했다.

"모두, 간단히, 하나씩 말해 봐!"

바알세불이 소리쳤다.

"너."

하고 그는 기술 개선 담당 마귀를 행해서 말했다.

"그래, 넌 무엇을 했지?"

"저는 인간들에게 그들이 물건을 되도록 많이, 또 빨리 만들게 되면 그만큼 그들의 생활이 윤택해질 것이라고 바람을 넣었지요. 그래서 인간들은 물건을 만들어내기 위해 자기 생활은 돌보지 않고, 일만 하게 되었지요. 하지만 그 물건들은, 그러니까 그것을 만들게 하고

250

있는 사람들에게도 불필요할 뿐더러 그것을 만들고 있는 사람들 역시 손도 댈 수 없는 것인데도 말입니다."

"좋아. 그럼, 너는?"

바알세불은 분업 담당 마귀 쪽으로 얼굴을 돌렸다.

"저는 사람들에게 물건을 만드는 데는 사람의 손보다도 기계를 쓰는 편이 훨씬 빠르니까 인간을 기계로 대체해 버릴 필요가 있다고 불어넣었습니다. 그러자 기계로 대체되어 일자리를 빼앗긴 사람들은 자기들을 그렇게 만든 인간들을 미워하고 있답니다."

"응, 그것도 좋다. 그리고 넌?"

바알세불은 교통 담당 마귀에게 말을 걸었다.

"저는 인간들에게 행복해지기 위해서는 되도록 빨리 이곳에서 저곳으로 옮겨 다닐 필요가 있다고 바람을 넣었습니다. 그래서 인간들은 이 고장에서 저 고장으로 옮겨 다니는 것으로 세월을 보내게 되었습니다. 그들은 자기들이 한 시간에 50베르스따 이상이나 움직이며 돌아다닐 수 있는 것을 커다란 자랑으로 생각하고 있습니다."

바알세불은 그것도 칭찬해 주었다.

서적 출판 담당 마귀가 앞으로 나왔다. 그는 가능한 한 많은 사람들에게 이 세상에서 행해지고 씌어지고 있는 추악하고 어리석은 것의 전부를 전파하고 있다고 말했다.

예술 담당 마귀는 인간의 고조된 감정의 위안과 고무를 가장하고, 그들의 악덕을 매혹적인 형식으로 그리면서도 그것을 묵과하도록 하고 있다고 설명했다.

의술 담당 마귀는 설명하기를, 인간이 자신에게 있어서 가장 필요한 건 육체에 대한 배려라고 생각하도록 바람을 넣고 있다고 말했다. 육체에 대한 배려에는 한도 끝도 없기 때문에 의학의 도움을 얻어서 자기 몸만을 생각하고 있는 사람들은 다른 사람의 생활에 대해서는 고사하고, 자기 자신조차도 잊어버리고 만다는 것이었다.

문화 담당 마귀는 설명하기를 자신의 일은 기술 개선 담당, 분업 담당, 서적 출판 담당, 예술 담당, 교통 담당 등의 마귀가 관리하고 있는 모든 일을 잘 이용하는 사업이라는 것과, 이러한 모든 것을 이용하는 사람들은 충분히 자신에게 만족하고 있기 때문에 그 이상의 노력을 기울일 필요가 없다는 것 등을 불어넣고 있다고 말했다.

교육 담당 마귀는 사람들에게 자신은 비록 나쁜 생활을 하더라도 애들에게는 좋은 생활을 가르칠 수 있다고 바람을 넣어 주고 있다고 말했다.

인간 교정 담당 마귀는 사람들에게 자신은 부정한 몸일지라도 타인의 악덕은 묵과할 수 없으며 반드시 교정해야 한다는 걸 가르친다고 하였다.

마취계의 악마는 사람들에게 보다 더 잘 살아 보려고 노력해야 하며, 그러는 동안 겪는 고통은 술과 담배, 아편과 모르핀 같은 마약의 힘으로 이겨내는 것이 장땡이라고 가르치고 있다고 했다.

자선 담당 마귀는 또 이렇게 말했다. 자기는 사람들에게 많은 물건을 약탈하면서도 약탈당한 자에게 그 일부를 주는 사람만이 덕이 있는 사람일 뿐 행동을 고칠 필요까지는 없다고 바람을 넣어 그들로 하여금 선의 세계에 들어가지 못하게 한다고 했다.

사회주의 담당 마귀는 득의 만연해져서 자기는 최선의 인간 생활을 위한 사회체제의 이름으로 계급간의 적대 의식을 불러일으키고 있다고 자랑하는 것이었다.

여권 신장 담당 마귀는 콧대를 세우고는, 생활 조직을 한층 더 바람직하게 하기 위해서 자기는 계급투쟁 외에도 이성 상호간의 반목까지를 불러일으키고 있다고 자랑했다.

"저는 안락 담당자로서……."

252

"저는…… 유행 담당으로서……."

하고 또 다른 마귀들도 바알세불에게 마구 떠들어대기 시작했다.

"도대체 너희들은 내가 늙어서 망령이라도 들었다고 여기는 거냐, 인생에 관한 가르침이 거짓으로 되는가 안 되는가를, 또 너희들에게 해가 되었던 모든 것이 당장 유익하게 변하리라는 것을 내가 모르고 있었다고 생각하느냐?"

바알세불은 이렇게 큰소리치더니 크게 소리내어 웃었다.

"이젠 그만해라! 모두들 여하튼 고맙다."

그는 날개를 한 번 치더니, 벌떡 일어났다. 그러자 마귀들이 바알세불을 빙 둘러쌌다. 마귀들이 연결되어 있는 한쪽 끝에는 어깨에 망토를 걸친 마귀, 즉 교회의 발명자가 있고, 다른 한쪽에는 긴 망토를 걸친 마귀, 즉 과학의 발명자가 서 있었는데 이 두 마귀가 서로 손을 잡자 그들은 하나의 원이 되었다.

마귀들은 큰 소리로 웃고 캑캑거리고 쇳소리를 내면서 휘파람을 불기도 하고 팔짝팔짝 뛰는가 하면 꼬리를 젓기도 하고 바르르 떨기도 하면서 바알세불의 주위를 빙빙 돌며 춤을 추었다. 바알세불도 날개를 펼치고 흔들면서 무리의 한가운데에서 발을 높이 쳐들고 춤을 추는 것이었다.

위쪽에서는 아비규환의 비명과 신음과 이를 가는 소리가 들려 오고 있었다.

마귀의 작전

우는 사자와 같이 삼킬 자를 찾는 마귀가 우리를 유혹하는 방법에는 여러 가지가 있다.

마귀가 이렇게 속삭이는 소리를 들었을 것이다.

"누구나 다 하는 일이야."

"이건 대수롭지 않은 거야."

남들도 다 하는데 나라고 못할 것이 뭐 있냐는 생각이 들게 한다. 남들이 다 하는 것을 안 하면 바보인 것처럼 여겨지게 한다. 또 오늘 하루쯤은 성경을 안 읽어도, 너무 바쁘면 주일 예배에 빠져도 된다는 생각이 들게 한다. 그러나 작은 시작이 큰 죄를 낳을 수도 있으니 늘 조심해야 할 것이다.

또 이렇게 말하는 소리도 들었을 것이다.

"내일도 있는데 서두르지 말자. 내일 하자."

또는 '이것부터 해놓고 교회에 가자, 내 일부터 끝내고 봉사하자'라고 한다. 그러나 사람의 내일은 사람이 맘대로 기약할 수 없다.

이런 마귀의 소리도 들린다.

"너는 신이 아니야. 사람이니까 실수할 수도 있어."

그러나 여기에 머물면 바로 마귀한테 지는 것이 된다. 실수가 있을 때 하나님 앞에 즉시 꿇어 엎드려 회개하며 다시 실수하지 않도록 도우심을 구해야 한다.

또 이렇게 우리를 넘어뜨리려고도 한다.

"이번 한 번뿐이야."

작은 것이라도 스스로 죄를 용납해서는 안 된다.

마귀가 이렇게 유혹할 경우도 있다.

"나를 왜 무시하지? 너무하지 않니?"

남이 알아주지 않는다고 그만 주의 일을 하는 데 열심히 하는 마음이 식고 만다.

우리는 이러한 마귀의 음성에 넘어가지 않도록 항상 깨어 있어야 할 것이다.

● 다시 읽는 하나님 말씀

마귀의 궤계(詭計)를 능히 대적하기 위하여 하나님의 전신 갑주를 입어라 / 우리의 씨름은 혈과 육에 대한 것이 아니요, 정사와 권세와 이 어두움의 세상 주관자들과 하늘에 있는 악의 영들에게 대함이라 / 그러므로 하나님의 전신 갑주를 취하라 이는 악한 날에 너희가 능히 대적하고 모든 일을 행한 후에 서기 위함이라 (에베소서 6장 11절~13절)

그런즉 너희는 하나님께 순복할지어다 마귀를 대적하라 그리하면 너희를 피하리라 / 하나님을 가까이 하라 그리하면 너희를 가까이 하시리라 죄인들아 손을 깨끗이 하라 두 마음을 품은 자들아 마음을 성결케 하라 (야고보서 4장 7절~8절)

우리의 싸우는 병기는 육체에 속한 것이 아니요, 오직 하나님 앞에서 견고(堅固)한 진을 파하는 강력이라 / 모든 이론을 파하며 하나님 아는 것을 대적하여 높아진 것을 다 파하고 모든 생각을 사로잡아 그리스도에게 복종케 하니 (고린도후서 10장 4절~5절)

누가 철학과 헛된 속임수로 너희를 노략(擄掠)할까 주의하라 이것이 사람의 유전(遺傳)과 세상의 초등 학문을 좇음이요 그리스도를 좇음이 아니니라(골로새서 3장 8절)

근신하고 깨어라 너희 대적 마귀가 우는
사자같이 두루 다니며 삼킬 자를 찾나니 /
너희는 믿음을 굳게 하여 저를 대적하라
이는 세상에 있는 너희 형제들도 동일한
고난을 당하는 줄을 앎이니라
(베드로전서 5장 8절~9절)